GRAFTEKEN

Ander werk van Arnaldur Indriðason

ARNALDUR INDRIÐASON

Grafteken

Vertaald door Adriaan Faber

AMSTERDAM · ANTWERPEN

2011

Q is een imprint van Em. Querido's Uitgeverij BV, Amsterdam

Oorspronkelijke titel *Dauðarósir*
Published by agreement with Forlagið, www.forlagid.is
Copyright © 1998 Arnaldur Indriðason
Copyright translation © 2011 Adriaan Faber /
Em. Querido's Uitgeverij BV, Singel 262, 1016 AC Amsterdam

Omslag Wil Immink Design
Foto auteur Ralf Baumgarten

ISBN 978 90 214 4136 8 / NUR 305
www.uitgeverijQ.nl

Dit verhaal is verzonnen. Namen, personen en gebeurtenissen zijn volledig aan de fantasie van de schrijver ontsproten en elke overeenstemming met de werkelijkheid berust op louter toeval.

Aanspreekvormen

Hoewel het IJslands de beleefdheidsvorm 'u' wel kent, wordt deze zelden gebruikt. Iedereen, met uitzondering van de president en enkele hoge functionarissen, wordt met de voornaam of 'je' aangesproken. Daarom is in dit boek gekozen voor de laatste aanspreekvorm.

Uitspraak van þ, ð en æ

De IJslandse þ wordt ongeveer uitgesproken
als de Engelse stemloze th (bijvoorbeeld in *think*).
De IJslandse ð, die nooit aan het begin van een woord voorkomt,
is de stemhebbende variant: als in het Engelse *that*.
De IJslandse æ wordt uitgesproken als *ai*.

Waar hebben de dagen van je leven hun kleur verloren?
En de liederen die door je bloed schoten, van droom naar droom,
waar vielen ze het weer ten prooi,
o kind, dat geloofde
te zijn geboren met in je borst
je eigen eindeloze bron van wonderen!
Waar...?

Uit het gedicht 'Gemis' van Jóhann Jónsson (1896-1932)

1

Ze vonden het lichaam op het kerkhof aan de Suðurgata, op het graf van Jón Sigurðsson. Zij zag het eerder dan hij, want ze zat op hem.

Vanuit hotel Borg waren ze de Suðurgata op gewandeld. Ze hadden hand in hand gelopen; later had hij zijn arm om haar heen geslagen en haar gekust. Ze had hem ook gekust, eerst ingehouden, later met wat meer passie, en ten slotte gulzig. Het was rond drieën toen ze hotel Borg verlieten; daar liepen ze, midden in de mensenmenigte in het centrum. Het was prachtig weer, zo kort na de langste dag van het jaar.

Hij had haar uitgenodigd samen in hotel Borg te gaan eten. Heel goed kenden ze elkaar nog niet: het was hun derde ontmoeting. Zij was mede-eigenaar van een softwarebedrijf; hij had zich bij dat bedrijf ingekocht. Allebei waren ze computerfreaks, bijna zo lang als ze zich konden herinneren, en het klikte direct tussen hen. Na een paar weken had hij het initiatief genomen haar buiten werktijd op te zoeken en uit te nodigen in Borg. Dat was inmiddels twee keer gebeurd, en vanaf het moment dat ze die avond gingen zitten had er iets bijzonders in de lucht gehangen: het zou nu anders verlopen dan de vorige keren. Toen had hij haar naar huis gereden en dag gezegd. Nu waren ze geen van beiden met de auto. Ze had aan de telefoon voorgesteld dat ze na Borg naar haar huis zouden gaan om nog even koffie te drinken. Koffie, dacht hij. Hij grijnsde.

In Borg hadden ze gedanst en in de benauwde atmosfeer daarbinnen hadden ze het warm gekregen. Zij had een slank figuur en een rond gezicht met kort, blond haar. Ze droeg een mooi beige mantelpakje en een panty die daar goed bij kleurde. Hij had een zijden sjaal omgedaan – volgens mij ben je een ijdeltuit, dacht ze – en droeg een Armani-pak dat hij eerder die dag in een modezaak had gekocht om bij haar in de smaak te vallen. Daarin was hij geslaagd.

Toen ze door het centrum wandelden deed ze een voorstel dat hem totaal verraste: ze wilde dat ze via het oude kerkhof aan de Suðurgata zouden lopen. Dan was het minder ver naar haar huis. Terwijl ze elkaar kusten had hij het nog even benauwd gehad: hij kreeg een erectie en was bang dat ze het zou merken. Dat deed ze dan ook. Het herinnerde haar aan de dansavonden vroeger op school, als ze met een jongen danste: zo'n knul had constant een stijve. Veel hebben ze er niet voor nodig, de sukkels, dacht ze dan, en die gedachte kwam nu weer bij haar boven. Op de Suðurgata was zo goed als geen verkeer. Ze wipten over de stenen muur aan de noordoosthoek van het kerkhof, waar de hele familie Thoroddsen begraven lag. Daarna liepen ze behoedzaam tussen de graven door. Hij probeerde zijn nieuwe pak een beetje te sparen.

Op het kerkhof rustten de doden zij aan zij: degelijke burgers, doodgewone mensen, dichters, ambtenaren, kooplieden met een oude Deense achternaam, politici en bandieten. Voor haar was het kerkhof een welige oase in het lawaaiige stadshart, in de zomer een en al groen en duisternis. Oorspronkelijk had ze alleen de route willen bekorten, maar toen ze op de begraafplaats liepen kwam er een nieuwe gedachte bij haar op. De nacht was warm en licht, ze was een beetje tipsy en hij was er duidelijk klaar voor. Ze stelde voor te gaan zitten en even lekker te ontspannen. Aan zijn gezicht kon ze zien dat hij daar niet goed raad mee wist. Dat die impuls bij haar was opgekomen kwam niet doordat ze op het kerkhof waren. Zo eentje was ze niet. In dat opzicht deden die doden haar helemaal niks, god nee. Wel had ze vaak zin gehad om buiten, in de vrije natuur te vrijen, op een zomernacht. Dat had ze later ook tegen die onsympathieke rechercheur gezegd, die met die hoed, Erlendur heette hij. Daar was het lekker rustig, zei ze, en in zekere zin was het kerkhof toch ook natuur.

De man liet zich het geen twee keer zeggen, al moest hij wel even met spijt aan zijn nieuwe, dure pak denken. Ze gingen in het gras liggen, onder een hoge boom. Ze kleedden zich niet uit. Ze ritste de gulp van zijn broek open, trok haar slipje uit en ging op hem zitten. Volkomen krankjorum om het tussen al die lijken te doen, dacht hij. *Mijn innig geliefde echtgenoot*, las ze op een met mos begroeide grafsteen recht tegenover haar. *Rust in vrede.*

Ze zag het lijk niet direct. Na een korte tijd, een minuut of twee, meende ze opzij van haar iets te horen. Het was niet heel dichtbij. Snel keek ze waar het geluid vandaan kwam. Met haar hand smoorde ze het kreunen van de man. Doodstil bleef ze op hem zitten en luisterde. Ze tuurde in de verte, meende iemand in de richting van de kerkhofpoort te zien rennen. Ze keek naar de kerkhofmuur, daarna naar rechts, het kerkhof over. Haar blik bleef rusten op een witte vlek die half in de grond begraven leek te zijn.

Ze draaide zich van de man af en deed haar slipje aan. Ze ritste zijn gulp dicht, zodat hij weer kon opstaan.

'Wat is er?' fluisterde hij.

'Er is daar iemand,' zei ze zachtjes, doodsbenauwd ineens. 'We moeten hier weg.'

Ze liepen zachtjes naar de westkant van het kerkhof, maar ze bleef in zuidelijke richting kijken, naar de witte vlek. Ze wees de man waar hij moest kijken. Even overlegden ze met elkaar. Wat zou het kunnen zijn? Moesten ze gaan kijken? Of gewoon doorlopen en naar haar huis gaan?

'Laten we het maar doen,' zei hij.

'Wat? Gaan kijken?'

'Nee, naar je huis gaan.'

'Zou het soms...? Zou het een lichaam zijn? Nee toch?'

'Ik kan het niet goed zien.'

Haar nieuwsgierigheid was gewekt. Later wilde ze dat ze zich er nooit mee had bemoeid. Maar helemaal niets doen was ondenkbaar. Misschien was het iemand die hulp nodig had. Ze liep op de witte vlek af; hij kwam op enige afstand achter haar aan. Ze kwamen dichterbij, de vlek werd groter en groter. Ze hijgde toen ze zag wat het was.

'Het is een meisje,' zei ze. Het leek alsof ze in zichzelf sprak. 'Een jong meisje, ze heeft helemaal niks aan.'

'Is ze dood?' vroeg hij. 'Hallo!' riep hij toen. 'Hallo. Juffrouw. Hallo.'

Het leek wel of hij een serveerster in een restaurant riep, dacht ze. Eerder op de avond, in Borg, had hij dat ook een paar keer gedaan. Zijn hand opgestoken en door de zaal heen geroepen. Ze had dat niet prettig gevonden: het leek alsof hij op die manier indruk op haar wilde maken. Ze had het langs zich heen laten gaan, maar nu kon ze haar ergernis niet onderdrukken.

Er viel niet aan te twijfelen dat het meisje was overleden. Ze zag het, ze voelde het ook. Ze liep naar haar toe, boog zich voorover en keek haar in het gezicht. Dikke blauwe oogschaduw onder zwarte wenkbrauwen, zwaar rood aangezette jukbeenderen, dieprode lipstick. Het meisje leek niet veel ouder dan een jaar of twintig. Haar ogen waren gesloten.

Alles aan haar was dood. Haar slanke lichaam had nu de kleur van de dood aangenomen. Ze lag op haar zij, een beetje gekromd, met de rug naar hen toe gekeerd. Haar armen waren dun als de steel van een bloem; ze lagen langs het hoofd. Je kon haar ribben tellen – ze tekenden zich onder de gespannen huid af. Ze had lange, dunne benen. Het haar, dat tot haar schouders reikte, was zwart; het was slecht verzorgd en vies. Op een van haar billen zat een rode vlek, een tatoeage in de vorm van de letter J.

Een tijdje stonden ze zwijgend naar het lichaam te kijken, allebei in gedachten verzonken. Arme stakker, arm kind, dacht ze. Dat wordt dus geen koffie vanavond, dacht hij.

'Weet je wie dat is?' vroeg ze.

'Ik? Welnee, hoe moet ik dat weten?' zei hij verbaasd. 'Hoe kom je dáár nou bij?'

'Nee, niet dat meisje natuurlijk! Hij daar,' zei ze en ze wees naar het graf. Jón Sigurðsson, IJslands grote zoon, 's lands eer, zwaard en schild. President Jón.

Het lichaam lag op het graf van de vrijheidsstrijder. De plek was omgeven door een laag, zwartgeverfd ijzeren hek; het grafteken zelf, een zuil van bruin marmer, rees zo'n drie meter omhoog. Midden op de zuil was een koperen schild bevestigd met een afbeelding en profil van president Jón. De president keek met een verachtelijke blik op hen neer, vond ze. Het kerkhofpersoneel zorgde dat het graf altijd goed onderhouden was en dat er bloemen op stonden. Het was kort na 17 juni, Onafhankelijkheidsdag. Zoals ieder jaar op de ochtend van de feestdag had de burgemeester een grote bloemenkrans op het graf gelegd. Die was nog niet verwijderd, en het meisje lag wit en naakt tussen de bloemen. Ze waren al aan het verwelken, de zurige geur die ze afgaven hing in de lucht.

'Heb je een mobieltje bij je?' vroeg de vrouw.

'Nee, thuis gelaten,' zei hij.

'Wacht, ik heb de mijne hier, geloof ik.' Ze haalde een kleine gsm uit haar chique tasje en wilde gaan bellen.

'Wat is het nummer van de politie ook al weer? Ze blijven het maar wijzigen. Is het nog steeds 11166 of moet je nou dat nieuwe bellen, 112?'

'Geen flauw idee,' antwoordde hij.

Wat een onbenul, dacht ze. Die gaat het dus absoluut niet worden.

'112 dan maar proberen,' zei ze.

Ze toetste het nummer in.

'Alarmcentrale.'

Ineens begon ze te weifelen. Ze meende wel eens gehoord te hebben dat je telefoonnummer zodra je belde werd opgeslagen. De simpelste mobieltjes konden al tien nummers van bellers opslaan, als het er al niet veel meer waren. Bij de alarmlijn hadden ze vast en zeker ook zoiets, dacht ze. Ze wist eigenlijk niet of ze dit wel wilde: bij dit zaakje betrokken raken. Ze moest er tenminste niet méér mee te maken krijgen dan nu al het geval was.

'Alarmcentrale,' zei de stem weer.

'Eh, er ligt een meisje dood op het kerkhof aan de Suðurgata,' zei ze. 'Op het graf van Jón Sigurðsson. Op het oude kerkhof.' Daarna verbrak ze de verbinding.

Maar daarmee was ze er niet vanaf, dat wist ze heel goed. Ze dacht aan de man die de kerkhofpoort was uitgerend. Dat was vlak bij het graf van Jón Sigurðsson. Zij was getuige, en dat vond ze geen prettig idee. Ze pakte haar mobieltje weer.

'Alarmcentrale,' klonk het opnieuw.

2

De telefoon rinkelde.

Erlendur Sveinsson, rechercheur, gescheiden, alleenstaand, ongeveer vijftig jaar oud, was altijd buitengewoon geïrriteerd als ze hem 's nachts wekten. Vooral wanneer hij moeilijk in slaap had kunnen komen, zoals deze nacht. Die verrekte middernachtzon hield hem maar wakker. Er viel nauwelijks iets tegen te doen, leek het wel. Erlendur had geprobeerd zijn slaapkamer met dikke gordijnen te verduisteren, maar het licht slaagde erin langs de kieren binnen te komen. Zijn jongste aanschaf was een maskertje. Het kopen was een nogal pijnlijke onderneming geweest. In films had hij zulke luxedingetjes wel eens bij chique oude dames gezien; zo was hij ook op het idee gekomen. Maar hoe kwam je eraan? Hij had erover gesproken met zijn collega Elínborg, een vrouw van middelbare leeftijd.

'Wát?' vroeg ze. 'Een masker?'

'Zo een om voor je voor je ogen te doen,' zei Erlendur zachtjes.

'Je bedoelt, waar dames op stand mee slapen in films?' vroeg ze. Ze genoot: Erlendur was zichtbaar slecht op zijn gemak.

'Het is die verdomde middernachtzon,' zei hij.

Ze had de verleiding niet kunnen weerstaan en hem naar een lingeriezaak op de Laugavegur gestuurd. De verkoopster, een wat oudere vrouw met strenge gelaatstrekken, was zo vrij te vragen wat hij met dat masker wilde. Daar was in haar zaak nooit vraag naar geweest.

'Hoe bedoel je, een masker voor je ogen?' vroeg ze zo luid dat het in de hele winkel te horen was. 'Zoals oude dames in films er een dragen?'

Toen hij op het bureau terugkwam was Elínborg verdwenen, maar ze had een boodschap op zijn tafel achtergelaten, en onder het velletje papier lag een masker. Ook hierin had Elínborg de verleiding niet kunnen weerstaan: het was gemaakt van zacht, lichtroze satijn, met een heel fijn borduurwerkje aan de randen.

En dat waardeloze lor was nog erger dan die verdomde middernachtzon. Erlendur had de gordijnen zorgvuldig dichtgetrokken, was in bed gaan liggen en had het masker opgezet. Het elastiek hinderde hem al direct. Het was veel te kort voor zijn grote hoofd, zodat het masker tegen zijn gezicht petste – met de achterkant naar voren. Toen hij het goed had opgezet piepte het licht er bij zijn nogal hoge neusbrug toch nog onderdoor. Een hele tijd worstelde hij met dit probleem; uiteindelijk werd hij doezelig en viel, gelukkig maar, in slaap.

Hij had voor zijn gevoel nog geen minuut geslapen toen de telefoon begon te rinkelen. Het was Sigurður Óli, zijn collega.

'Er is een lijk gevonden op het kerkhof aan de Suðurgata,' zei hij. Ook hij had wakker gelegen. Hij was de collega met wie Erlendur het nauwst samenwerkte. De meeste anderen bij de rijksrecherche pasten er wel voor op Erlendur 's nachts te bellen.

'Ja, waar wou je anders een lijk vinden?' zei Erlendur nijdig. Hij begreep niet waarom hij geen licht zag – hij had zijn ogen toch open? Hij tastte om zich heen, voelde uiteindelijk het masker en schoof het van zijn gezicht af. Hij keek op de klok. Het was hem gelukt een uur te slapen.

'Dit lijk is niet begraven, weet je. Het is een meisje. En raad eens waar ze ligt?'

'Op het kerkhof. Dat zei je toch?'

'Op het graf van Jón Sigurðsson. De eer, het zwaard enzovoort.'

'President Jón?'

'Ja, dat heb ik begrepen: ze is op het graf van president Jón gelegd. Ze is naakt en de vrouw die haar heeft gevonden zegt dat ze kort daarvoor een man de poort uit heeft zien rennen.'

'En waarom bij president Jón?'

'Goeie vraag.'

'Heet ze soms Ingibjörg?'

'Wie, die getuige?'

'Nee, dat meisje.'

'We weten niet wie het is. Hoe kom je bij Ingibjörg?'

'Jij weet ook helemaal niks,' zei Erlendur kwaad. 'De vrouw van Jón

16

Sigurðsson heette Ingibjörg. Ben je al bij dat graf?'

'Nee. Moet ik je komen ophalen?'

'Geef me vijf minuten.'

'Hoe gaat het met je masker?'

'Zeg, hou je bek.'

Erlendur woonde in een klein appartement in het oudste gedeelte van de wijk Breiðholt. Hij was er na zijn scheiding, lang geleden, ingetrokken; zijn twee kinderen kwamen er soms als ze onderdak nodig hadden. Ze waren beiden de twintig gepasseerd. Zijn dochter was verslaafd aan drugs, zijn zoon een zware drinker. Erlendur had naar beste vermogen geprobeerd hen te helpen, maar na herhaalde pogingen had hij geconstateerd dat dit een hopeloos gevecht was. Hij hield zich nu vast aan een simpele filosofie: het moet in het leven gaan zoals het gaat. Algauw nadat ze waren begonnen hem wat vaker op te zoeken, hadden ze ontdekt dat de verhalen van hun moeder niet klopten: die boorde hem volkomen de grond in. De scheiding had hem tot haar ergste vijand gemaakt en daarmee ook tot die van hun kinderen. Ze schilderde hem af als een monster.

Toen ze op het kerkhof kwamen had de politie de omgeving van het graf al met geel lint afgezet en de Suðurgata voor het verkeer afgesloten. Speurhonden snuffelden in de omgeving van de poort. Een aantal passanten, het grondsop van het nachtleven, stond op een afstandje toe te kijken. Mensen van de technische recherche stonden bij het graf van Jón Sigurðsson. Een van hen fotografeerde het lijk vanuit verschillende gezichtshoeken. Er waren al persfotografen ter plaatse, die opnamen maakten van alles wat voor hun lens kwam, maar wel buiten het kerkhof moesten blijven. Het was 's morgens na vijven; de zon stond hoog aan de hemel. Politieauto's en een ambulance waren met brandende lampen langs de Suðurgata geparkeerd, maar het was al zo helder dat de lichten nauwelijks opvielen.

Erlendur en Sigurður Óli liepen naar het graf. Een zwakke lucht van verwelkte bloemen kwam hun tegemoet. Het lichaam van het meisje, lijkwit en moedernaakt, baadde in het licht van de morgenzon. Elínborg en Þorkell, een collega van Erlendur en Sigurur Óli, stonden bij de dode.

'Ze ligt er mooi bij,' zei Erlendur zonder te groeten. 'Weet iemand al iets?'

'We hebben nog geen naam, maar de dokter hier heeft haar onderzocht.

Hij heeft zo zijn vermoedens,' zei Elínborg. 'Het ziet ernaar uit dat het moord is.'

Een man van ongeveer dezelfde leeftijd als Erlendur stond over het lichaam gebogen, maar richtte zich nu op. Hij had een onverzorgde baard en droeg een bril met een dik, hoornen montuur. Erlendur wist dat hij het niet gemakkelijk had. Zijn vrouw was twee jaar tevoren aan kanker overleden. Ze werkten al heel lang samen en waren goede kennissen, maar over privéomstandigheden hadden ze nooit gepraat. Erlendur hield zich liever buiten het leven van andere mensen en vond dat hij genoeg had aan zichzelf en de zijnen.

'Ik moet het natuurlijk nog beter bekijken, maar het heeft er veel van weg dat ze gewurgd is. Het zou kunnen dat ze daarnaast verkracht is. Ik geloof dat er sperma in haar vagina zit, maar vanonder zijn geen duidelijke tekenen van mishandeling te vinden.'

'Vanonder!' snoof Elínborg.

'Ze spoot,' ging de dokter verder. 'Mogelijk al een hele tijd. Dat kun je aan haar armen zien, maar ook aan andere plekken op haar lichaam. Dus daar vinden we ongetwijfeld sporen van in haar bloed. Het zal wel heroine zijn. Haar lichaamstemperatuur is nog niet noemenswaardig gedaald, dus ik schat dat ze ongeveer één tot anderhalf uur geleden gestorven is. Niet meer.'

'Het zal wel een zwerfster zijn,' zei Elínborg. 'En een tippelaarster natuurlijk.'

'Verschrikkelijk zeg, zoals díé opgemaakt is,' zei Þorkell.

'Wordt er een meisje van die leeftijd vermist?' vroeg Erlendur.

'Bij ons niet,' antwoordde Elínborg. 'Het zal wel weer het ouwe liedje zijn. Een jaar of wat geleden van huis weggelopen. Daarna op straat geleefd, getippeld, ergens onderdak gekregen, in een opvanghuis of zo, in een afkickcentrum opgenomen, weer op straat terechtgekomen, opnieuw getippeld om aan drugs te kunnen komen en weer opgenomen. We kennen zoveel van dat soort verhalen. Misschien meegedaan aan inbraakjes en andere kleine criminaliteit. Haar klantenkring zal niet veel soeps geweest zijn: vieze ouwe mannetjes. Ik weet zeker dat we een heel dossier over haar in de computer hebben zitten. We hoeven haar alleen maar na te trekken.'

Ze stonden met zijn vieren naar de dokter te kijken, die weer over haar gebogen stond. Geen van hen, Erlendur misschien uitgezonderd, had ervaring met het onderzoek van moordzaken, maar ze probeerden te laten zien dat ze ertegen waren opgewassen. Er gebeurden maar weinig moorden in Reykjavík. De meeste werden onder invloed van alcohol begaan, en zonder dat er een schot bij gelost werd. De dader werd opgepakt en naar de gevangenis in Litla-Hraun gestuurd. Een enkele keer gebeurde het dat de moordenaar pas na enkele dagen werd gevonden, meestal gaf hij zichzelf aan of kwam hij na een kort onderzoek boven water. Maar gevonden werd hij. In de laatste tien jaar waren er weinig of geen moorden gepleegd waarvan je kon zeggen dat ze grondig waren voorbereid, moorden die in koelen bloede waren begaan, of in elk geval zo dat men had geprobeerd de sporen uit te wissen. Met verdwijningen lag het anders. Die kwamen vaak voor en ze bleven bijna even vaak onopgelost.

'De ouwe Jón zal hier niet erg blij mee zijn,' zei Erlendur, omhoogkijkend naar de groen uitgeslagen kop van Jón Sigurðsson op de stenen kolom.

'Wat kan dit nou met hém te maken hebben?' vroeg Elínborg.

'Ik betwijfel of het puur toeval is dat dat arme kind hier ligt.'

'Zoals je zei, misschien heet ze Ingibjörg,' zei Sigurður Óli.

'Hoezo Ingibjörg?' vroeg Þorkell.

'Omdat de vrouw van Jón Sigurðsson Ingibjörg heette natuurlijk,' zei Sigurður Óli zelfingenomen.

'Heette die dan geen Áslaug?' vroeg Þorkell.

'Áslaug?' echode Erlendur. 'Hoe kom je nou bij Áslaug?'

'Ach nee, Ingibjörg natuurlijk,' verbeterde Þorkell snel.

'Tsjonge jonge,' kreunde Erlendur.

'Wat is dat daar op haar bil?' vroeg Sigurður Óli en hij boog zich voorover. 'Misschien begon de naam van haar vriend met een J,' gaf hij zichzelf antwoord. 'Waar kun je zo'n tatoeage eigenlijk laten zetten? Hier in de stad zijn nauwelijks tattoostudio's.'

'Misschien heet ze zelf J en nog wat,' opperde Þorkell.

'Volgens jouw geniale manier van redeneren komt ze dus uit Reykjavík en heeft ze nooit een voet buiten de stad gezet, laat staan dat ze in het buitenland is geweest,' zei Erlendur spottend tegen Sigurður Óli.

'Het zou me wat waard zijn als er 's nachts geen moorden meer gepleegd werden. Dan hoefden we jou tenminste niet wakker te maken, gemaskerde!' zei Sigurður Óli en hij keek Elínborg aan.

'Het lijkt me duidelijk dat ze hierheen gebracht is,' zei deze. 'Er is geen spoor van geweld te vinden en haar kleren liggen hier ook niet. Het lijkt wel alsof ze op dat graf te kijk gelegd is.'

'Misschien moest Jón haar beschermen,' zei Sigurður Óli. 'Misschien moest hij haar weer levend maken.'

'Waar is de vrouw die haar gevonden heeft?' vroeg Erlendur.

'Die hebben we naar huis gebracht,' antwoordde Þorkell. 'We dachten dat dat wel kon. Maar ze verwacht je.'

'Was ze alleen?'

'Dat zei ze tenminste, en ze heeft ook verteld dat ze een man de poort van het kerkhof uit zag rennen.'

'Ga eens na of er iemand hier in de omgeving die rennende man heeft gezien,' zei Erlendur. Hij ging weg en Sigurður Óli liep met hem mee het kerkhof af.

'Wist je dat ze de Suðurgata vroeger het Liefdespad noemden?' vroeg Erlendur toen hij in de stralende ochtendzon de straat op stapte. In hun wedstrijdjes wie het meest wist konden ze behoorlijk kinderachtig doen, die twee. Erlendur voelde zich in dit spel de mindere: hij had alleen maar een vwo-diploma. Sigurður Óli was trots op zijn universitaire achtergrond en de opleiding die hij daarna in Amerika had gevolgd – tja, zo was het nou eenmaal, hij kon het ook niet helpen. Onuitstaanbaar was hij met zo'n houding.

'Klopt,' antwoordde Sigurður Óli, voor wie dit volkomen onbekend was. 'En weet je dat de Suðurgata ooit ook nog eens Lijkenhuisstraat geheten heeft?'

'Jazeker,' zei Erlendur – hij hoorde het voor het eerst.

3

Ze heette Bergþóra. Toen Erlendur en Sigurður Óli aanbelden had ze in de tussentijd iets comfortabelers aangetrokken. Na haar telefoongesprek met de politie had Onbenul snel afscheid genomen. Hij had gezegd dat hij geen zin had in die kwestie verwikkeld te raken en op zich kon ze dat wel begrijpen. Maar evengoed – wat een ridder, zeg. Liet haar gewoon barsten! Of ze wilde proberen hem erbuiten te houden, had hij gevraagd. Nou, ze vond het prima. De vondst van het lijk had haar weer helemaal in de nuchtere werkelijkheid teruggebracht en nu begon haar geweten te spreken. Ze moest er niet aan denken dat ze de politie of wie dan ook over die seks op het kerkhof zou moeten vertellen. Ze wilde dat ze dat uur uit haar leven kon wissen. Als haar metgezel nou op het werk zijn mond maar hield. Wat een nachtmerrie – wat had haar bezield? Op een kerkhof, nota bene. Was ze nou helemaal gek geworden?

Ze woonde in een klein, smaakvol appartement aan de Aflagrandi. De meubels had ze in antiekzaken bij elkaar gezocht; op de beukenhouten parketvloer lagen kleine perzen. In de kamer hingen reproducties. Marilyn Monroe van Andy Warhol. Ze vroeg Erlendur niet te roken en hij stopte het pakje weer in zijn zak. Dit is helemaal het droomappartement van jongeren die het gaan maken, dacht hij, en zijn gedachten gingen even naar zijn eigen appartement met het stijlloze, smakeloze allegaartje van meubels en ander huisraad.

Ze probeerde het eerst met een leugen, maar ze had geen gelegenheid gehad zich daar behoorlijk op te prepareren.

'Er valt eigenlijk niet zoveel over te vertellen,' begon ze toen Erlendur en

Sigurður Óli tegenover haar waren gaan zitten. Ze probeerde haar verhaal zo gewoon mogelijk te laten klinken.

'Tja, zulke dingen heb je nou eenmaal in deze buurt,' zei Erlendur. 'Je stuit hier natuurlijk regelmatig op lijken, hè?'

'Nee, ik bedoel dat jullie weinig aan me hebben. Ik ben uit geweest, in het centrum, en rond drie uur liep ik op de Suðurgata, op weg naar huis. Toen zag ik dat een man de poort van het kerkhof uit rende. Hij liep de kant van de Skothúsvegur op. Toen ik dichterbij kwam keek ik over de stenen muur en daar zag ik dat meisje op het graf van Jón Sigurðsson liggen. Toen heb ik direct de politie gebeld.'

'Eigenlijk heb je twee keer gebeld,' zei Sigurður Óli. 'Waarom was dat?'

'Ik was een beetje in verwarring, denk ik. Mijn eerste reactie was: ik moet de politie bellen, maar ik wilde er eigenlijk ook niks mee te maken hebben. Ik wilde geen getuige zijn. Maar toen ben ik van gedachten veranderd.'

'Hoe zag die man eruit, die je daar zag rennen?' vroeg Erlendur.

'Ik heb hem niet goed gezien, ik kan hem nauwelijks beschrijven. Hij had donkere kleren aan.'

'Donkere kleren? En meer heb je niet gezien? Waar liep je precies op de Suðurgata toen je hem zag?'

'Nog tamelijk aan het begin,' antwoordde Bergþóra, en ze keek Erlendur aan. Liegen ging haar niet goed af. Het lukte haar ook deze keer niet: ze was moe, ze wilde van de zaak af, ze wilde slapen. Maar ze had ook iets te verbergen, ze was te gespannen. En die Erlendur had het al gemerkt, ze wist het.

'Dus je hebt hem niet zo goed kunnen zien,' zei Sigurður Óli. Hij wilde een goede indruk maken op deze knappe jonge vrouw. Dat hield hem meer bezig dan het uitpluizen van al die details. Bloedmooi is ze, dacht hij – en hij vond zichzelf ook niet lelijk. Er schoot hem een uitdrukking te binnen die hij pas geleden voor het eerst had gehoord en die hij toen smakeloos had gevonden. Een kennis had eindeloos zitten zwetsen over alle vrouwen die hij versierd had. Die hij gepaald had. Zo noemde hij dat.

'Ik kon hem niet goed zien; hij rende ook zo hard. Hij was eigenlijk direct weer verdwenen. En ik heb ook niet speciaal op hem gelet. Ik had dat lichaam toen nog niet ontdekt.'

'Ben je er zeker van dat het een man was?' vroeg Erlendur.

'Ja, dat wel.'

'Voor iemand die zoiets heeft meegemaakt ben je opvallend kalm. Ben je niet ontzettend geschrokken toen je daar midden in de nacht alleen op weg was en dat lijk zag liggen?' vroeg Erlendur. Behoedzaam probeerde hij zijn doel te bereiken. 'En nog wel op dat oude kerkhof. Er wordt altijd verteld dat het er spookt.'

'Ik geloof niet in spoken, en in deze tijd van het jaar kun je nauwelijks van nacht spreken,' zei ze glimlachend. 'Ja, natuurlijk ben ik geschrokken en daar ben ik nog niet helemaal overheen ook. Zo vaak heb ik in mijn leven geen lijk gezien. Het is ontzettend triest als je zo'n meisje ziet: overleden en zomaar ergens buiten achtergelaten. Hebben jullie enig idee hoe ze gestorven is?'

'In dit stadium vinden we het beter er zo min mogelijk over te zeggen,' zei Sigurður Óli.

'Maar ze is toch vermoord?'

'Droeg je dat mantelpakje toen je haar vond?' vroeg Erlendur, die haar vraag onbeantwoord liet. Hij keek naar een stoel bij de eettafel. Toen ze was binnengekomen had ze haastig haar kleren over die stoel gehangen, maar ze was vergeten die op te bergen. 'Ben je gevallen toen je dat pakje droeg? Volgens mij is het nogal vuil.'

'Ja, dat klopt, ik ben gevallen.'

'Toch geen wonden opgelopen?'

'Nee hoor.'

'Maar zijn dat geen groene vlekken? Ben je dan in het gras gevallen? Op Austurvöllur soms?'

'Nee, op... oké,' zuchtte ze. 'Hij had me gevraagd hem erbuiten te houden, maar het zal me ook een zorg zijn wat hij wou. Heeft me verdomme gewoon laten zitten! We zijn met z'n tweeën op het kerkhof geweest. Hij heeft een computerzaak, samen met mij en nog een stel anderen. Hij had me voor een etentje in Borg uitgenodigd, en we waren op weg naar huis. Toen kwam ik ineens op het idee dat we een stuk konden afsnijden als we het kerkhof zouden oversteken. Daar zijn we gestopt en toen zijn we in het gras gaan liggen. We hebben een beetje gevrijd, maar toen hoorde ik iets en zijn we ermee opgehouden.'

'Vind je dat lekker, vrijen op een kerkhof?' vroeg Erlendur.

'Vind jij het lekker om zulke vragen te stellen?' antwoordde ze.

'We proberen een beeld te...'

'Wat moet ik dan zeggen? Dat ik het lekker vind om het op een kerkhof te doen? Oké. Ik vind het lekker om het in de vrije natuur te doen, en kerkhoven zijn een soort natuur. Nóú goed? Dat willen jullie toch horen? Maar het heeft niks met de doden daar te maken. Ben ik zo duidelijk genoeg? Ik wou het maar even gezegd hebben.'

'En is Don Juan ertussenuit gegaan toen jullie dat lijk zagen?' Erlendur was totaal niet gechoqueerd. Zijn dochter had hem over haar leven in de goot nogal wat ergere verhalen verteld dan dat leuke kerkhofavontuurtje van die twee ICT-yuppen.

Heeft haar op het kerkhof gepaald, dacht Sigurður Óli. Zijn gedachten dwaalden weg van het verhoor toen hij zich dat voorstelde. Hij was vrijgezel en het was al een tijd geleden dat een vrouw het bed met hem had gedeeld.

'Don Juan heeft die man niet gezien,' zei ze. 'De man die ik de poort uit heb zien rennen, bedoel ik.' Ze stond op. Ze vond het niet prettig daar voor die twee mannen te zitten en te vertellen wat ze had gedaan. De oudste gaapte haar aan en de jongste leek plotseling heel ver weg. Geen lelijke vent trouwens, dacht ze, al kijkt hij nogal schaapachtig op het ogenblik.

'Dus je was op het kerkhof en je zag van tamelijk veraf die duistere figuur de poort uit rennen. En dat was nog voordat je het lijk zag. Heb je ook iets bijzonders aan hem gezien dat ons zou kunnen helpen? Zijn leeftijd? De kleur van zijn haar? Zijn kleding? Zonet zei je dat hij de kant van de Skothúsvegur op ging. Maar was hij dan niet met de auto gekomen? Hij had een meisje op zijn rug, naakt nog wel. Het is de vraag of hij op die manier een behoorlijk eind heeft kunnen lopen. Je had dus een auto moeten zien. Als je liegt moet je het wel goed doen.'

'Ik heb niet gezien welke kant hij op ging toen hij van het kerkhof kwam. Dat van de Skothúsvegur klopt niet. Ik zei maar wat. Maar een auto heb ik niet gezien en niet gehoord ook. Er was heel weinig verkeer toen we de Suðurgata op liepen.'

'Nog één ding,' zei Erlendur glimlachend. 'Je bent heel behulpzaam geweest. Alles wat je tegen ons zegt is vertrouwelijk; niemand zal daar verder kennis van nemen, daar kun je gerust op zijn. We hebben geen enkele belangstelling voor je privéleven. Maar weet je ook of hij je gezien heeft?'

'Wie?'

'Die figuur die het kerkhof af rende.'

'God, nee toch, hè?'

4

Het was twaalf uur en nog steeds was er niets over het meisje bekend. Geen enkele bewoner van de Suðurgata of de Skothúsvegur had in de buurt van het kerkhof voorbijgangers gesignaleerd. Iedereen had die nacht op één oor gelegen. Op de radio werd 's ochtends onophoudelijk over de vondst van het lijk gepraat. Het was komkommertijd, en het lijk op het graf van Jón Sigurðsson had op alle nieuwsredacties in het land het effect van een ontploffende bom. In een van de actualiteitenprogramma's was het meisje al op bijzonder fijngevoelige wijze van een naam voorzien: ze werd 'het presidentslijk' gedoopt. In een andere uitzending werd de zaak als 'de moordzaak-Jón Sigurðsson' betiteld. Het leek alsof de grote man zelf vermoord was.

Niemand had een jonge, donkerharige vrouw met een kleine tatoeage op haar bil als vermist opgegeven. Geen moeder die zich zorgen maakte om haar dochter. Geen vader die zijn kind zocht. Geen broer of zus van wie een zusje was verdwenen. Was het nog te vroeg om vragen te kunnen verwachten van mensen uit haar directe omgeving? Of zou niemand haar missen? Het lichaam was naar het mortuarium in de Barónsstígur gebracht en lag op een koude stalen tafel terwijl de patholoog-anatoom eraan werkte, zoals dat daar werd genoemd. Binnen niet al te lange tijd zou er een voorlopig rapport gereed zijn.

Het personeel van de rijksrecherche ging 's middags in chagrijnige stemming aan de slag. De dienst was ondergebracht in een gebouw op het industrieterrein in Kópavogur. Volgens Erlendur was het een bouwval: door een verkeerde samenstelling vertoonde het beton grote gebreken. Eén lichte aardbeving en het lag in puin, zei hij onder het koffiedrinken. Het leek alsof hij daar verlangend naar uitkeek.

Het was zondag; toch waren de meeste leden van de dienst opgeroepen. Op het kerkhof aan de Suðurgata waren de technisch rechercheurs bij het graf van Jón Sigurðsson en het terrein eromheen nog moeizaam met hun taak bezig. Hun onderzoek had totaal niets opgeleverd dat zou kunnen helpen de identiteit van het meisje te bepalen of te verklaren wat haar was overkomen. De Suðurgata was weer vrijgegeven voor het verkeer en heel wat mensen reden uit nieuwsgierigheid langs het kerkhof naar het centrum. Chauffeurs en passagiers rekten hun nek om over de kerkhofmuur heen de technisch rechercheurs en de politie aan het werk te zien.

'Je legt het lijk van een jong meisje op het graf van president Jón. Wat zou je daarmee willen zeggen?' vroeg Erlendur peinzend. Hij zat aan zijn kleine schrijfbureau; Sigurður Óli zat tegenover hem. Het kantoor had een houten lambrisering. Op een aantal planken aan de muur stonden mappen met vergeelde rapporten van zaken die, opgelost of niet, totaal in vergetelheid waren geraakt. In een van de hoeken stond een grijze archiefkast met daarin een groot aantal mappen met oude zaken, alfabetisch gerangschikt. Op de vloer lag een kleed dat eens groen was geweest, maar nu kleurloos en afgetrapt was. Persoonlijke bezittingen had Erlendur niet in zijn kantoor. Geen foto's van familieleden, golfwedstrijden, bridgepartners of vakanties in Spanje. Als er al een foto van Erlendur zelf bestond, was die niet in zijn vrije tijd genomen. Dan zat hij in zijn verduisterde kamer te lezen of te slapen, zijn gezicht verlicht door het schijnsel van de tv. Hij leidde een eenzaam en eentonig bestaan, had al jaren geen vakantie genomen. Veel vrienden had hij niet, hij ging bijna uitsluitend om met zijn collega's bij de politie. Vriendschappelijke betrekkingen probeerde hij ook niet aan te knopen: hij had er geen behoefte aan.

'Wat schiet je het eerst te binnen als je de naam Jón Sigurðsson hoort noemen?' zei Sigurður Óli peinzend.

'Dat hij ons naar de onafhankelijkheid geleid heeft,' zei Erlendur, vertrouwend op zijn middelbareschoolkennis. 'De bevrijder van de IJslanders. Politicus. Een heiligenfiguur eigenlijk, volkomen integer. Niemand heeft ook ooit geprobeerd zijn naam te bezoedelen. Hij was precies wat hij zei en deed. Hielp de IJslanders, behartigde hun belangen in Kopenhagen. Zijn verjaardag is onze nationale feestdag. Maar ja, de politiek, de strijd om de onafhankelijkheid, díe kunnen hier toch niet achter zitten?'

'En zijn persoonlijk leven?' vroeg Sigurður Óli. Hij beantwoordde zijn eigen vraag. 'Jón Sigurðsson was afkomstig uit de Westfjorden. Hij werd geboren in Hrafnseyri aan de Arnarfjord.'

'Het bekendste verhaal over hem gaat over zijn relatie met Ingibjörg, zijn vrouw,' zei Erlendur. 'Die heeft twaalf jaar lang verloofd en wel thuisgezeten op IJsland, terwijl híj in zijn eentje in Kopenhagen woonde. Ze had meer geduld dan vrouwen tegenwoordig kunnen opbrengen. Waarschijnlijk is zo het praatje in de wereld gekomen dat Jón het niet zo nauw nam met de zeden.'

'Stel dat het een snolletje was, die meid op het kerkhof, dan heb je dáár misschien een verband. Zou Jón nooit eens naar de hoeren zijn gegaan, daar in Kopenhagen?'

'Nogal vergezocht, hoor. Nee, dan zoek ik het toch eerder in de politiek. Jón was in de allereerste plaats politicus. Degene die dat meisje op het graf heeft gelegd wil daarmee dus een politieke uitspraak doen. Dat ze op die plaats gevonden is heeft beslist een betekenis, het is duidelijk een bood- schap. We moeten maar eens met een historicus gaan praten.'

'Een nationalistische moordenaar.'

'Een nationalistische moordenaar – misschien niet eens zo'n gekke bena- ming. Een romantische nationalist. Misschien iemand die niks moet heb- ben van de veranderingen die IJsland in de afgelopen twintig of dertig jaar heeft doorgemaakt, en mogelijk is dat meisje daar op de een of andere ma- nier het symbool van. Ik zie ook niks in al die veranderingen, net als heel wat mensen van mijn generatie. Jij en die hele yuppenbende, jullie vreten alles, zolang het maar van de yankees komt. IJsland is langzamerhand een soort Klein-Amerika geworden.'

'O nee hè, krijgen we dát weer,' zuchtte Sigurður Óli, die Erlendurs visie op alles wat Amerikaans was maar al te goed kende. Hij had zijn opleiding in de Verenigde Staten gehad en nergens had hij zich beter thuis gevoeld. Hij kon hij er eindeloos over doorpraten hoe hij in zijn huis in Atlanta op de bank naar honkbalwedstrijden had liggen kijken. Hij vertelde aan ieder die het horen wilde hoe hij dat honkbal miste en die rugbywedstrijden en het ijshockey en duizend-en-een tv-programma's. 'Jullie zijn bang van de wereld om je heen,' ging Sigurður Óli verder. 'Je wilt jezelf afsluiten, het licht uitdoen en een masker voor je ogen binden. Sterker nog, je hebt er al een gekocht.'

'Van de winter zag ik een advertentie in de krant,' zei Erlendur – op de grapjes over zijn masker reageerde hij niet meer. 'Een van de betere restaurants maakte reclame voor een buffet, speciaal voor het midwinterfeest: in zuur ingelegde ramstestikels, lamsborst, zure bloedworst en geschroeide halve schaapskoppen. In die advertentie zag je een foto van de obers. Nou, daar stonden ze achter de tafels met al die heerlijke, ouderwetse IJslandse midwinterkost: allemaal in een rood geruit shirt en jeans. Ze hadden een zakdoek om hun nek en een witte cowboyhoed op.' Erlendur boog zich met een vies gezicht over zijn bureau naar Sigurður Óli. 'Ik dacht: waar sláát dat op, die Amerikaanse kleren bij onze midwinterkost? Wat ís dit voor een gebrek aan smaak? Weet je wat ik erin proef? Zolang je de IJslandse midwinterkost niet met Amerika in verband brengt is het niks. Dan is het niet *cool*, ook al zo'n woord waar je doodziek van wordt, net als *smart*. Er is niks *smart* of *cool* in IJsland als het niet op de een of andere manier Amerikaans is. Geen mens zegt dat we aan onze IJslandse manier van denken en oordelen moeten vasthouden. Nou, daar is het dan gauw mee afgelopen.'

'Volgens mij heeft dat niet speciaal met Amerika te maken, maar met het feit dat de hele wereld kleiner geworden is,' zei Sigurður Óli. Hij wist dat Erlendur, om maar iets te noemen, niets met McDonald's te maken wilde hebben. 'Bij veranderingen in levensstijl lopen de yankees nou eenmaal vaak voorop, en de rest van de wereld aapt hen dan na. En waarom moet je altijd alles bij het oude laten? Kijk naar de Fransen. Dat zijn enorme nationalisten. Nou, moet je zien hoe arrogant en vervelend die zijn. Wou je soms dat we net zo worden als de Fransen? Volgens mij leiden die pogingen om jezelf te blijven nergens toe. Sterker, zo wordt de smaak van de IJslanders nog slechter dan hij al is. Als je dat érgens aan kan zien, dan is het wel aan die smerige midwinterkost. Zure ramskloten en geschroeide schaapskoppen! Wie eet er nou zulke troep? En verder ben ik er helemaal niet zo zeker van dat de gemiddelde jonge IJslander weet wie Jón Sigurðsson was. Of dat hoe dan ook belangrijk vindt om te weten.'

'Iedereen weet toch wie Jón Sigurðsson was? Kom op zeg, zo stom zijn de IJslanders nou ook weer niet.'

'Er zijn vijf tattoostudio's hier in Reykjavík. Tenminste, er staan er vijf in de telefoongids,' zei Elínborg, die het kantoor was binnengekomen. De deur stond open, zoals meestal. Alleen wanneer Erlendur op zijn kamer een verhoor afnam was dat anders. Elínborg was tussen veertig en vijftig jaar oud – haar leeftijd liet zich moeilijk schatten. Ze had een gevuld figuur, zonder dat je haar dik kon noemen. Ze kleedde zich smaakvol, duidelijk beter haar collega's, en was een kokkin van naam. Haar recepten waren zeer geliefd, en hoewel ze niet altijd even makkelijk in de omgang was liet ze anderen graag in haar kookexperimenten delen. Het liefst werkte ze met kip; ze kende talloze manieren om die klaar te maken. Haar drie kinderen voeren er wel bij. Dat haar man, die een klein garagebedrijf had, zoveel van haar hield was ook vanwege haar kookkunst, al zou hij dat nooit hardop zeggen.

'Ga samen met Þorkell maar naar die studio's toe, geef ze een beschrijving van dat meisje en vraag of ze haar kennen,' zei Erlendur. 'En we hebben vast wel foto's van dat kunstwerk op haar achterste. Neem zo'n foto mee; misschien herkent een van die kunstenaars zijn werk. Heeft er trouwens al iemand naar haar gevraagd?'

'Nog steeds niet,' zei Elínborg, terwijl ze het kantoor weer uit liep. 'Zijn die shops eigenlijk op zondag open?'

'Geen idee,' antwoordde Erlendur.

'Ik ga wel alleen. Þorkell is de laatste dagen zo vervelend.'

'Hoezo?' vroeg Sigurður Óli.

'Om een vrouw. Die blonde heeft hem de zak gegeven, Sigríður, die tandarts. Ze heeft in Londen iemand ontmoet op een conferentie over tandheelkunde voor de oudere mens en toen had Þorkell het nakijken. Dat heeft hij me gisteravond verteld. Kostte me een tandoorikip: die stond net in de oven toen hij begon te jammeren. Dus sorry hoor, even geen Þorkell. Ik heb geen zin om dat gezeik van hem te moeten aanhoren,' zei ze en ze ging de gang op.

'Boordevol meegevoel, onze Elínborg,' zei Erlendur.

'Vind je niet dat we een mannetje bij die getuige moeten laten posten, die Bergþóra?' vroeg Sigurður Óli. Hij had de hele morgen aan haar en aan dat kerkhofverhaal gedacht. 'Als je wilt kan ik wel even met haar gaan praten. Als de moordenaar weet dat we een getuige hebben die hem heeft gezien, kan dat gevaarlijk zijn, denk je ook niet?'

'Van die plaats begrijp ik helemaal niks,' zei Erlendur zonder antwoord op de vraag te geven. 'Dat meisje is buiten neergelegd, op een heel opvallende plek. Die plek heeft naar alle waarschijnlijkheid iets te betekenen, iets wat in verband staat met haar of de man die haar daar gebracht heeft. Er is geen enkele poging gedaan om haar te verbergen. Sterker, er is juist voor gezorgd dat we haar zouden vinden. Ze is ons gewoon in handen gespeeld, als is het dan op een heel vreemde manier.'

'Ze kan net zo goed op de eerste de beste bruikbare plek zijn gedumpt,' zei Sigurður Óli.

'Maar dan zou de moordenaar toch proberen zijn sporen uit te wissen? Deze verbergt niks. Deze wíl helemaal niks verbergen. Het lijkt wel alsof hij probeert met ons in contact te komen. In ieder geval probeert hij ons niet te vermijden. Als mensen een lijk kwijt willen, laten ze het verdwijnen. Dat is de regel.'

'Waarom geeft hij zich dan niet aan?'

'Dat weet ik ook niet. Ik zit alleen maar hardop te denken. Denk niet dat ik op alle vragen een antwoord heb. Dat meisje was naakt, ze zat vol sperma en haar gezicht was zwaar opgemaakt. Elínborg dacht dat het een hoertje was, en dat zou heel goed kunnen. Ze kan tegen een perverse klant zijn opgelopen die te ver gegaan is. Misschien had ze een vriend die er niet blij mee was dat ze tippelde en haar daarom uit de weg geruimd heeft. Maar het kan evengoed zijn dat haar vriend tegelijk haar pooier was. Mijn dochter vertelt me wel eens wat over dat wereldje. Je weet hoe het er met haar voor staat.'

Sigurður Óli knikte.

'Er is maar heel weinig prostitutie in Reykjavík, en pooiers heb je hier nauwelijks,' ging Erlendur verder. 'We weten dat er meisjes tippelen om hun drugs te kunnen betalen. In hun klantenkring zit van alles, van alleen maar smerig tot totaal afstotelijk. Ze lopen tegen monsters op waarvan je je niet kunt voorstellen dat ze bestaan. Zo kan het meisje van president Jón ook door het leven zijn gegaan. We zullen achter zulke meisjes aan moeten om te horen of ze haar kennen.'

'Nog even over Bergþóra. Zal ik met haar gaan praten en voor bewaking zorgen? Voor alle zekerheid? Dat hoeft verder niemand te weten. Ik regel het zelf wel.'

'Ja, doe maar.'

Die middag nog kwam het voorlopige rapport van de patholoog-anatoom bij de recherche binnen. Het was een haastklus geweest. Het meisje was minder dan een uur voordat de politie ter plaatse was overleden. Ze was dus kort na haar dood op het kerkhof gebracht. Hij moet met de auto gekomen zijn, dacht Erlendur toen hij het rapport las. Hij heeft echt geen enorm eind met haar lopen slepen – ze was nog naakt ook. De speurhonden die in de loop van de nacht waren ingezet bleven op de Suðurgata staan en gingen niet verder. Van die gegevens zou men bij de reconstructie van wat er had plaatsgevonden en bij het opstellen van een nauwkeurig tijdschema zeker profijt hebben. Het was nauwelijks tien meter van de kerkhofpoort naar het graf van Jón Sigurðsson, en die poort stond pal aan de Suðurgata. Het was mogelijk dat de dader vlak voor dat hek was gestopt, het lijk uit de auto had gehaald, ermee naar het graf was gelopen, weer naar de auto was teruggegaan en was weggereden, alles binnen een minuut.

De arts had naast wat alcohol een hoge concentratie heroïne in haar bloed vastgesteld. Het meisje was sterk ondervoed en vertoonde symptomen van anorexia. Ze was mishandeld: ze had kneuzingen over haar hele lichaam en was in het gezicht geslagen, waarschijnlijk met de blote vuist. De directe doodsoorzaak was verstikking. Kort voor haar sterven had ze geslachtsgemeenschap gehad. Te oordelen naar de toestand waarin ze verkeerde was er zeer waarschijnlijk sprake van verkrachting.

5

Þorkell en Sigurður Óli hadden binnen een paar uur een aantal meisjes bij elkaar die bij de politie als prostituee geregistreerd stonden. Moeilijk was dat niet: ze waren allemaal wel eens met de politie in aanraking geweest, voor prostitutie en vaak ook voor inbraak of diefstal. Eva Lind Erlendsdóttir, de dochter van hun collega, lieten ze niet op het bureau komen. Erlendur ging zelf naar haar op zoek en wist haar ook te vinden. Haar naam was de keuze van haar moeder geweest. Hun zoon heette Sindri Snær.

Erlendur wist dat Eva Lind de laatste tijd had samengeleefd met een figuur van twijfelachtig allooi, die precies wist hoe hij dankzij het bestaan van leasemaatschappijen een luxeleventje kon leiden. De laatste tijd woonden ze in een rijtjeshuis dat hij van een paar oude mensen had weten los te krijgen, een echtpaar dat kleiner wilde gaan wonen. Hij was een uitstekend vertegenwoordiger, een keurige verschijning in zijn smaakvolle kostuums – die hij nog niet had betaald – en op de een of andere manier slaagde hij erin het zo te arrangeren dat het echtpaar het huis verliet en hij erin kon trekken, alweer zonder iets te betalen. Hij had beloofd in een eerste aflossing het grootste gedeelte van zijn schuld te voldoen en twee maanden daarna de rest. Hij had voor het rijtjeshuis ook wel iets meer over dan het bedrag dat in de advertentie genoemd was. De twee oude mensen vertrouwden de man met zijn beschaafde presentatie, die zich aan hen als arts had voorgesteld. Ze lieten hun inboedel opslaan en verhuisden naar hun enige dochter, waarna het feestnummer zich behaaglijk in hun huis nestelde, met de spullen die hij bij een meubelzaak had geleased.

Eva Lind zat op dat moment dus in een behoorlijk luxe onderkomen. Erlendur wist dat ze er heel anders aan toe was dan twee maanden daarvoor, toen ze haar geldmagnaat nog niet kende. Toen woonde ze in het hol van een junk, een geteerde barak van golfplaten aan de Veghúsastígur in de wijk Skuggahverfi. Zijn dochter had er vier of vijf jaar over gedaan om definitief in de goot te belanden. Erlendurs houding tegenover de toestand waarin ze verkeerde had in die tijd het hele spectrum doorlopen van ontkenning tot woede en angst, van harde maatregelen tot passiviteit. Hij kon maar niet begrijpen waarom ze zich niet van haar verslaving wist los te maken en brak zich daar ten slotte ook niet langer het hoofd over. Hij accepteerde haar zoals ze was en probeerde als hij de kans had haar het leven wat lichter te maken. Vroeger had hij haar soms bij het politiebureau afgehaald als ze in de een of andere hasjtent was opgepakt. Dan had hij geprobeerd haar clean te krijgen, haar bij zich in huis genomen en op haar gepast. Maar voor hij het wist zat ze opnieuw in de ellende, nog wat erger dan de vorige keer. Spaans benauwd had hij het soms gehad vanwege zijn dochter.

'Je weet van dat het meisje dat we vannacht vermoord op het kerkhof hebben gevonden, hè? Het kan zijn dat ze tippelde,' zei hij toen hij bij Eva Lind in de kamer zat. Hij kende de nieuwe man in het leven van zijn dochter niet en had de nodige reserves tegenover hem, zoals tegenover iedere man met wie ze omging. Hij was niet thuis, had ze gezegd, hij was even weg om een nieuwe tv te kopen. 'Maar het is toch zondag?' zei Erlendur. 'Wie is er dan open?'

'Doe niet zo stom, je denkt toch zeker niet dat hij die in de winkel koopt?' riep Eva Lind geërgerd. Ze liet zich vallen op de splinternieuwe Chesterfield-bank die in de ruime woonkamer stond. Erlendur zag dat er niets aan de muren hing. Het enige huisraad bestond uit peperdure meubelen. De meeste waren nog niet eens uit het plastic gehaald.

Eva Lind leidde een ongeregeld leven en dat was haar aan te zien. Haar gezicht was getekend, ze had wallen onder de ogen, die ze met make-up probeerde te maskeren, en ze was broodmager. Ze kon wel weer wat genomen hebben, dacht Erlendur, die maar heel zelden zijn dochter achter het masker van de drugsverslaafde te zien kreeg. Haar ogen hadden een vreemde glans.

'Ik hoorde het op de radio,' zei Eva Lind. 'Weer zo'n hoertje dus. Ja, dat wist ik al meteen. Ze leggen echt geen gewone meisjes moedernaakt op een kerkhof.'

'Ik heb niet gezegd dat het een hoertje was. Alleen maar dat we daar zo'n idee van hadden. We moeten tenslotte ergens beginnen. Ze hebben haar bij Jón Sigurðsson gevonden, de president.'

'Hè? Ze is toch op het kerkhof gevonden?'

'Ja, bij president Jón.'

'O ja? Wordt het een schandaal? Deed die Jón het met 'r? Wacht eens, over welke president heb je het eigenlijk?'

Erlendur haalde zijn schouders op. *Waar hebben de dagen van je leven hun kleur verloren?* – de versregel spookte vaak door zijn hoofd. Soms kwam die bijna onwillekeurig bij hem op.

'Het was zo'n meisje als jij. Iets jonger. Ze zag eruit alsof ze anorexia had, mager en lijkbleek. Donker haar. Zwaar opgemaakt. Aan de heroïne. We weten nog niet hoe ze heette en nou zoeken we naar mensen die haar mogelijk gekend hebben. Als ze altijd op straat liep zou het kunnen dat jíj haar kende. Het enige wat we verder van haar weten is dat ze een tatoeage op haar achterste had.'

'Zoiets heb ik ook, maar niet op mijn kont,' zei Eva Lind en ze keek met een eigenaardige gelaatsuitdrukking naar haar vader. 'Dat is heel erg in, maar het doet wel gemeen pijn. Vuile sadisten zijn het, die tatoeagekerels. En zeker als je er net als ik een op je...'

'Gaat er al ergens een lampje branden?' viel Erlendur haar in de rede, terwijl hij zijn hoed tussen zijn handen draaide. Niemand droeg die meer, maar hij was van de oude stempel en kon er niet toe komen met zijn ge-woonte te breken. Deze keer droeg hij een grijze Battersby, een van zijn lievelingshoeden.

'Als ze aan de heroïne was is het niet zo moeilijk. Er zijn er hier niet veel die die troep gebruiken. Er is ook veel moeilijker aan te komen dan aan ecstasy en speed. Je moet er goeie relaties voor hebben. Heb je een foto van haar?'

'Nee. Als we er niet gauw achter komen wie ze is, moeten we waarschijn-lijk een foto van haar gezicht nemen en die via de media verspreiden. Maar dat doen we natuurlijk alleen maar in het uiterste geval. Kun jij niet met me mee naar het mortuarium?'

'O, asjeblieft zeg, nou niet! Ik zal wel een paar adresjes bellen en dan neem ik contact met je op. Dat beloof ik je. Als je me maar niet meeneemt naar dat rottige mortuarium.'

'Ik moet weten wat er in dat hoerenwereldje hier in Reykjavík allemaal gebeurt,' zei Erlendur, die er eigenlijk niet aan moest denken zich samen met zijn dochter in die materie te verdiepen. 'Wie zijn de klanten? Hoe vinden ze die meisjes? Gaan dezelfde klanten altijd naar dezelfde meisjes? Hoe werkt dat allemaal?'

Het stond hem vreselijk tegen haar te moeten vragen over allerlei details van haar bestaan op straat. Tot nu toe had hij dat zo min mogelijk gedaan. Wat hij wist had ze hem verteld zonder dat hij ernaar had gevraagd. Hij vermeed het ook zijn kinderen wijze raad te geven, al had die houding nog geen duidelijke vruchten afgeworpen. Hij had natuurlijk andere meisjes kunnen ondervragen om die ongemakkelijke toestand te ontlopen, maar zijn dochter kon hij in elk geval vertrouwen. Hij wist niet beter of ze had hem altijd de waarheid verteld. Maar haar rauwe woordkeus kende hij maar al te goed, en hij kneep zijn Battersby-hoed in zijn sterke handen samen.

'Nou nou, Erlendur, wat een vragen,' zei Eva Lind. Ze noemde hem nooit pa. 'Iedereen die iets wil weet wel waar hij hoeren kan vinden. Die kerels gaan erop af, ze smoezen wat met ze en dan gaan ze samen weg. Soms heeft de man een auto, dan is het al heel makkelijk. Soms hoeft ze hem alleen maar met de hand klaar te maken. Alleen maar zitten praten is er niet bij. Zo zijn die kerels niet, dat gebeurt alleen maar in films. Aftrekken kost het minst. Verreweg het vaakst willen ze gepijpt worden, een ontiegelijk goor karwei. En je hebt er natuurlijk ook die gewoon willen neuken. Dat doen ze in trappenhuizen. In leegstaande huizen. Overal in het centrum is wel een plekje te vinden. Die meiden wonen in alle mogelijke krotten en daar gaan ze ook vaak met hun klanten naartoe. Rustig maar,' zei Eva Lind. Ze had gezien dat haar vader wit wegtrok. 'Ik heb dat nooit gedaan.'

Erlendur hoopte dat ze niet loog.

'Wat voor soort kerels zijn dat?'

'Vaak ouwe. Die besteden er hun pensioen aan. En ook gewone mannen, overal vandaan, die thuis misschien niks kunnen klaarmaken. Zeelui die in de haven aankomen en nergens naartoe kunnen. Die liggen hier een week en dan zijn ze weer weg. Alle mogelijke lui die goedkoop gezelschap zoeken. Die meisjes zijn erg goedkoop, als je het met chique hoeren vergelijkt. Dezelfde klanten blijven bij dezelfde meiden, dan krijg je tenminste onder elkaar geen gelul. Dat is het beste. En het veiligste. Die meiden hebben misschien vijf tot tien vaste klanten, maar daar moeten ze wel voor vechten.'

'Is het niet gevaarlijk voor ze, dat werk?'

'Zoals sommige klanten ze behandelen – dat is puur sadisme. Kleine kereltjes die zo nodig moeten laten zien wat ze waard zijn. Dat is hun uitlaatklep: ze kopen een meisje en slaan haar, omdat ze dat bij hun eigen wijf niet durven. Je hebt ook wel eens keurige heren met een stropdas. Die komen óf zelf, óf ze sturen iemand om een meid te halen. Die zijn in de regel wel netjes. Maar voor hetzelfde geld is het tuig van de richel. Die meiden doen het in elk geval niet voor de lol. 's Zomers zijn het soms kerels die uit vissen gaan. Die zitten dan in zo'n vissershutje en als ze geil worden bellen ze om meisjes. Vijfendertigduizend kronen per etmaal, dan mogen ze alles.'

'Kun je me ook namen noemen?'

'Je hoort nooit namen.'

'Wie moet je ervoor opbellen?'

'Nou, gewoon. Striptenten. Pooiers.'

'Heb jij wel eens gehoord van iemand die het lekker vindt om zulke meisjes te mishandelen?'

'Ja, natuurlijk hoor ik wel eens wat. Maar nou zal ik er speciaal voor je op letten, dat heb ik beloofd.'

'Oké. Maar hoe gaat het eigenlijk met je? Wat is dat voor vent waar je mee samenwoont? Is dit huis van hem?'

'Met mij gaat het prima. En hij is helemaal top. Alles hier is van hem en hij heeft er geen kroon voor betaald.'

'Hoor je nog wel eens wat van je moeder?' vroeg Erlendur, die liever niet al te veel wist over de nieuwe man in het leven van zijn dochter. Het zou iets bijzonders zijn als ze langer dan een maand bij een en dezelfde man bleef.

'Niks. Laat dat mens toch in haar sop gaarkoken. Wat dat betreft ben ik net als jij.'

'En Sindri?'

'Sindri heeft het goed voor elkaar. Hij heeft me een dag of wat geleden gebeld; hij had een nieuwe baan. Wat het is weet ik niet meer. Bij een uitzendbureau, geloof ik.'

De leaser verscheen in de deuropening – prachtig pak, dure das, verzorgd kapsel. Hij sleepte een enorm tv-toestel naar binnen. Hij had Erlendur nooit eerder gezien en was juist van plan hoog van de toren blazen tegen dat stuk ellende, vast en zeker iemand van een of andere kredietbank, toen Eva Lind hem op de hoogte bracht.

'Ben je bij de politie?' vroeg hij en hij keek afwisselend naar Erlendur en naar het toestel, dat hij bijna niet meer kon houden.

'Pas op dat hij niet op je tenen valt,' zei Erlendur en hij glipte naar buiten, de frisse lucht in.

Toen hij in zijn kantoor terugkwam zei Sigurður Óli dat de gesprekken met de meisjes niets hadden opgeleverd. Elínborg was bij een aantal tattoostudio's geweest. Haar inspanningen hadden nergens toe geleid en omdat ze gasten verwachtte ging ze zo gauw mogelijk naar huis. De dag had niets opgeleverd dat de politie verder bracht in het onderzoek naar de naam van het meisje. Sigurður Óli was gaan praten met Bergþóra's begeleider op het kerkhof. Maar Onbenul wist nergens van. Hij ontkende eerst dat hij daar met haar was geweest, en zag pas af van verdere leugens toen Sigurður Óli zijn vragen op hem begon af te vuren. Hij zei dat hij niet had gezien dat er iemand de kerkhofpoort uit was gerend. Auto's waren hem ook niet opgevallen. Evenmin had hij nagedacht over de vraag wie die Jón Sigurðsson wel kon zijn.

Uit de wijk Breiðholt was een melding binnengekomen van een autodiefstal. Waarschijnlijk was die gepleegd in de nacht waarin ook het meisje was gevonden. Een beschrijving van de auto werd naar alle politiebureaus in het land gestuurd en tegen de avond kwam er een bericht binnen van de politie in Keflavík dat het voertuig, een blauwe Saab, in de buurt van het vliegveld was gevonden. Erlendur stuurde Þorkell erop af om te zorgen dat de auto naar de werkplaats van de politie werd getransporteerd. Vroeg in de avond kwam het voertuig daar aan. De mensen van de technische dienst begonnen direct met het onderzoek naar vingerafdrukken, lichaamsvocht en haren. Ze werkten de hele nacht door en konden nog voor maandagmiddag vaststellen dat het meisje in de auto had gelegen. De politie kreeg ook een lijst van passagiers die, vanaf de nacht van zaterdag op zondag tot het tijdstip waarop de auto was gevonden, het land per vliegtuig hadden verlaten. Ze riepen de eigenaar van de auto op voor verhoor, maar die zwoer bij hoog en bij laag dat zijn wagen was gestolen.

Erlendur stond op het punt weg te gaan toen de telefoon rinkelde.

'Heb jij de leiding van het onderzoek naar dat meisje op het kerkhof?' vroeg een gedempte, aarzelende stem.

'Ja, dat klopt,' zei Erlendur en hij zette zijn hoed op.

'Ze was mijn vriendin,' zei de man aan de telefoon, zo zacht dat Erlendur het nauwelijks kon verstaan.

'Met wie spreek ik?' vroeg hij. Hij probeerde zijn stem niet te scherp te laten klinken.

'Ze was bij hem in zijn vakantiehuis...'

Erlendur kon niet verstaan wat erna kwam.

'Wie? Wat voor huis?'

'Dat stuk ongedierte,' zei de stem. 'Die verdomde, godvergeten varkens. Ze hebben haar kapotgemaakt...'

Toen werd de verbinding verbroken.

6

Op zondagavond bezocht Sigurður Óli Bergþóra in de Aflagrandi. Hij moest zichzelf ervan overtuigen dat het om een officiële aangelegenheid ging en niet om een privékwestie. Hij voelde zich tot Bergþóra aangetrokken. Er was iets in haar gezicht dat hem gelukkig maakte. Iets in haar bewegingen dat hem raakte. Iets in haar stem dat hem dwong te luisteren. Hij hield zichzelf voor dat het niets te maken had met dat wonderlijke, nare verhaal over wat ze op het kerkhof had meegemaakt.

Sigurður Óli had sinds hij uit de Verenigde Staten was teruggekomen als vrijgezel geleefd. Daarvoor had hij een paar korte relaties gehad, die geen toekomst bleken te hebben. De laatste tijd vroeg hij zich steeds vaker af of hij niet beter kon trouwen. Nagenoeg al zijn vrienden waren getrouwd of woonden samen, en het kostte hem steeds meer moeite ze in de weekends mee te krijgen als hij wilde gaan stappen. Hij had er een hekel aan alleen op kroegentocht te gaan. Wel kwam hij veel kennissen tegen, van zijn werk en van de universiteit – hij had een tijd lang politicologie gestudeerd – maar het werd op den duur toch vervelend steeds weer in dezelfde gesprekken te vervallen. Soms werd hij lastiggevallen door mannen met wie hij in zijn politiewerk te maken had gekregen.

Dus moest hij vrouwen leren kennen. Hij begon altijd op dezelfde manier. Een heel geschikte openingszin was: 'Hé, heb jij niet samen met mij rechten gedaan aan de universiteit?' Die bleek nog steeds goed bruikbaar, mits je rechten door informatica verving. Je kon het ook proberen met gemeenschappelijke vrienden of kennissen: 'O ja, had die wat met je broer? Ik kan me haar niet meer zo goed voor de geest halen.' Maar de dames werden ouder, net als Sigurður Óli zelf: voor hij het wist was hij al dertig. Veel vrouwen waren na een scheiding weer op een partner uit en het kwam voor dat er bij het huis waar hij de nacht doorbracht een ex op de deur stond te rammen. Die wilde dan weten welke klootzak er bij zijn vroegere vrouw in bed lag. Soms werd hij wakker en zag hij het gezicht van een vrouw naast zich, zonder dat hij zich kon herinneren haar eerder gezien te hebben. Dan kon hij zich de haren wel uit het hoofd trekken. En dan die taxi's, de volgende ochtend. Eerst voor dag en dauw in een verafgelegen stadsdeel uit een totaal onbekend bed stappen, om vervolgens via de achteruitkijkspiegel nauwkeurig te worden bekeken door de chauffeur, die ook wel wist hoe de vlag erbij hing.

De grootste rol hierin speelde het feit dat Sigurður Óli op zijn eenzame omzwervingen fors was gaan drinken. Hij zag er goed uit, besteedde veel aandacht aan zijn kleding, ging naar de sportschool en de zonnebank en legde makkelijk contact met andere mensen, vooral met vrouwen. Hij was lang, slank, had een sympathiek gezicht en was meestal een onderhoudende prater. Hij zette zich voor honderd procent in voor alles wat hij deed. Hij was ambitieus en vastbesloten bij de rijksrecherche vooruit te komen, maar hij kon ook heel arrogant zijn: veel mensen vonden dat hij wel erg tevreden was met zichzelf. De laatste tijd was hij steeds vaker stomdronken geweest, voor hij het zelf in de gaten had. Soms wist hij er zelfs achteraf niets meer van. Maar een halfjaar geleden was hem iets heel naars overkomen en sindsdien was zijn alcoholgebruik sterk verminderd. Hij was wakker geworden, in zijn eigen bed, goddank. Langzamerhand begon hij zich vaag te herinneren dat hij afgeladen over de Laugavegur had gewaggeld. Hij lag doodstil op zijn rug, maar kon zich niet bewegen. Zijn hele lichaam deed pijn, vooral onder in zijn rug en in zijn rechterbeen. Zodra hij dat bewoog voelde hij het branden. Hij had geen idee hoe hij thuis was gekomen. Het enige wat hij wist was dat hij in zijn slaapkamer naakt op het nog niet opengeslagen bed lag. Op het nachtkastje lag een papiertje waarop stond: 'Het was *a hell of a job* om je naar je huis te slepen. Twee fantastische Amerikaanse meiden.' Het scheelde niet veel of hij was in huilen uitgebarsten.

Bergþóra deed open en liet hem binnen. Hij had zijn komst telefonisch aangekondigd; ze verwachtte hem om negen uur. Precies op tijd was hij bij haar.

'Er zijn nog wat kleinigheden waar ik met je over wou praten,' loog hij.

Hij ging in de stoel zitten waarin hij ook de vorige nacht had gezeten, toen Erlendur erbij was. De avondzon drong door de luxaflex naar binnen en tekende gele strepen op de vloer van het appartement, die nu op de vacht van een oude dikke kat leek. Bergþóra ging tegenover hem zitten.

'Ik heb me de hele dag suf gepiekerd over die man op het kerkhof en over het lijk, maar ik vrees dat ik niks nieuws te melden heb.'

'De dader moet met de auto zijn gekomen. We zijn bezig een auto te onderzoeken die hij mogelijk gebruikt heeft. Het zou kunnen dat hij langs de poort aan de zuidkant van het kerkhof gereden is en dat je hem hebt gezien.'

'Ik heb geen auto langs de poort zien rijden,' zei ze.

'We hebben je vanmorgen vroeg gevraagd of je dacht dat hij je gezien had, maar je zei dat je dat niet wist.'

'Het zit me allemaal niet lekker. Vanavond keek ik naar het journaal en daar zeiden ze dat de politie een getuige had die het lijk had ontdekt, en dat die kort na de vondst van het lichaam een man van het kerkhof had zien weglopen. Die getuige was een vrouw uit Reykjavík-West. Als die moordenaar nou eens zo'n griezel is die het op vrouwen voorzien heeft? Dan wil hij haar toch te pakken krijgen?'

'Er is niks dat daarop wijst,' zei Sigurður Óli. Het beviel hem dat het gesprek in de door hem gewenste richting ging. 'Onder de IJslanders heb je gelukkig maar heel weinig moordenaars. Maar als je dat wilt kan ik wel bewaking voor je regelen. Er zijn verschillende mogelijkheden. We kunnen je een alarmknop geven die je bij je draagt. Als het nodig is druk je erop. We kunnen de politie in deze wijk een route langs je huis laten rijden. En ik kan af en toe bij je langskomen,' voegde hij er ten slotte aan toe.

'Dat soort controles... het lijkt me niks,' zei ze. 'Zo'n alarmknop en die politieauto's. Kan ik niet gewoon met jou in contact blijven?'

'Geen enkel probleem,' zei Sigurður Óli. Hij probeerde zijn tevredenheid te verbergen, wat hem niet helemaal lukte. Hij was verrukt van deze vrouw, daar was hij zich inmiddels bewust van geworden.

'Die kerkhofgeschiedenis... je moet niet denken dat dat mijn gewone manier van doen is, hoor. Soms doe je zomaar iets stoms.'

Sigurður Óli glimlachte in de avondzon.

7

Binnen was het donker en een sterke lucht van tabaksrook, alcohol en zweet drong zijn neus binnen toen hij naar de bar liep. De zaak heette Boulevard, maar werd nooit anders genoemd dan Búllan. Het was een van de weinige striptenten in de stad. De danseressen werden aangevoerd uit Canada, Scandinavië en zelfs uit de Baltische staten. Ze hadden een verblijfsvergunning voor een maand en gebruikten er elke minuut van.

Toen Erlendur de kroeg binnenkwam was er een vrouw van tegen de veertig aan het dansen. Op een podium kronkelde ze op de maat van de muziek rond een ijzeren paal. Boven haar hoofd hing een kleine discobal, die kleurige vlekken door de verduisterde zaal verspreidde. De vrouw had haar bh laten vallen en moest zich alleen nog van haar string ontdoen. Het was akelig duidelijk te zien dat ze de beste leeftijd voor een stripteasedanseres achter de rug had. Drie mannen zaten pal naast elkaar vlak voor het podium. Twee staarden naar haar omhoog; de derde had zijn hoofd op het podium gelegd en scheen in diepe slaap. Verspreid over de zaal zat een aantal mensen aan tafeltjes. Een man van een jaar of zestig zat tussen twee schaars geklede meisjes. Een ander had een heel dure fles champagne gekocht en pafte een sigaar weg, zijn arm om de schouders van een meisje geslagen. Hing de rijke patser uit.

De muziek stopte. De vrouw op de dansvloer raapte haar kledingstukken bij elkaar en liep helemaal naakt langs Erlendur de zaal uit, zonder hem een blik waardig te keuren.

'*Do you like girls?*' vroeg een blond meisje van naar schatting twintig jaar. Ze was ineens uit het donker tevoorschijn gekomen en liet zich naast

Erlendur op een barkruk glijden. Haar kleding bestond slechts uit een bh, een slipje van minieme afmetingen en een doorzichtige omslagdoek, die haar schouders bedekte. Hij wist niet precies wat voor antwoord hij moest geven. Zei hij ja, dan kwam hij haar waarschijnlijk niet van haar af. Zei hij nee, dan zou ze dat wel eens verkeerd kunnen opvatten. Bovendien was zijn Engels niet zo goed.

'*I am police*,' zei hij. Het meisje bekeek hem met grote ogen, schoof bij hem vandaan en verdween even plotseling als ze opgedoken was.

'Wat mag ik je aanbieden?' vroeg de barman vanachter zijn toog. Hij had rood haar dat op de kruin dun begon te worden. Van de haarpieken in zijn nek had hij nog net een armzalig staartje kunnen maken. Hij droeg een kleurig hawaïhemd en had een gouden ketting om zijn hals. Voortdurend knikte hij met zijn hoofd.

'Ben jij de eigenaar van deze zaak?'

'Nee. Hoezo? Is er iets niet in orde?'

'Waar is de eigenaar?'

'Die is naar het westen, er even tussenuit.'

'Wat bedoel je met "het westen"? Naar de Westfjorden?'

'Nee, naar de Verenigde Staten. Wat is er aan de hand?'

'Ik zoek een meisje.'

'Daar hebben we er hier zat van. Zoek er maar een uit. Kan ik champagne voor je inschenken? We hebben een uitstekend merk.'

'Het meisje waarnaar ik zoek is overleden.'

'O. Foutje.'

'Precies. Foutje. Maar ze is hier misschien wel geweest. Om te dansen of zo, weet ik veel. Ze was heel mager, ze had een bleke huid en dik, zwart haar, net tot aan haar schouders. Bruine ogen, hoog voorhoofd, kleine mond.'

'Hé, wacht eens even. Wie ben jij eigenlijk? En waarom vertel je me dat allemaal?'

'Ik ben van de politie.'

'Ho ho ho,' zei de barman. Hij klonk als een boer die zijn schapen bijeen drijft en liep achterwaarts bij de bar vandaan, fanatiek met zijn hoofd knikkend. 'Waarom stel je aan míj vragen over een meisje dat dood is? Ik heb niks gedaan. Denk je soms dat ik haar vermoord heb?'

De muziek begon weer en het blonde meisje dat in het Engels tegen Erlendur was begonnen liep heupwiegend op de ijzeren paal af. Erlendur keek even naar haar en richtte zich toen weer tot de schapenboer.

'Het enige wat ik wil weten is of ze hier bekend is. Verder niks. Ken je soms een jonge vrouw die aan die beschrijving voldoet?'

'Was het een IJslandse?'

'Waarschijnlijk wel.'

'Wij werken hier uitsluitend met buitenlandse meisjes. Die IJslandse meiden, dat is één doffe ellende. Maar wacht eens, is dat het meisje dat in de dierentuin is gevonden?'

'De dierentuin?'

'Ja, je hebt toch wel eens van de dierentuin gehoord?'

'Ze is op het kerkhof gevonden.'

'O. Iemand vertelde me dat ze in de dierentuin is gevonden.'

'Ik heb een foto van haar bij me,' zei Erlendur en hij haalde een foto van het meisje tevoorschijn. Die was tegen de avond in het mortuarium gemaakt. Men had de make-up verwijderd: de lipstick, de oogschaduw, de rouge op haar wangen. Het gezicht was blauwig wit. De mond was een zwarte streep onder de neus; de zwarte wenkbrauwen leken als penseelstreekjes boven de ogen te zijn aangebracht.

'Dat meisje ken ik niet,' zei de barman. 'Ze is hier nooit geweest, anders zou ik het echt nog wel weten. Was het een hoertje?'

'Dat zou kunnen.'

'Hoeren komen er hier niet in. Dat is niet goed voor de business, snap je wel?'

'Die zouden de klanten van de danseressen afpikken, bedoel je?'

'Precies. En al is het *tough business* hier, een hoerentent is het niet, helemaal niet.'

Het meisje op de dansvloer maakte haar bh los, maar dat scheen lastig te gaan. De man die met zijn hoofd op de dansvloer lag kwam bij zijn positieven en probeerde overeind te komen. Maar hij zakte door zijn benen en viel op de vloer. De kruk kwam achter hem aan. Zijn twee metgezellen besteedden er geen aandacht aan.

'Bieden jullie escortdiensten aan?' vroeg Erlendur en hij keek naar de bezoeker, die weer overeind krabbelde nadat het blondje haar bh had laten vallen.

'Escortdiensten?'

'Als ik een meisje wil, kan ik jullie dan bellen om me er een te bezorgen?'

De barman zweeg.

'Met jullie zaken hier heb ik niks te maken,' zei Erlendur. 'Als jullie hoeren willen leveren, dan ga je je gang maar. Ik zit er niet mee.'

'Maar wat wil je nou precies?'

'Stel dat ik alleen thuis zit. Of ik zit in mijn vakantiehuisje. Of ik zit met mijn vrienden in een vissershut. Zouden jullie me dan meisjes kunnen sturen?'

'In theorie is alles mogelijk.'

'Hebben jullie contact met bepaalde vakantiehuisjes?'

'Ho ho ho,' klonk het weer en de barman liep opnieuw achterwaarts bij Erlendur vandaan. 'Van dat soort huisjes weet ik niks af. Al zouden jullie me arresteren en op de elektrische stoel zetten.'

'Op de elektrische stoel?'

'Ja, of *whatever*. Wij leveren geen hoeren. Onze meisjes zijn balletdanseressen, en oké, je hebt wel eens een enthousiaste klant die een tijdje rustig met de artiesten wil doorbrengen. Maar daar is niks onwettigs of onzedelijks aan. Wat de meisjes buiten werktijd doen gaat mij niet aan. Ik run deze tent hier helemaal legaal en ik heb geen zin in negatieve verhalen, van jou niet en van anderen ook niet.'

Erlendur ging dezelfde avond nog naar twee andere striptenten, en toen hij thuis eindelijk zijn bed opzocht, alleen als altijd, vond hij dat hij op het gebied van de escortservice met balletdanseressen een stuk wijzer was geworden. Ook deze keer sliep hij niet snel in. Er was iets wat hem nog meer hinderde dan de lichte nacht en het duurde lang voordat hij ontdekte wat dat was.

'*Do you like girls?*'

8

Elínborg haalde de foto uit haar tasje en liet hem aan de jongen zien. De technische recherche had een opname gemaakt van de tatoeage die het meisje op haar bil had laten aanbrengen. De tatoeage was zo sterk uitvergroot dat hij de hele foto vulde. Het was nog vroeg op de maandagmorgen en Elínborg deed met Þorkell de ronde langs alle tatoeëerders die ze hadden kunnen achterhalen. Bij dít adres waren ze eigenlijk alleen maar op een gerucht afgegaan. De jongen werkte in de garage naast het huis van zijn ouders in de Háaleiti-wijk en was nog maar net twintig jaar. De muren van de garage hingen vol posters van hardrockbands en uit enorme speakers dreunde heavy metal op een gekmakend geluidsvolume. Twee of drie dikke leren outfits, het soort jacks en broeken dat elke serieuze motorgek draagt, lagen verspreid door de ruimte. Overal zwierven bierblikjes en brandewijnflessen rond. Voor de garage stond een zware motor. Absolute topklasse of een gevalletje van dertien in een dozijn? Elínborg wist het evenmin als Þorkell. Die stakkers van ouders hebben de jongen maar bij de ouwe troep in de garage gezet, dacht Elínborg, en ik kan het ze niet kwalijk nemen. Ze had een zoon van dezelfde leeftijd. Die woonde niet in de garage. Hij sliep op een kamer naast die van zijn ouders en luisterde naar Roger Whittaker.

'Deze ken ik niet,' zei de jongen. Toen ze hem vertelden dat ze hem moesten spreken was zijn belangstelling dadelijk gewekt. Hij was boomlang en zijn zwarte, krullende haar hing tot op zijn rug. Overal waar je keek zag je bonte tatoeages op zijn huid.

'Nee, deze ken ik niet. Hij is niet mooi ook. Geen fijn werk, grof, lelijk, vervelend. Daar zit nou helemaal niks artistieks aan. Die jongen zal nog veel moeten leren. En wat stelt het eigenlijk voor? Er is helemaal geen vorm in te ontdekken, het is net een pannenkoek. Nee, die vent bakt er niks van.'

'Het is een J...' begon Þorkell, maar de jongen viel hem in de rede.

'Ja zeg, ik kan wel lezen. Omdat ik nou toevallig motorrijder ben, ben ik nog niet achterlijk. Verrekte vooroordelen bij dat autovolk ook altijd.'

'Rustig, rustig,' zei Elínborg. 'Dus je weet niet wie deze tattoo heeft gezet?'

'Het stikt van de beunhazen en ze rotzooien maar een eind weg. Amateurs. Die hebben geen spullen zoals deze hier,' zei hij en hij wees op de gereedschappen en potjes met inkt die overal om hem heen stonden. Elínborg en Þorkell hadden geen idee waar dat alles voor diende.

'Dus volgens jou was het geen vakman, niet zoals jijzelf bijvoorbeeld?' vroeg Þorkell, die zijn best deed de jongen weer in een goed humeur te brengen.

'Er loopt een hele massa klungels rond in dit vak,' was het enige antwoord dat hij kreeg.

Ze gingen door naar de volgende kunstenaar. Dit kon wel eens een heel vervelend dagje worden, vreesden ze.

'Er is iemand die contact met ons zoekt,' zei Erlendur tegen Sigurður Óli. Ze zaten in Erlendurs kantoor en praatten, ondertussen van hun koffie slurpend, over het telefoongesprek van de avond tevoren.

'Over welk vakantiehuis zou hij het hebben?' zei Sigurður Óli.

'"Ze was bij hem in zijn vakantiehuis, dat stuk ongedierte," zei hij. "Ze hebben haar kapotgemaakt." Wat kan hij daarmee bedoelen?'

'Kon je iets aan zijn stem horen? Een bepaald accent of zo?'

'Nee, niks van dien aard. Het leek me een tamelijk jonge stem, dat wel. Ik kreeg de indruk dat hij iets wist, maar dat hij het niet over zijn lippen kon krijgen. Wat zou hem dan toch tegenhouden?'

'We horen echt nog wel van hem, dat geloof ik vast.'

'We zien wel,' zei Erlendur. Na het bewuste telefoongesprek liet hij een opname maken van alle binnenkomende gesprekken en van elke beller het nummer registreren.

'Ik heb er gisteravond heel informeel eens wat onderzoek naar gedaan,' zei Erlendur, 'en ik heb gemerkt dat die striptenten hier in Reykjavík vrij vaak meisjes naar hun klanten sturen. Die kunnen overal zitten, tot in het binnenland toe. In vakantiehuisjes. In vissershutten.'

'Wisten ze bij die tenten iets van dat meisje van ons?' vroeg Sigurður Óli.

'Nee, nergens.'

Maandagmiddag was er bij de politie nog steeds niet naar het meisje gevraagd. Er was niemand die haar als vermist had opgegeven. Erg verbaasd was Erlendur daar niet over: hij werd erdoor gesterkt in zijn vermoeden dat ze van huis was weggelopen, al een tijd lang door Reykjavík had gezworven en op straat had geleefd. De officiële klinieken, de opvanghuizen en afkickcentra misten niemand van hun klanten. Er werd geen enkel meisje vermist van wie de naam met een J begon. Wat de gestolen Saab betrof, men was er nog niet aan toegekomen nauwkeurig de lijsten te onderzoeken van degenen die tussen het tijdstip van de diefstal en het terugvinden van de auto per vliegtuig het land hadden verlaten. Dat waren ongeveer honderd personen, mannen, vrouwen en kinderen. De klus zou, met de mankracht waarover de recherche beschikte, enorm veel tijd kosten, meende Sigurður Óli.

'De rijksrecherche,' verbeterde Erlendur. 'Je moet er nou eindelijk eens aan denken dat we een nieuwe naam hebben. Je bent onderzoeksambtenaar bij de rijksrecherche, hoor. Ben je nog opgeschoten met die getuige van ons?'

'Dat heeft niks nieuws opgeleverd, maar ze zal contact met me opnemen als haar nog iets te binnen schiet.'

'Jullie mogen elkaar nogal, hè? Je was duidelijk uit je gewone doen, daar bij haar thuis gistermorgen, ik zag het. Had die kerkhofgeschiedenis je zo te pakken?'

Erlendur maakte zich wel eens zorgen over Sigurður Óli's privé-omstandigheden en bemoeide zich daar soms mee. Zijn opmerkingen waren zonder uitzondering negatief en vielen bij zijn collega altijd slecht. Erlendur, die zelf vele jaren geleden de ellende van een slecht huwelijk had gekend, ergerde zich er vaak aan dat Sigurður Óli nog geen gezin gesticht had. Dat had iets tegenstrijdigs. Zelf was hij er totaal niet in geslaagd een succesvol familieleven op te bouwen en hij wist bovendien wat het was om alleen te wonen.

'Ik uit mijn gewone doen? Onzin!'

'Vind je dat nou normaal? Meisjes die hun vriendjes naar het kerkhof meenemen om af te koelen? Beetje typisch, waar of niet?'

'Afkoelen! Heet dat zo, bij jullie in het oosten?' Erlendur had weliswaar bijna heel zijn leven in Reykjavík gewoond, maar was in Eskifjörður in de Oostfjorden geboren. Zijn geboorteplaats kwam op het politiebureau zelden ter sprake, eigenlijk alleen maar als er geintjes over hem werden gemaakt. Meestal gebeurde dat achter zijn rug. 'Afkoelen!' ging Sigurður Óli verder. 'Kom hier, schat, ik wil afkoelen. Het is weekend, tijd om af te koelen! Volgens mij had je haar beloofd dat we er verder niet over zouden praten. Dat we zouden doen of we er nooit van gehoord hadden.'

'Zit ik soms iets heel moois te verpesten?'

'Iets anders. Onze getuige wordt nogal eens in de nieuwsberichten genoemd. Ik vind dat we zo min mogelijk informatie los moeten laten. Ze was bang dat ze in het middelpunt van de belangstelling kwam te staan, en dat zou voor degene die daar op het kerkhof aan de gang was...'

Op dat moment ging de telefoon, en toen Erlendur opnam werd hij plotseling bloedrood. Hij staarde als wezenloos voor zich uit en wuifde ten slotte naar Sigurður Óli dat hij weg moest gaan. Sigurður Óli wist niet wat er aan de hand was, maar hij liep de gang op en sloot de deur achter zich.

Aan de telefoon was Erlendurs ex-vrouw. Bijna twintig jaar had hij haar niet gezien of gesproken. Toen was hij bij haar weggegaan, had haar met twee jonge kinderen achtergelaten. Later, toen hij het telefoongesprek nog eens overdacht, was hij niet eens verbaasd geweest dat hij haar stem ogenblikkelijk had herkend, alsof hij de dag tevoren nog met haar gepraat had. Hij wist dat ze hem tot in het diepst van haar ziel haatte. Diep begraven herinneringen kwamen weer bij hem boven.

'Neem me niet kwalijk als ik je stoor,' zei ze, en ze gaf elk woord een geweldige hoeveelheid minachting mee, 'maar je zoon, die het aan jou te danken heeft dat hij zo'n mislukkeling is, ligt hier bij mij voor dood op de vloer. Hij heeft net alles ondergekotst en de meubels kort en klein geslagen. Ik kom van mijn werk en ik zie dat meneer heeft ingebroken, want een sleutel krijgt hij echt niet van me. Hij heeft alle alcohol die ik in huis had opgedronken, in zijn broek gepist en alles in huis aan barrels geslagen, waarom weet ik niet. En nou is het afgelopen! Ik heb mijn hele leven die pestkinderen achter hun kont gezeten. Ik heb het helemaal gehad met ze!'

Ze was steeds luider gaan praten, ze krijste ten slotte.

'En nou neem jij hem, nou neem jij dat stuk verdriet, voor ik hem vermoord! Jij hebt onze kinderen kapotgemaakt, en mijn leven erbij, rotzak! Vuile rotzak!' riep ze, helemaal buiten zichzelf.

Toen smeet ze de hoorn op de haak.

Erlendur bleef een tijd zitten, de hoorn nog aan zijn oor. Twintig jaren hadden geen verandering gebracht in de haat die ze voor hem voelde. Altijd zou ze hem de schuld blijven geven dat het zo met de kinderen was gelopen; dat had ze hem gezegd. De kiestoon zong door zijn hoofd, alsof die alles wilde uitwissen wat hij had gehoord. Ten slotte legde hij de hoorn op het toestel, stond rustig op, trok zijn jas aan en zette zijn hoed op. Het leek alsof hij in trance verkeerde. Hij was zijn kantoor al uit toen hij zich realiseerde dat hij niet wist waar ze woonde. Hij zocht haar naam op: Halldóra Guðmundsdóttir. Opnieuw was hij de deur uit toen hij voor de tweede keer omkeerde en het telefoonnummer intoetste van de directeur van de kliniek in Vogar. Beroepshalve was hij bij die kliniek een goede bekende geworden. Erlendur mocht met zijn zoon langskomen wanneer hij maar wilde.

Vanuit Kópavogur reed hij naar de Hlíðar-wijk. Halldóra bewoonde een klein appartement in een flatgebouw; toen Erlendur er aankwam was ze niet thuis. Ze had toen ze hem belde een lange periode van stilzwijgen doorbroken, maar wilde hem kennelijk tot geen enkele prijs ontmoeten.

Ooit was er echte vriendschap tussen hen geweest. Ze hadden elkaar ontmoet in Glaumbær, indertijd een populaire dansgelegenheid, en er daarna een aantal keren gedanst. Ze konden het goed met elkaar vinden. Hij was toen pas bij de politie begonnen en ze vond het wel spannend een politieman als vriendje te hebben. Ze zochten elkaar algauw ook buiten de officiële uren van Glaumbær op, ze stelde hem aan haar ouders voor en eerder dan ze gedacht hadden waren ze getrouwd en was er een kind op komst. Toen ze samenwoonden en het dagelijks leven begon, veranderden ze beiden. Zij speelde meer dan hij kon verdragen de baas over hem; hij deed nooit wat ze van hem verlangde. Hij begon zich voor haar af te sluiten, werd opvliegend en moeilijk in de omgang. Toen Eva Lind twee jaar was en Sindri Snær op komst, zag hij in dat hij met deze vrouw nooit blijvend zou kunnen samenleven. Trouwens ook niet met een andere, als daar sprake van zou zijn. Hij had zich vergist. Had het nooit zover moeten laten komen. Hij overtuigde zichzelf ervan dat hij ongeschikt was om aan het hoofd van een gezin te staan. Als hij pogingen deed dit met Halldóra te bespreken leverde het elke keer een niet te stoppen huilbui op. In haar keurige familie was er sinds mensenheugenis niet gescheiden. Wat moest ze beginnen? Wat zouden ze er thuis niet van denken? Problemen had je overal en daar kon je aan werken. 'Laten we het de tijd geven en kijken hoe het zich ontwikkelt,' zei ze steeds maar weer.

Maar hij was niet van zijn visie af te brengen, en midden in een furieuze ruzie, kort na de doop van het jongetje, ging Erlendur weg om nooit meer terug te komen. Elke maand stuurde hij geld naar Halldóra. Voor haar was de scheiding onverteerbaar, en ze was Erlendur nadat hij het huis had verlaten dodelijk gaan haten. Ze voedde hun beide kinderen op in het geloof dat hun vader een slecht mens was, die van haar en zijn jonge kinderen was weggelopen. Dat laatste was natuurlijk ook zo. Erlendur was tot het inzicht gekomen dat pogingen hun huwelijk op te lappen gedoemd waren te mislukken. Dus was het maar het beste er direct een punt achter te zetten, wat de gevolgen ook zouden zijn.

Ze vergaf het hem nooit dat hij weggegaan was. Ze weigerde hem elk contact met de kinderen; zolang ze bij haar in huis woonden mocht hij zelfs niet in hun buurt komen. Hij had naar de rechter kunnen stappen om een omgangsregeling af te dwingen, maar hij liet Halldóra begaan. De kinderen bleven onbekenden voor hem, totdat ze vanaf hun zestiende jaar zelf naar hem op zoek gingen. Dat deden ze grotendeels uit nieuwsgierigheid, al zochten ze later ook steun bij hem. Erlendur noch Halldóra was ooit hertrouwd.

Hij had zich er vaak het hoofd over gebroken hoe het kwam dat het met beide kinderen zo mis kon gaan. Voor een groot deel gaf hij zichzelf daarvan de schuld. Als hij niet zo onaangepast was geweest, niet alleen aan zichzelf had gedacht, zou hij zonder twijfel zijn huwelijk hebben kunnen redden. Dan had hij zich bij de feiten neergelegd en voor zijn gezin hebben gezorgd. Als hij van Halldóra wilde scheiden had hij dat ook veel later kunnen doen, als de kinderen op eigen benen stonden. Dat offer had hij niet willen brengen. Erlendur had de zin er niet van ingezien een slecht huwelijk in stand te houden. Maar hij geloofde niet dat Halldóra in staat was geweest haar werk te combineren met de zorg voor de kinderen. Ze had een moeilijk leven achter de rug. De haat die ze koesterde, eerst tegen Erlendur en later tegen het leven zelf, moest haar kinderen besmet hebben. Ze hadden voor zichzelf moeten zorgen, ze hadden het in hun kwetsbaarste tijd zonder steun moeten doen. Of was het misschien iets in hun genen? Voorbeelden genoeg, in beide families, van lui die niet de kracht hadden van de drank af te blijven. Of was het misschien... Of misschien... Of misschien...

54

De buitendeur van de flat stond open toen hij er aankwam. Hij ging naar de eerste verdieping en zag dat Halldóra's appartement één grote chaos was. Er was niemand in huis en Erlendur ging ervan uit dat Halldóra naar haar buren was gegaan. Hij zou intussen hun laveloze zoon moeten zien weg te krijgen. Je kon zonder overdrijving zeggen dat Sindri Snær als een dolle stier door het appartement was gegaan. Hij lag in de kamer op zijn buik. De lage tafel bij de bank had hij omgekeerd. Een echt mooie bordenkast met glazen deuren had hij aan stukken geslagen. Door het hele huis verspreid lagen spullen, sommige kapot, sommige nog heel. Sindri Snær wasemde een kwalijke lucht van braaksel uit.

Erlendur probeerde zijn zoon wakker te maken, maar dat bleek zinloos. Hij tilde hem dus op, zwaaide hem over zijn schouder en droeg hem zo naar buiten. Hij legde hem op de achterbank van de auto. Erlendur was stevig gebouwd en het kostte hem niet de minste moeite zijn magere zoon de flat uit te dragen en in de auto te leggen. Toen hij zich weer oprichtte en toevallig naar boven keek, zag hij achter het raam van het appartement boven dat van Halldóra heel even haar gezicht verschijnen. Dat meende hij althans. Hij had zijn vroegere vrouw al bijna twintig jaar niet meer gezien en het duurde even voor het tot hem doordrong dat het gezicht achter het raam hetzelfde was als al die jaren geleden, terwijl het toch zo anders was geworden. Beeldde hij zich maar in dat ze het was? Waarschijnlijk niet: hij zag alleen maar koude haat naar buiten staren.

Erlendur liet zijn zoon achter in de handen van de mensen van de kliniek in Vogur. Ze kenden Sindri Snær goed. Het scheen het gewone beeld te zijn: hij had zich een coma gedronken. Ze beloofden goed voor hem te zorgen. Als Erlendur wilde kon hij de jongen over een paar dagen bezoeken. Nee, het zat er niet in dat ze hem voor verdere behandeling naar een kliniek in het binnenland zouden sturen. Dat hadden ze al twee keer gedaan, zonder veel succes. 'Het is een dure behandeling, weet je, en die knul heeft nog niet laten zien dat hij greep op zijn verslaving wil krijgen.'

De vijfde tatoeëerder die Elínborg en Þorkell die dag bezochten herinnerde zich het meisje. De dag liep al ten einde en ze waren allebei moe. Het vervveelde hen bij die irritante, glad pratende kerels langs te gaan. Die hadden er geen enkel belang bij de politie in een moordzaak te helpen. Maar Elínborg en Þorkell hadden niet opgegeven. Langzaam maar zeker werkten ze zich door de tattooshops in Reykjavík heen. Þorkell was het meer dan zat, maar Elínborg maakte een eind aan zijn gefoeter: er was werk te doen.

Deze vijfde man zat op een industrieterrrein dicht bij de Ártúnsbrekka. Binnen leek het wel een garage. Alles was zwart en smerig. Elínborgs aandacht werd in het bijzonder gewekt door een aantal niets verhullende foto's van naakte vrouwen. Ze moest Þorkell een por geven. Die ging even helemaal op in al die pracht aan de muren.

'Is dit het meisje dat dood was?' vroeg de tatoeëerder, een dikke man van ongeveer dertig jaar. Hij droeg een leren broek en een mouwloos spijkerjack, waaruit zijn blote armen staken. Hij had zijn haar in een paardenstaart gebonden; een sikje van dezelfde kleur hing aan zijn kin. Verder droeg hij een kunstgebit dat hij wel gestolen kon hebben: het was zichtbaar te groot en klapperde in zijn mond. Op ieder bloot plekje van zijn huid zat een tatoeage. Alle clichés over motorrijders in levenden lijve bij elkaar, dacht Elínborg. Waarom moeten die kerels toch altijd zo kinderlijk blijven? En wat is dat voor een rare manier van praten: 'Is dit het meisje dat dood was?' Waar zou die knul vandaan komen?

'Heb jij deze tatoeage gezet?' vroeg ze en ze haalde de foto weer voor de dag.

De Hells Angel herkende direct zijn eigen stijl en probeerde zich weer voor de geest te halen wie hem had oppgedragen die J te zetten. Toen herinnerde zich ook het lichaamsdeel waarop hij zijn werkstuk had aangebracht.

'*Piece of cake*, zo'n letter,' klapperde hij. 'Ze is hier een jaar geleden geweest. Ze wou een tattoo en ze zei dat ik die letter moet maken. Is daar iets mis mee?'

'Moest maken,' verbeterde Elínborg.

'Ze was niet van Reykjavík, ze was van buiten. Ze zat hier bij me en ze was zo stoned als een garnaal.'

'Heb je in Denemarken gewoond?' vroeg Elínborg.

'Nee, ik ben nooit in Denemarken geweest.'

'Weet je wat die J betekent?' vroeg Þorkell.

'Geen enkel idee. Ze was binnen en ze vroeg of ik die J wou doen.'

'Kwam binnen,' zei Elínborg – ze kon het niet laten.

'Weet je de naam van het meisje nog?' vroeg Þorkell.

'Zei ze niet. En ik kende niks van haar. Had haar nooit eerder gezien en zag haar ook niet meer terug. Als ik thuis was, dan mocht ze komen wanneer ze wou, zei ik tegen haar. Grapje. Ik zag haar nooit meer. Ze zat onder de drugs.'

'Hoe weet je dat?'

'Gewoon. Dat kan je gelijk zien.'

'Had ze iemand bij zich?' vroeg Elínborg.

'Nee, maar ze zat te kletsen over een vent, weet je wel. Ze zei eigenlijk niet veel. Steeds hetzelfde, maar ze was apestoned en als je stoned bent praat je erge onzin.'

'Wat zei ze?' vroeg Elínborg. Ze deed geen verdere pogingen zijn taalgebruik te verbeteren.

'O, alleen maar onzin. Ze was helemaal van de wereld. En het was ook al zo lang geleden. Soms weet ik niet eens meer hoe ik zelf heet.'

'Ja, dat kan ik me indenken,' zei Elínborg.

'Weet je welke vent dat was over wie ze praatte?'

'*Nope*,' zei de tatoeëerder.

'Heb je haar later nog gezien? Weet je waar ze woonde? Of weet je nog iets anders van haar?'

'Nope.'

9

De historicus peuterde aan een wratje onder op zijn kin. Erlendur en Sigurður Óli zaten in zijn studeerkamer, die bezaaid was met boeken, tijdschriften en mappen. Er hing een benauwde lucht, voornamelijk doordat de historicus – Ingjaldur heette hij – onophoudelijk pijp rookte. Hij had een heel stel pijpen om zich heen liggen en op diverse plekken in de studeerkamer lagen rode tabakszakken en lucifers. Het was helaas niet mogelijk te luchten, zei hij, want het raam klemde. Erlendur had er geen last van. Om zijn gastheer gezelschap te houden stak hij een sigaret op. Sigurður Óli, die niet rookte en die gewoonte zelfs verfoeide, vervloekte hem stilzwijgend. De historicus was een slanke man die zich niet druk maakte om zijn uiterlijk. Ondanks de zomerse warmte droeg hij een wollen trui. Telkens als hij nadacht peuterde hij weer aan het wratje.

'Jullie krijgen maar weinig ernstige moorzaken op je bureau, dus áls er een komt vinden jullie dat zeker heel leuk?' vroeg hij. Hij blies een dikke wolk rook diep vanuit zijn geteisterde longen de kamer in.

'Moorden zijn nooit leuk,' zei Sigurður Óli.

'Nee? Volgens mij zijn moorden het leukste wat er bestaat. Er wordt haast geen boek geschreven of geen film gemaakt zonder dat er moord of geweld in voorkomt.'

'Wij zijn geen speurders uit een misdaadroman,' zei Sigurður Óli, 'en we doen ons werk echt niet omdat het zo leuk is.'

'Zijn jullie een stel?'

'We zitten in het weekend niet samen in hotel Örk, als je dat soms bedoelt,' zei Erlendur.

'Nee, ik bedoel: zijn jullie als politiemensen een stel?'

'We werken af en toe samen, ja.'

'Hebben jullie er wel eens over nagedacht waarom er in IJsland nooit thrillers zijn geschreven? Terwijl alle andere literaire genres wel worden beoefend? Volgens mij is dat aan jullie te wijten. Jullie zijn de rechercheurs Erlendur Sveinsson en, pardon, hoe was je naam ook weer?'

'Sigurður Óli.'

'Precies. Alleen die namen al – die kúnnen toch helemaal niet als je over zware misdaad schrijft? Zeg nou zelf. Trouwens, wat er hier aan misdaad groeit en bloeit, daar is toch geen greintje spanning aan te beleven?'

Erlendur en Sigurður Óli keken elkaar aan. Sigurður Óli wilde een opmerking maken, maar Erlendur sneed hem de pas af.

'Het is waar dat moorden met voorbedachten rade in IJsland maar zelden voorkomen,' zei hij. 'Gelukkig maar. Moord is geen IJslandse misdaad. Daarom hebben we misschien niet de ervaring die de politie in grotere landen heeft, maar eerlijk gezegd kan ik best zonder.'

'We vragen ons af wat het kan betekenen dat dat meisje op het graf van Jón Sigurðsson is gelegd,' zei Sigurður Óli. 'Is er in het leven van president Jón misschien een bijzonder feit geweest waarmee je dat zou kunnen verklaren? Of moeten we denken aan een meer algemene boodschap, een politiek statement misschien? Als degene die haar daar bij Jón heeft neergelegd dat weloverwogen heeft gedaan, kan het zijn dat hij een ontwikkeld man is. Dat hij iets over Jón weet wat wij niet weten. Moeten we naar een intellectueel zoeken?'

'Misschien wel naar een historicus,' zei Ingjaldur en hij klopte de as en tabaksrestjes uit zijn pijp in een boordevolle asbak.

Erlendur grijnsde zuinigjes; Sigurður Óli fronste zijn wenkbrauwen nog wat extra.

'Jón is allereerst een icoon van de strijd voor onze zelfstandigheid en een icoon van onze eenheid,' zei Ingjaldur, ineens ter zake komend. 'Zijn naam is synoniem aan de vrijheidsstrijd. Hij trotseerde de Denen. Wetenschappers of niet-wetenschappers, geen mens heeft ook maar iets in zijn leven kunnen vinden wat een smet werpt op zijn naam als historische figuur. Hij was een romantische nationalist die zijn inspiratie haalde uit de middeleeuwen, de tijd van de oude republiek, IJslands gouden eeuw. In dat opzicht kun je hem vergelijken met een romantische dichter als Jónas Hallgrímsson. Dat is het beeld dat de mensen van Jón hebben. Maar als je achter de schermen kijkt ontdek je een buitengewoon bekwaam lobby-ist, die tegenover de Denen steeds maar op hetzelfde aambeeld bleef hameren, ongelooflijk koppig. Er werd vooral geklaagd dat hij zo vervelend was – even denken, hoe zeiden ze dat ook alweer? – "droog, rationeel en onhandelbaar". Ze zeiden dat hij oud geboren was en je moet toegeven: een groot humorist was hij bepaald niet.'

'Maar zijn persoonlijk leven? Is daar iets in te vinden dat verband kan houden met een vermoorde jonge vrouw die misschien een prostituee was?' vroeg Sigurður Óli.

'Daar heb ik eerlijk gezegd geen idee van. Sommige mensen beweren dat Jón syfilis heeft gehad, wat erop zou wijzen dat hij prostituees bezocht heeft. Maar dat bleek moeilijk hard te maken. Jón heeft zelf in een brief ontkend dat hij syfilis had. Het gerucht is denk ik in de wereld gekomen toen hij in 1840 het grootste deel van het jaar in bed moest blijven.'

Ingjaldur stak zijn pijp aan en zoog voor hij verderging zijn longen vol rook.

'Over de relatie met Ingibjörg, zijn vrouw, is niet veel bekend. Er is geen snippertje van hun briefwisseling bewaard gebleven, en dat is heel vreemd. Jón verzamelde alles wat hij maar in zijn vingers kreeg en hij ging daar heel zorgvuldig mee om. Maar in zijn collectie zitten geen brieven naar of van Ingibjörg. Dat zou erop kunnen wijzen dat hij niet veel zin had om met haar te trouwen. Ze heeft ook twaalf jaar op haar huwelijk moeten wachten.'

Ingjaldur zweeg en peuterde aan het wratje.

'En dan hebben we nog de vrouw in het zwart,' ging hij verder.

'Hoe bedoel je, de vrouw in het zwart?' vroeg Erlendur.

'Dat was een heel geheimzinnige geschiedenis,' zei Ingjaldur. Hij legde zijn pijp in de asbak en stond op. 'Toen hij was overleden verscheen die op de herdenkingsplechtigheid in Kopenhagen. Een vrouw in het zwart, met een sluier, zodat je haar gezicht niet kon zien. Ik heb dat in een studie van Sigurður Nordal gelezen. Ik moet hem hier ergens hebben.'

Ingjaldur liet zijn blik over de boeken op de planken gaan. Hij krabde zich in het haar, twijfelend of hij het werk wel zou kunnen vinden, en liet een opgelucht geluidje horen toen zijn oog er eindelijk op viel. Hij ging weer zitten en begon te bladeren.

'Hier heb ik het. De herdenkingsplechtigheid werd op 13 december 1879 in de Garnizoenskerk in Kopenhagen gehouden. In de kerk verscheen, luister goed, "een dame uit de hogere kringen, met zeer goede manieren, in rouwkleding en met een zo dichte sluier dat haar gelaatstrekken niet waren te onderscheiden". Zo wordt ze beschreven. Ze ging nogal vooraan in de kerk zitten en kon haar snikken niet bedwingen. Niemand weet wat voor vrouw dat geweest kan zijn. Er is wel verondersteld dat het zijn maîtresse was.'

Op dat moment ging Erlendurs gsm over. Hij nam op, knikte en stak het mobieltje weer in zijn zak.

'Ze hebben een foto van hem, tenminste, dat denken ze,' zei hij.

'Van wie?' vroegen Sigurður Óli en de historicus in koor.

De foto was erg onscherp. Toen bleek dat de gestolen Saab erop stond was hij per expresse naar de directie van de rijkspolitie gestuurd. De opname was afkomstig van de flitspaal op het kruispunt van de Miklabraut en de Kringlumýrarbraut. Technici gingen ermee aan de slag en probeerden het beeld scherper te krijgen, maar dat kostte tijd. De chauffeur van de auto droeg een zwart jack, waarschijnlijk van leer. Hij had een flinke bos haar en een hoog voorhoofd. Zijn wenkbrauwen waren duidelijk te onderscheiden, maar zijn neus en mond waren weinig meer dan schaduwstreepjes in het witte gezicht. Hij zat gebogen over het stuur, dat hij met beide handen vasthield.

'Daar hebben we ook al niet veel aan,' zei Erlendur. 'Maar misschien kunnen ze het beeld nog wat scherper krijgen. Kunnen we beter zien waar we naar op zoek zijn.'

'Naar wie we op zoek zijn,' verbeterde Elínborg, die met Þorkell in Erlendurs kantoor zat. Het gesprek met de tatoeëerder echode nog in haar hoofd.

'Zijn jullie nog wat opgeschoten met die tattoofiguren?' vroeg Sigurður Óli.

'We hebben iemand gesproken die zich herinnerde dat hij die letter op de bil van een meisje heeft gezet. Ze kwam niet uit de stad, en was helemaal stoned. Het is al even geleden, maar hij was er zeker van dat het dezelfde tatoeage was. Hoe serieus we die gast moeten nemen weet ik niet. Hij wist verder niks. Niet meer dan wij tenminste.'

10

Toen Erlendur maandagavond thuis was belde Eva Lind, zoals ze had beloofd. Ze was een beetje opgewonden.

In het onderzoek naar de moord op het meisje was tot dan toe niets opmerkelijks gebeurd. 's Middags had Erlendur het gedetailleerde sectierapport gekregen. De blauwe plekken op de keel wezen erop dat er een poging was gedaan haar te wurgen. Kort daarna moest ze zijn overleden. Men nam aan dat ze gestorven was door verstikking; in haar neus en keel waren materiaaldeeltjes van linnen gevonden. Onder haar nagels trof men onder meer van kleding afkomstige vezels aan, die nog nader onderzocht moesten worden. Het meisje was op diverse plaatsen verwond. Er werd op gewezen dat het definitieve resultaat van het bloedonderzoek nog op zich liet wachten.

'Ik ken een meisje,' zei Eva Lind, 'dat jouw meisje weer kende.' Ze belde met een mobieltje waarvan de batterij bijna leeg was; het geluid viel steeds weg om daarna met veel gekraak weer terug te komen.

'Weet je het zeker?' vroeg Erlendur.

'Ik denk... Ik...nu bij haar... doet het zo weer... je moet opschieten.'

Erlendur kon nog net verstaan waar hij Eva Lind kon vinden. Hij belde Sigurður Óli en samen reden ze naar het centrum. Het was tegen middernacht. De zon bleef even op de top van de Snæfellsjökull rusten om daarna zijn reis door de zomernacht te vervolgen. In de stad liepen mensen te genieten van het zachte weer en de middernachtzon. Ze spraken weinig onderweg, parkeerden de auto op het terrein achter het parlementsgebouw, liepen het korte stukje naar de Domkerk en vervolgens door de Kirkjustræti, tot ze bij een bouwvallig, roodgeverfd houten huis kwamen.

De deur stond open. Een eigenaardige lucht drong hun neus binnen, het leek alsof er schaapskoppen geschroeid werden. Hoewel het buiten licht genoeg was, was het in het huis donker: het leek wel alsof er dekens in plaats van gordijnen voor de ramen hingen. Direct vanaf de straat betraden ze een keukentje, waar het vol lag met verpakkingen van kant-en-klaarmaaltijden. Daar zagen ze waar de lucht vandaan kwam. Erlendur rukte een leren jack van een kookplaat af, waarvan de schakelaar op stand twee stond. In de rug van het jack had zich al een groot gat gevormd. Naast de keuken was een vertrek dat klaarblijkelijk als woonkamer moest dienen, al lag er alleen maar een matras met bruin flanellen bekleding op de houten vloer. De vloerbedekking bestond uit een voddig kleed, zo versleten dat van bedekking nauwelijks sprake was. Vanuit de woonkamer kwam je in een slaapkamertje. Daar zat Eva Lind op de rand van het bed, naast een meisje dat niet veel ouder was dan zeventien of achttien jaar.

'Welja, ik zou gelijk het hele politiebureau meebrengen,' zei Eva Lind en ze keek vuil naar Sigurður Óli. De kamer was ooit wit geschilderd, maar nu waren de muren bedekt met allerlei krabbels en vuil; op één plek leek het wel alsof er iemand met koffie gespetterd had. 'Een dikke kop is nog geen helder brein, 't kan evengoed een kop vol zaagsel zijn,' las Erlendur op een van de muren. In een hoek van de kamer stond een kartonnen figuur, een afbeelding op ware grootte van een beroemde Hollywoodster, uit de een of andere bioscoop meegepikt. Erlendur wist niet wie het was. Het meisje naast Eva Lind was blond en dun. Ze had een mager gezicht; haar oogopslag was traag. Haar kleine mond had ze flink met lipstick bewerkt.

'Dit is Sigurður Óli,' zei Erlendur. 'Die is met me meegekomen. Je weet dat we samenwerken.'

'Willen ze me meenemen?' zei het meisje tegen Eva Lind, die een arm om haar heen had geslagen. Haar stem was hees en heel zwak, wat ze zei was bijna niet te verstaan.

'Nee hoor, niemand wil je meenemen,' antwoordde Eva Lind haar. 'Ze willen je alleen maar wat vragen over je vriendin. Je weet wel, over wie we het eerder gehad hebben. Het meisje dat spoot. Maar als je het niet wilt hoef je helemaal niks tegen ze te zeggen, en als je wilt dat ze weggaan zet ik ze eruit.'

'Hoe heet je?' vroeg Erlendur. Sigurður Óli liep de keuken in en haalde zijn mobieltje uit zijn zak.

'Dóra,' zei ze. 'Dóra die had reuzepret met vier kerels in haar bed,' zong ze murmelend. Toen viel ze stil.

'Weet jij iets over het lichaam dat we op het kerkhof hebben gevonden?' vroeg Erlendur behoedzaam.

'Ze haatte die kerel,' zei het meisje en ze keek Erlendur aan. 'Die vent sloeg haar en ze moest smerige dingen voor hem doen. Die stumper.'

'Wie bedoel je?'

'Ze was mijn vriendin, en die vent maak ik dood.'

'Woon je hier?'

'Ja.'

'En woonde zij hier ook, die vriendin van je?'

'Ja.'

'Hoe heette ze?'

'Birta.'

'En verder, hoe heette ze voluit?'

'Weet ik niet.'

'Kende je haar al lang?'

'O ja, al zó ontzettend lang.'

'Maar je weet niet hoe ze voluit heet?'

'Birta, dat zei ik toch! Birta heet ze.'

'En waarom denk je dat het Birta is?'

'Omdat ik haar niet meer gezien heb. We hadden voor zondagmorgen afgesproken, maar ze is nooit komen opdagen. Toen hoorde ik wat er op het kerkhof gebeurd was en toen heeft iemand me verteld dat zij het was. En ik wéét het gewoon. Ik weet dat zij het was.'

'Wie heeft je verteld dat zij het was die op het kerkhof gevonden is?'

'Zomaar iemand.'

'Weet je voor welke man ze zo bang was?'

'Ja, de man die haar doodgeslagen heeft.'

'Weet je waar hij is?'

'Dat wou ze niet zeggen.'

'Heb je hem wel eens gezien?'

'Nee.'

Eva Lind keek haar vader aan.

'Wat weet je verder nog over Birta?' vroeg Erlendur.

'Birta was oké.'

'Weet je ook of ze een vriend had?'

'Ze kende massa's jongens.'

'En die man...'

'Die heeft massa's huizen,' zei Dóra. 'En ze moeten allemaal in zijn huizen gaan wonen. Dat vertelde Birta. Daar liep hij belangrijk over te doen. Hij heeft haar gezegd wie er in zijn huizen moesten gaan wonen.'

'Wat voor huizen heeft hij dan?'

'Hij heeft alle huizen. Hij heeft alle huizen van de hele wereld.'

'Van de hele wereld?'

'Ik voel me beroerd,' zei Dóra en ze keek Eva Lind aan. 'Ik wil niet meer praten.'

Eva Lind gaf haar vader een seintje, waarna hij zijn ondervraging stopte. Sigurður Óli verscheen in de deuropening. Hij stopte zijn mobieltje in zijn zak. Erlendur liep naar hem toe.

'We hebben contact gehad met de eigenaar van het huis,' zei Sigurður Óli toen ze de slaapkamer weer uit gingen. 'Dat is een oude bekende van ons. Dit krot verhuurt hij en zelf zit hij in een grote villa in Breiðholt. De narcoticabrigade verdenkt hem ervan dat hij dealt. En hij staat op de lijst van lui die ervan verdacht worden dat ze drugs smokkelen. Hij verwacht ons. Je kent hem wel. Herbert. Hij noemt zich soms Rothstein.'

'Wat? Herbert?' vroeg Erlendur.

Eva Lind kwam bij hen in het keukentje.

'Ken jij soms ene Herbert Rothstein?' vroeg Erlendur.

'Herb?' Ze aarzelde. 'Dát is wel zo'n mafkees. Kickt op alles wat uit Amerika komt. Loopt erbij als een cowboy, dus iedereen denkt dat hij een beetje geschift is. Hij wil dat je hem Herb noemt. Iedereen is bang voor hem. Hij is baas over de hele drugshandel en hij is keihard. Hij is autodealer, heeft een pornotent en weet ik wat allemaal. Is dit huis van hem?'

'Het staat op zijn naam. Wat bedoel je met "een pornotent"?'

'Nou, Boulevard, je weet wel.'

'Is Boulevard van hém?'

'Dat is wat ik altijd gehoord heb, ja.'

'En die Birta?' vroeg Erlendur. 'Heb je die soms ook gekend?'

'Nee, haar kende ik helemaal niet. Maar ik hoorde een vriendin van me over Dóra praten. Dat die over die Birta zat te kwekken, en dat ze vast en zeker doodgeslagen was en dat ze degene die het gedaan had ook dood zou slaan.'

'We zullen haar nodig hebben om het lichaam te identificeren. Denk je dat ze daartoe in staat is?'

'Het gaat almaar slechter met haar. Ze zou echt naar een dokter moeten. Maar haal het niet in je hersens haar te laten opnemen als ze zelf niet wil. Duidelijk?'

'Heb jij verder nog iets uit haar kunnen krijgen?' vroeg Erlendur.

'Ze denkt dat Birta uit het westen komt,' zei Eva Lind. 'Uit de West-fjorden. En dat ze een vriend had die altijd maar om haar heen hing. Die kwam daar ook vandaan.'

11

Erlendur en Sigurður Óli reden naar de villa in Breiðholt. De vrijstaande woningen daar waren allemaal van hetzelfde type: simpele contouren, wat zuiltjes hier en daar, grote ramen, dubbele garage. De stijl van de nieuwe rijken, verbluffend eenvormig. Voor Herberts huis stonden al twee politie-auto's en voor het raam van de woonkamer was een aantal geüniformeerde politiemensen zichtbaar. Het was een gebouw van twee verdiepingen met een woonoppervlak van ongeveer vijfhonderd vierkante meter, exclusief de dubbele garage, waarin een paar auto's stonden te glanzen.

Het was waar dat de bewoner op kleine schaal in auto's handelde en dat hij eigenaar was van de striptent Boulevard, maar wat hij daarmee verdiende was zeker niet voldoende om alle luxe te bekostigen waarmee hij zich had omgeven. De enige verklaring die hij voor zijn rijkdom kon geven was dat hij altijd veel geluk had in het spel. Hij beweerde dat hij met gokken enorme bedragen had gewonnen, niet alleen in eigen land. Ook in het buitenland had hij zijn slag geslagen, onder andere in Las Vegas. Het was bekend dat hij vele malen naar de Verenigde Staten was geweest en zelfs een tijdje in de gokstad Reno in de Nevadawoestijn had gewoond. Sterker nog, hij probeerde de indruk te wekken dat hij een halve Amerikaan was en sierde zich af en toe met de achternaam Rothstein, vooral in de Verenigde Staten, maar ook wel thuis in IJsland. Even natrekken en je wist dat hij Herbert Baldursson heette.

Herbert kwam hun tegemoet in cowboylaarzen, een nieuwe donkerblauwe spijkerbroek en een roodgeruit shirt met blauwe halsdoek. Erlendur keek Sigurður Óli aan. Aan de muren hingen geen schilderijen maar ingelijste filmaffiches. De meest opvallende kwamen uit *The Godfather*. De meubels zagen eruit alsof ze waren opgekocht in een discotheek uit de jaren zeventig van de vorige eeuw: rode pluchen banken en lage krukjes. Er stond een monsterlijke salontafel, vervaardigd van zwart plastic. De meeste ruimte werd ingenomen door elektronica: een geluidsinstallatie, speakers, een televisietoestel. Alles stond op een wandmeubel dat de helft van de kamermuren in beslag nam. Op de vloer lag een hoogpolig lila tapijt. Herbert had zijn huis Dallas genoemd; de kamers hadden namen van personages uit de soap van die naam.

'Hoe halen jullie het in je bolle hoofd iemand midden in de nacht wakker te maken?' schreeuwde Herbert. Vanuit een slaapkamer met het opschrift 'Pamela' kwam hij de woonkamer binnen. Erlendur kende Herbert oppervlakkig en was ook min of meer op de hoogte van zijn misdaadcarrière, die op het eerste gezicht niet opzienbarend genoemd kon worden. In zijn jonge jaren had hij gestolen, hij had een aantal gevallen van geweldpleging op zijn naam staan en met regelmatige tussenpozen een tijd in de gevangenis gezeten. Men nam aan dat hij in de vroege jaren zeventig had deelgenomen aan grootschalige alcoholsmokkel. Bovendien werd hij ervan verdacht een van de grootste importeurs van harddrugs op IJsland te zijn. Maar er viel niets te bewijzen; sommige bewijsstukken waren zelfs op mysterieuze wijze zoekgeraakt. Erlendur werd soms moedeloos van de manier van werken bij de narcoticabrigade: hoe krégen ze het voor elkaar!

Rond 1980 had Herbert in verband met een verdwijning in voorlopige hechtenis gezeten. Ook die zaak was echter nooit opgelost. Herbert was een kleine, slanke vijftiger met een langwerpig, smal gezicht waarin vooral de dikke lippen opvielen. Hij was vlug in zijn bewegingen, maar dat kon ook nervositeit zijn. Vrouw en kinderen had hij niet; hij was de enige bewoner van het huis.

'Hallo, Herbert!' zei Erlendur.

'Wat moet dat allemaal met die *fucking* schijnwerpers? Ik begin er verdomme net een beetje in te raken, hier in de buurt. Waar is dit goed voor? Nou, zeg eens wat! Van wat voor club zijn jullie eigenlijk, stelletje waardeloze zakken. Niet van Narcotica in elk geval.'

'Herbert toch, niet zo grof,' antwoordde Erlendur. Hij bekeek de filmaffiches aan de muren. 'We willen graag wat weten over je huurders in de Kirkjustræti. Twee meisjes, misschien meer. Dóra en Birta. Weet je over wie ik het heb?'

'Wat is dat nou weer voor bullshit? Jij met je "Herbert toch".'

Erlendur en Sigurður Óli waren inmiddels Herberts huiskamer binnengekomen en vroegen hem te gaan zitten. Hij deed niet wat ze zeiden, en dus bleven ze alle drie op het lila tapijt staan.

'Wanneer heb je Birta voor het laatst gezien?' vroeg Sigurður Óli.

'Birta? Ik ken verdomme helemaal geen Birta, *believe me.*'

'Wanneer heb je haar voor het laatst gezien?' herhaalde Sigurður Óli.

'Hé, wat ben jij voor een *fuckhead*? Ik ken geen Birta, oké?'

Sigurður Óli keek naar het afschuwelijke tapijt. Erlendur liep naar de politiemensen en vroeg of ze met loeiende sirenes naar Herberts huis waren gereden. Natuurlijk niet, zeiden ze. Midden in de nacht? In een keurige buurt als deze? Kom nou. Hij vroeg hun naar hun auto's te gaan en de sirenes aan te zetten. Daarna ging hij weer naar Herbert. Na enkele ogenblikken begonnen de sirenes met hun gekmakend kabaal iedereen in de omgeving wakker te gillen.

'Wat is dat voor godvergeten pestherrie?' brulde Herbert en hij vloog naar het raam. 'Willen jullie iedereen hier krankzinnig maken? *Jesus.*'

'Vertel nou eens netjes aan Sigurður Óli hier wanneer je Birta voor het laatst gezien hebt,' zei Erlendur. 'We hebben alle tijd.'

Herbert keek hen beurtelings aan.

'Zet dat verdomde geloei dan af. Birta en nog een meid huren dat huis downtown van me. Twee maanden geleden heb ik haar nog gezien. Zet die sirenes uit!'

Erlendur liep de kamer uit. Het geloei verstomde.

'Jij hebt gezorgd dat ze een huis kregen. Heb je ook voor klanten gezorgd, en voor drugs?' vroeg Sigurður Óli.

'Waar heb je het over, *man*?' zei Herbert.

'Je drugsbusiness interesseert me niet, ik wil weten of je de kerels kent waar ze mee omging.'

'Wou jij soms beweren dat ik zo'n gore *pimp* ben?' zei Herbert.

Erlendur keek Sigurður Óli vragend aan.

'O, een pooier bedoel je?' zei Sigurður Óli.

'Ben jij de pooier van die tippelaarsters?' vroeg Erlendur.

'Wat denk je wel dat ik ben?' zei Herbert vol heilige verontwaardiging.

'Wat ik denk dat je bent? Dat wil je echt niet weten, *Herb, believe me,*' antwoordde Erlendur, triomfantelijk naar Sigurður Óli kijkend. 'Weet je iets van die vaste klanten of de kerels die haar achternalopen?'

'Waarom stellen jullie vragen over die babes? Die meiden, dat is hele-maal niks. Drie keer niks. Nog minder dan etter die uit een hondenreet loopt.'

'Herb, Herb toch, als je eens wist hoe belachelijk je was,' zei Sigurður Óli.

'Jullie zijn zelf volkomen belachelijk. En als jullie wat tegen mijn lifestyle hebben, lazer dan gauw op, alsjeblieft. Stomme boerenhufters.'

'Wat was jouw contact met Birta?' vroeg Sigurður Óli. Het geleuter begon hem te vervelen.

'Ze huurde van me, oké? Zij en een hoer, een vriendin van haar. Ik ken ze verder niet.'

'Hoe lang heeft ze van je gehuurd?'

'Een tijdje.'

'Wat is er een paar maanden geleden gebeurd?'

'Toen heeft ze de huur opgezegd, oké?'

'Kreeg ze drugs van jou?'

'Hé *man*, ik ben geen dealer.'

'Heb je gezorgd dat ze klanten kreeg?'

'*Jesus...*'

'Birta is in het weekend op het kerkhof aan de Suðurgata gevonden, ver-moord,' zei Erlendur langzaam. Hij stak zijn kin een beetje omhoog.

Die mededeling bracht Herbert uit zijn evenwicht. Zijn gelaatstrekken verslapten en hij liet zijn schouders hangen. Dat duurde overigens maar even. Hij herwon zich snel en trok direct weer zijn *tough guy*-gezicht.

'En wat gaat mij dat aan? Nou? Ben ik soms een moordenaar? Jullie kun-nen me niks maken. Ik ben net dit weekend uit de States teruggekomen. Daar ben ik veertien dagen geweest en van een moord weet ik geen flikker af. Dat kun je checken, *man*.'

Toch was hij de zelfverzekerde luidruchtigheid van daarvoor kwijt. Het was hem aan te zien dat het nieuws hem onaangenaam had getroffen en dat hij met zijn gedachten ergens anders was. Het leek alsof hij plotseling over een heleboel dingen moest nadenken maar zich nergens op kon con-centreren.

'Maar je begrijpt nou waarom we moeten weten met wie ze contact had,' zei Erlendur. 'Weet je hoe ze voluit heet?'

'Nee,' zei Herbert langzaam. 'Ze werd gewoon Birta genoemd. Is ze dood? Vermoord? Of is dit een geintje?'

'Ze hebben haar gevonden bij Jón Sigurðsson, op het kerkhof aan de Suðurgata. Heeft dat volgens jou iets speciaals te betekenen?' vroeg Sigurður Óli.

'Jón Sigurðsson? Wie is dat? Zit die in de hoerenbusiness?'

'Dat denk ik niet, nee,' antwoordde Erlendur. 'Wat dat betreft hoef je je geen zorgen te maken. Maar nou wat anders. Weet jij of Birta een man gekend kan hebben wiens naam met een J begint? Het zou kunnen dat hij een kennis van haar is en dat je hem met haar gezien hebt.'

'Hé *man*, ik ken die snol niet, ze huurde van me en daar hield het mee op,' zei Herbert, die zich nu helemaal hersteld had. Hij was niet van plan die *fucking police* bij haar zaak te helpen.

'Waarom heeft Birta de huur opgezegd?'

'Ja, hoe moet ik dat weten? Ze ging ergens anders heen. Je denkt toch niet dat ik dat allemaal bijhou. Moet dat soms?'

'Nog één vraag, Herb. Jij bent toch de eigenaar van die prachttent, niet? Van Boulevard?'

'Hoezo?'

'Kwam Birta daar ook?'

'Ik weet niks van die trut af, oké?'

'Stel dat er mannen zijn die wat meer willen dan in het café een griet een klap op haar kont geven, en ze bellen jou voor een paar meiden. Of er zit een kerel in zijn vakantiehuisje en die wil een meisje. Gaat het zo'n beetje op die manier?'

'Ik weet niet waar je het over hebt,' zei Herbert.

'Nee, natuurlijk niet. Nou dan, ik vraag me af of je Birta niet naar zulke mannenclubjes gestuurd hebt, als die hier in de omgeving in een of ander vakantiepaleisje zitten. En of ze daar niet is verkracht en vermoord en vervolgens voor oud vuil op het kerkhof is neergegooid. Vind je dat zo'n raar idee? Is dat zo onwaarschijnlijk, Herb?'

'Je bent gek, jij,' zei Herbert. 'Je hebt ze niet allemaal op een rijtje. Als je op deze manier verdergaat, wil ik met mijn *lawyer* praten.'

'Met je looier praten? Wat is dat nou weer?'

'Ach, *fuck you*.'

'Volgens mij bedoelt hij een advocaat,' zei Sigurður Óli.

'Maar Herb, een advocaat! Dat is toch helemaal niet nodig,' zei Erlendur. 'Of wel soms?'

'Ik snap jullie niet. Ik weet niet waar jullie naartoe willen. Laat me met rust.'

Erlendur zette zijn hoed op.

'Knijp er niet tussenuit, Herb.'

Toen ze weer buiten stonden spraken ze af Herberts gangen te laten nagaan. Uit zijn reactie op het nieuws over Birta viel op te maken dat hij veel meer wist dan hij ooit zou toegeven. Dat zou hij alleen doen als ze met een heel concrete beschuldiging kwamen en hij de kans kreeg met hen over een schikking te onderhandelen.

'Birta kwam uit de Westfjorden,' zei Erlendur. 'Daar kwam Jón Sigurðsson ook vandaan. Iemand kan dat bedoeld hebben als een aanwijzing dat we het antwoord in de Westfjorden moeten zoeken.'

'Het is een mogelijkheid,' zei Sigurður Óli.

'Zorg jij voor een huurauto, morgenochtend. We gaan ernaartoe. Met de auto. Voor de Westfjorden is dat het beste.'

'Waarom gaan we niet vliegen? Dan ben je er in een wip.'

'Ik denk dat we beter met de auto kunnen gaan.'

'Geef nou maar gewoon toe dat je bang bent om te vliegen.'

'Vliegtuigen zijn toch ook werktuigen van de duivel?'

'Moeten we Herbs telefoon niet laten afluisteren?'

'Jawel, maar dat regelen we zelf. We houden Narcotica erbuiten.'

Binnen stapte Herbert in grote opwinding door de kamer. Hij liep naar het raam en keek naar die idioten – ze gingen net in hun auto zitten. Niet bellen, dacht hij. Geen telefoon gebruiken. Hij zag hoe de politiewagens een voor een wegreden. In de buurhuizen ging het licht uit, nadat men daar naar hartenlust had kunnen genieten van wat er bij de nieuwe buren gebeurde. 'Geen telefoon gebruiken,' mompelde Herbert.

Een tijd lang bleef hij wachten, maar ten slotte hield hij het niet meer uit. *Fuck it.* Op een holletje liep hij naar de garage en ging in zijn nieuwe, vuurrode Amerikaanse Jeep Cherokee zitten. Hij wachtte tot de roldeur omhoogging, maar was zo gespannen dat het dak van de jeep langs de onderkant van de deur schampte toen hij achteruit de garage uit knalde.

Hij reed naar het centrum en bleef staan voor het gebouw van de telecomdienst. Daar stond een van de weinige openbare telefooncellen in de stad. Herbert wist dat hij stelselmatig door de narcoticabrigade in de gaten werd gehouden. De drugsmarkt op IJsland was maar klein en de politie kende de meeste figuren die op die markt actief waren. Hij toetste een nummer in en wachtte tot er opgenomen werd. Hij wachtte een flinke tijd.

Hij wachtte, wachtte, frunnikte aan het snoer van de telefoon en schopte zachtjes met zijn cowboylaarzen tegen de glazen deur van de cel. Het was tegen twee uur 's nachts. Eindelijk hoorde hij geluid aan de andere kant van de lijn.

'Ja,' zei een mannenstem.

'Weet je dat Birta dood is?'

'Wat voor telefoon gebruik je?'

'Ik bel vanuit een cel. Ik ben niet *stupid, man*.'

'O nee, Herbert?'

Toen werd er opgelegd.

Erlendur en Sigurður Óli waren Herbert naar het centrum gevolgd. Hun auto stond op veilige afstand van de telefooncel.

'We zullen kijken of ze bij de telecomdienst kunnen achterhalen met welk nummer Herb nou staat te bellen,' zei Erlendur, en Sigurður Óli knikte. Ze zagen hoe Herbert uit de telefooncel kwam, in zijn jeep stapte en wegscheurde.

'Als jullie wat tegen mijn lifestyle hebben,' bauwde Sigurður Óli Herbert na. 'Waar heeft die *fucking* kerel eigenlijk gezeten?'

'Nou moet je eens goed naar me luisteren, als je zo begint bel ik mijn looier.'

Ze moesten allebei hard lachen.

12

Erlendur pakte de allernoodzakelijkste spullen in een koffertje en belde de kliniek om te vragen hoe het met zijn zoon ging nu diens ontwenningskuur was begonnen. Daarna sprak hij met Elínborg, die tijdens zijn verblijf in de Westfjorden het onderzoek in Reykjavík zou leiden.

Sigurður Óli ontmoette Bergþóra op een moment dat ze het vreselijk druk had. Hij vertelde haar over zijn tocht naar de Westfjorden: het vermoorde meisje scheen uit die streek te komen en nu wilden ze daar twee of drie dagen naartoe om te proberen haar familie te vinden en uit te zoeken wie ze was. Maar Bergþóra kon hem via zijn gsm bereiken en ze kon ook de politie in Reykjavík bellen. Officieel viel er verder niks te bespreken. Pas toen hij de deur uit ging, zei hij aarzelend: 'Als ik terug ben zouden we misschien samen iets leuks kunnen doen.' De telefoon ging. Ze wuifde naar hem en knikte ja.

De pogingen Birta's naam in het bevolkingsregister te vinden hadden geen resultaat opgeleverd. Zo'n twintig meisjes van ongeveer dezelfde leeftijd als het meisje op het kerkhof droegen de naam Birta. Bij verder onderzoek kwam aan het licht dat ze allemaal nog in leven waren en dat geen van hen vermist werd.

'Weten we al met wie Herb vannacht gebeld heeft?' vroeg Erlendur toen ze met hun huurauto op de Vesturlandsvegur reden. Sigurður Óli reed en Erlendur zat ontspannen achterovergeleund naast hem. Hij had een foto van Birta's gezicht in zijn borstzak gestoken om die indien nodig aan de mensen in het westen te kunnen laten zien. De foto was al aan de politiebureaus in die omgeving gestuurd, maar dat had nog niets opgeleverd. Bij de politie was ze niet bekend en nog steeds had niemand naar haar geïnformeerd.

'Waarom hebben we eigenlijk het vliegtuig niet genomen?' vroeg Sigurður Óli. De lange rit naar de Westfjorden begon hem nu al te vervelen.

'Daar hebben we het over gehad,' zei Erlendur. 'We moeten dat gebied leren kennen. Ik heb zo'n vermoeden dat de Westfjorden op de een of andere manier een rol in het hele gebeuren spelen. Ook vanwege Jón Sigurðsson. Uitgerekend hij – dat moet toch een betekenis hebben? En die betekenis moet te vinden zijn in de Westfjorden. Wat ben je inmiddels over onze grote Amerika-aanbidder te weten gekomen?'

'Het is nog niet gelukt uit te vinden met wie hij gebeld heeft. Bij de telecomdienst zijn ze niet vooruit te branden,' zei Sigurður Óli. 'Maar zijn telefoon wordt afgeluisterd. En bij Narcotica geven ze ons alle informatie waarover ze beschikken.'

'Die Herb, wat had hij een haast,' zei Erlendur, en toen zwegen ze. Ze reden een westelijke route over Borgarnes, langs Búðardalur en via de nieuwe brug over de Gilsfjord naar de fjorden in het Barðastranda-district, waar de wegen zeer slecht waren. Ondanks het feit dat de noordelijke route beter te berijden was had Erlendur deze weg gekozen: het was goed, zei hij, iets van de afstanden, het isolement en de verlatenheid te leren kennen.

Ze reden een tijd lang zwijgend door. Sigurður Óli zat aan Bergþóra te denken.

'Hoe komt het dat we die Birta niet in het bevolkingsregister kunnen vinden?' vroeg Erlendur.

'Ja, dat is heel raar,' zei Sigurður Óli. 'Het lijkt wel alsof ze nooit bestaan heeft, die meid.'

Het liep tegen de avond toen ze in het Barðastranda-district kwamen. Ze reden over slechte wegen langs de oevers van de fjorden. De zon daalde steeds verder naar de donkere bergen. Vroeger, toen men zich nog gemakkelijker in een hard bestaan kon schikken, was het in sommige van die fjorden mogelijk geweest kleine boerderijen te beginnen. Nu waren ze allemaal verlaten. De reis bleek meer tijd te eisen en moeilijker te zijn dan ze gedacht hadden. 'Dit is toch geen weg om met de auto te rijden?' zuchtte Sigurður Óli nu en dan als hij scherp moest uitwijken voor een groot stuk steen of een diepe kuil. Erlendur stelde voor dat ze in Flókalundur zouden overnachten. Dat bleek echter niet mogelijk. Duitse toeristen hadden zich van het hotel meester gemaakt; ze klaagden over de bediening, ondertussen voortdurend van de suikerklontjes snoepend. Erlendur en Sigurður Óli gebruikten er de warme maaltijd en overnachtten op een boerderij daar in de buurt die over toeristenaccommodatie beschikte.

Toen ze zich daar samen in een kamer geïnstalleerd hadden – ook hier waren alle bedden bezet en ze moesten het met één kamer doen – haalde Erlendur een heupflacon whisky tevoorschijn en bood die Sigurður Óli aan. Hierna gingen ze een kleine zitkamer binnen, waar een televisietoestel stond. Daar zat een man van middelbare leeftijd; hij knikte hun toe en zei goedenavond. Verder was er niemand. De man droeg een grijs T-shirt, dat zich om zijn naar onder breed uitdijende lijf spande. Hij had harige armen en een baard van een week. Als hij glimlachte – en nadat Erlendur hem het flesje whisky had aangeboden zou hij dat nog vaak doen – kon je zien dat hij in zijn onder- en bovenkaak een aantal tanden miste.

Hij vertelde dat hij met zijn gezin op reis was. Ze waren de enige IJslanders in het huis. Het had vijf kamers, dacht hij, en er zaten allemaal Engelsen of Duitsers in, backpackers. Hij kon ze niet verstaan, hij praatte geen Engels, en Duits al helemaal niet. Meestal maakten ze tochten in de omgeving. Zelf had hij de veerboot net voor zijn neus zien wegvaren...

Hij ging maar door. Aanmoediging had hij niet nodig, vragen stellen hoefde ook niet, je hoefde alleen maar te reageren met 'wat?', 'ja', 'hm' of 'nee'. Maar ineens wist hij Erlendurs belangstelling te wekken. Hij vertelde dat hij zijn zomervakantie had doorgebracht in de omgeving van zijn jeugd. De volgende dag wilde hij met de veerboot vanaf Brjánslækur vertrekken, de verbinding die hij had gemist. Hij had geen zin via de Suðurfjord te rijden, over die vreselijk slechte wegen. Onbegrijpelijk dat daar niks aan gedaan werd. Zulke wegen reed je één keer; daarna liet je het wel uit je hoofd...

Erlendur kon er eindelijk tussen komen. 'Dus je komt uit de Westfjorden?'

'Ik ben bijna drie jaar geleden verhuisd. Het was met geen mogelijkheid langer vol te houden daar. Ik zat in een dorp waar ze zomaar, van de ene op de andere dag, geen vangstquota meer hadden. Die waren verkocht aan een of andere grote meneer uit Reykjavík. Feitelijk was er toen geen werk meer. In de stad zit een stelletje zakenlui en die hebben stomweg alle quota in hun zak gestoken, begrijp je? Vis die nog vrij rondzwemt wordt al verkocht en gekocht en komt in handen van een paar mensen die geld genoeg hebben om het hoogste bod te doen. De rest heeft het nakijken. Alles hier was afhankelijk van de vis, en als anderen die wegkopen en wij niks meer mogen vangen, nou, dan blijft er weinig over.'

'De markt regeert,' viel Sigurður Óli ineens in. Hij maakte zich van de televisie los, al interesseerde het gesprek hem niet speciaal. 'Als jullie geen quota kunnen kopen doet een ander het. Simpel toch?'

'Jawel, maar deze figuren pakken het ene miljoen na het andere en ze kunnen ermee doen wat ze willen. Het quoteringssysteem is prima voor het op peil houden van de visstand, maar het bezitten van een quotum en er verantwoordelijk mee omgaan, dat zijn wél twee verschillende dingen. De eigenaars van de quota mogen met de bestaansmiddelen van elk vissersdorp speculeren, ze kopen, verkopen, verpachten, vererven, doneren – ze gaan ermee om alsof het een of ander wasmiddel is. Er zijn lui in één klap schatrijk geworden, terwijl anderen nauwelijks of niet meer konden rondkomen. Er zijn er hier veel die hun quotum hebben verkocht of ergens anders in het land hebben verpacht. Het interesseerde ze geen moer wie er aan de vis verdienden, de lui uit de Westfjorden of die uit Reykjavík. Als zíj hun zakken maar konden vullen. Geen enkel verantwoordelijkheidsgevoel, dat volk. Het was ze een rotzorg dat er in de vissersdorpen geen werk meer overbleef. Als ze er zelf maar beter van werden. Als ze zelf maar een luizenleventje hadden. De hele streek is zijn quota kwijtgeraakt en dus is de werkgelegenheid ook naar de filistijnen. Nou, ik kan ervan meepraten.'

'Maar gaat het nou weer beter met je?'

'Beter? Ik was voorman bij een goeie rederij hier, en weet je wat ik nou doe? Ik werk in het magazijn van een groothandel in levensmiddelen. Voor een hongerloon zorg ik dat die kapitalisten van de detailhandel in Reykjavík hun spullen krijgen. Dát is het quoteringssysteem. Ik had hier een mooi vrijstaand huis. Dat is voor een belachelijke prijs weggegaan, gekocht door iemand die het als vakantiewoning gebruikt. Zit er één maand per jaar in. Ik heb er een tweekamerappartement in een flat in Breiðholt voor in de plaats gekregen. Dat is het quoteringssysteem. En dat rijke tuig uit de stad komt eventjes ons huis kopen alsof ze een spelletje monopoly spelen.'

'Maar je kunt het quoteringssysteem toch niet overal de schuld van geven?' zei Erlendur. Hij zag dat de heupflacon leeg was. 'De visserijbedrijven in deze streek zaten al veel langer in de problemen. Vanaf de Tweede Wereldoorlog is de bevolking massaal naar Reykjavík getrokken. De jonge mensen verlangen meer dan alleen maar dat visserijgedoe. Ze stellen hogere eisen aan het leven, ze willen naar de bioscoop en de schouwburg, ze willen shoppen in Kringlan...'

'Hij slaapt.'

'Hè?'

'Je vriend.'

'Sigurður Óli zat zachtjes te snurken in zijn stoel.

'Dat komt door de rijkstelevisie,' zei Erlendur. 'Daar valt zelfs een trol bij in slaap.'

13

De volgende morgen reden ze in een melkwitte mist over steile bergweg-
getjes verder. Ze stopten in Hrafnseyri bij de Arnarfjord, de geboorteplaats
van Jón Sigurðsson. Zijn geboortehuis stond op een prachtige plek. De
gevels van de boerderij waren roodgeverfd en hadden witte raamlijsten;
de daken waren met plaggen bedekt. De bakermat van de strijd voor zelfstandigheid, dacht Erlendur, meegesleept door de geschiedenis van deze
plaats. Sigurður Óli zette de auto op het terrein voor de oude boerderij en
Erlendur stapte uit. Buiten heerste diepe rust. Hij liet het uitzicht over de
Arnarfjord op zich inwerken. De wolken hingen heel laag, de bergen rondom kon hij niet zien, maar het water van de fjord was spiegelglad.

'Moet je niet even kijken?' vroeg hij aan Sigurður Óli. Die zat nog achter
het stuur en was kennelijk niet van plan om uit te stappen. 'Wil je het geboortehuis van Jón Sigurðsson niet zien?'

'Nee, ik blijf wel in de auto zitten,' zei Sigurður Óli en hij maakte aanstalten de wagen op het terrein te keren.

'Dat is toch niet te geloven,' zei Erlendur verbijsterd en hij knalde het
portier dicht. Het liep tegen de middag en op de boerderij was niemand
aanwezig. De deur was gesloten, zodat Erlendur zich ermee tevreden
moest stellen door de ramen naar binnen te kijken, rond het huis te lopen
en de daken en de grond even aan te raken. Hij nam de tijd voor zijn be-
zichtiging en dacht intussen somber gestemd over de jongere generatie.
Hier had je nou zo'n jonge vent: bleef in de auto zitten; de geschiedenis,
de erfenis van vroegere generaties, het zou hem allemaal een zorg zijn. Het
liefst wilde hij direct weer wegscheuren. Nooit eens ergens tijd aan beste-

den, nooit eens ergens naar willen kijken, nooit eens ergens over nadenken.

Hij stond op het terrein voor het huis, helemaal in de ban van de bijzondere geschiedenis van deze plek. Erdoor geraakt zelfs. Hij was nooit eerder in Jón Sigurðssons geboorteplaats geweest en probeerde zich te herinneren wat hij nog over hem wist.

Erlendurs gedachtegang werd plotseling onderbroken. Sigurður Óli was ongeduldig geworden en begon de claxon te bewerken. Die toetert voor mij, verdomme, dacht Erlendur en hij liep naar Sigurður Óli toe. Die wenkte hem dat hij moest opschieten.

'Waarom wou je die boerderij van Jón nou niet even zien?' vroeg hij Sigurður Óli toen ze weer reden. Hij was benieuwd wat voor antwoord hij zou krijgen.

'Vanuit de auto kon ik het hele spul prima zien,' zei Sigurður Óli.

'Het hele spul! Ja, alsof je op de tv naar iets zit te kijken. Is dat voor jou dan voldoende? Je weet toch dat dit de echte plek is? Niet zomaar de set voor een commercial of een film.'

'Wat klets je nou toch allemaal? Omdat ik toevallig geen zin heb om een stapel plaggen te bekijken ben ik nog niet achterlijk.'

Ze reden zwijgend verder, volgden allebei hun eigen gedachtegang, totdat Sigurður Óli vond dat hij met zijn eigen visie voor de dag moest komen.

'Ik geloof niet dat die zaak van ons iets met Jón Sigurðsson te maken heeft,' zei hij. 'Op deze manier begaan ze in IJsland geen moord. Er worden geen moorden beraamd en geen lijken op opvallende plaatsen neergelegd om een of andere diepere betekenis uit te drukken of een aanwijzing te geven. Moorden als deze worden gepleegd in een ogenblik van razernij. En meestal komt er alcohol aan te pas. Maar ze zijn nooit ergens symbool van. Er zit geen diepere betekenis achter. Geen waarheid. Ze zijn smerig en afschuwelijk, en er zit altijd een toevalsfactor in. En met Jón Sigurðsson hebben ze nooit iets te maken.'

'Wat heb jij toch tegen Jón Sigurðsson?'

'Ik heb gewoon niks met dat eeuwige ophemelen van de geschiedenis en de dichtkunst. Ik heb niks met die persoonsverheerlijking en die verheerlijking van het IJslandse volk. Altijd maar weer het land en het volk en het verleden bejubelen. Dat is aftandse onzin. De loop van de historie wordt niet bepaald door individuen, al zijn er natuurlijk best sterke leidersfiguren bij. Elke verheerlijking van het verleden houdt de vooruitgang tegen en ontneemt de mensen hun kracht. Kijk naar jezelf. Altijd heb je je mond vol over ons volk, over de geschiedenis, over leidende figuren uit het verleden, Jón Sigurðsson en Hannes Hafstein, en over god mag weten wat nog meer. En hoe je praat over zo'n Jón Sigurðsson – je lijkt wel een oud wijf. "O, wat een knappe kerel toch." Altijd en eeuwig zit je naar het verleden te turen, naar hoe het vroeger was. Maar het verleden komt nooit terug, en de dingen zijn zoals ze zijn.'

Erlendur keek stomverbaasd naar zijn collega. Die ging gewoon door.

'En weet je wat het ergste is? Al dat historische gemekker maakt je machteloos. Het werkt door in je persoonlijke leven. Jij zit vast in je eigen verleden, je kunt je er niet van losmaken. Dat wil je misschien niet eens. En dat zuigt alle kracht uit je weg. Als je die matheid van je kwijt had kunnen raken had je allang in de leiding gezeten. Denk je niet? Maar jij wilt dat helemaal niet. Jij wilt in het verleden blijven zitten en emmeren over dingen die uiteindelijk niks voorstellen. Je blijft maar zeuren en je laat je ondertussen verstikken door de sleur. Zoals het vroeger was wordt het nooit meer, en daarom kun je maar beter...'

'Zeg, hou jij eens even op. Wat krijgen we nou, verdomme...' gromde Erlendur eindelijk. Nog nooit had hij een dergelijke preek moeten aanhoren, noch van Sigurður Óli, noch van iemand anders. 'Wat heb jij je met mijn privéleven te bemoeien? Bespaar me je Amerikaanse psychologie van de koude grond, of weet ik wat voor new age-bullshit. Wie geeft jou het recht om...'

'Ik dacht dat je wou horen hoe het komt dat ik niet wegloop met Jón Sigurðsson?'

Erlendur was een moment sprakeloos. Maar voor hij weer tot zichzelf kwam en in alle hevigheid wilde uitvaren, ging de gsm in zijn binnenzak over. Hij was zo boos dat hij het pas merkte toen Sigurður Óli hem er attent op durfde te maken. Erlendur wrong zijn mobieltje uit zijn zak en nam op. Het was Elínborg.

'Herbert is verdwenen,' zei ze.

'Hoe bedoel je, verdwenen?' schreeuwde Erlendur, ziedend van kwaadheid.

'Helemaal spoorloos,' zei Elínborg. Ze zat op haar gemak achter haar bureau in Reykjavík en deed zich tegoed aan een sandwich met kip en tandoorisaus. De saus had ze de avond tevoren zelf klaargemaakt. Ze genoot van haar lekkere hapje en was niet voorbereid op een ontploffing.

'Hoezo verdwenen?'

'Tja, verdwenen. Weg.'

'Ja, wat bedoel je nou eigenlijk?'

'Gewoon. Wat ik zeg.'

'Is er hier dan verdomme niemand meer met nog een klein beetje hersens in zijn kop? Nou, hoe zit het? Kun je het niet door je strot krijgen?'

'Wat? Mijn broodje?'

De berg Kaldbakur was er in stilte getuige van hoe op de bergweg plotseling een auto stopte. Er stapte een man uit, een stevige, krachtige figuur, de middelbare leeftijd al gepasseerd, grijzend aan de slapen. Hij had een mobieltje in zijn hand dat hij ver wegkeilde, in het frisse groen van de hoogvlakte.

14

Nadat Herbert naar het centrum was gejakkerd om vanuit een telefooncel iemand te bellen ging hij weer naar huis. Þorkell en Einar, een zwaarlijvige politieman van in de zestig, hadden Erlendur en Sigurður Óli 's morgens afgelost. Ze hadden gezien hoe Herbert met zijn nieuwe Jeep Cherokee naar een spuiterij was gereden; daar had hij een afspraak gemaakt voor het herstellen van het dak van zijn auto. Vervolgens had hij geluncht in hotel Holt, en was daarna bij zijn autozaak langs geweest. Verder had hij kleren gekocht in het winkelcentrum Kringlan, was naar zijn striptent Boulevard gereden, had zijn bejaarde moeder bezocht, die in een flat in de buurt van de botanische tuin woonde, en was weer naar huis teruggegaan. Rond etenstijd had hij zijn huis verlaten en was neergestreken in een steakhouse in het centrum. Einar en Þorkell waren er zeker van dat hij hen niet had gezien en gaven dat door aan de twee collega's die hen kwamen aflossen toen ze voor het steakhouse stonden. Alles wat hij die dag had gedaan bevestigde de indruk dat hij een heel plezierig leventje leidde. 'Die heeft het goed voor elkaar,' zeiden Einar en Þorkell, en ze maakten dat ze wegkwamen. Ze moesten nog langs de Bónus, en het liep al tegen sluitingstijd.

De politieagenten zagen Herbert voor het laatst toen hij kort na middernacht zijn huis in Breiðholt binnenging. De aflossing van de surveillance vond om acht uur 's morgens plaats. Al die tijd had hij zich gedeisd gehouden. Ongeveer twee uur later – Erlendur en Sigurður Óli vertrokken toen juist uit Hrafnseyri – zagen de politiemensen een vrouw met een Aziatisch uiterlijk aan de deur komen. Het bleek de schoonmaakster te zijn. Ze zagen hoe ze een tijd lang in haar tasje zocht, uiteindelijk aanbelde en ten slotte op de deur bonsde. Toen er niets gebeurde liep ze weg, maar de politie hield haar staande om met haar te praten. Ze vertelde dat ze twee keer in de week bij Herbert kwam schoonmaken. Het was wel eens eerder gebeurd dat ze haar sleutel had vergeten en dan deed Herbert open – als hij thuis was natuurlijk. En anders ging ze door de achterdeur, die was maar heel zelden op slot. Ze liepen achter haar aan om het huis heen naar de achterdeur, die wijd openstond. De achterdeur! Geen van beiden had eraan gedacht. Waarom had niemand hun daar iets over gezegd? Nou hadden ze het verknald. Herbert was er waarschijnlijk 's nachts al vandoor gegaan. Of zijn huis uit gesleept: het leek alsof er in de keuken gevochten was. Er lag een steelpan op de vloer en op de kastdeur zat een of andere ondefinieerbare vleesprut.

Op dat moment hoorde een van hen zijn gsm overgaan. Het politiebureau. Iemand die wat verderop in dezelfde straat woonde had gezien dat er bij Herberts huis een man naar buiten was gedragen. Bewusteloos, naar het leek. Hij was in een wijnrode Dodge gelegd, die met een noodgang de straat was uitgereden. De politiemensen keken elkaar aan. Herbert was gekidnapt terwijl zij in de auto zaten te slapen.

Direct werd er een uitgebreide zoekactie op touw gezet. Al om twaalf uur werd er op de radio een opsporingsbericht uitgezonden; 's avonds besteedde het journaal aandacht aan zijn vermissing en toonde een foto van hem. De volgende ochtend stond diezelfde foto in de dagbladen; ieder die inlichtingen kon geven over Herbert werd verzocht met de politie contact op te nemen. In de politiedossiers had men nog een oude foto van Herbert gevonden, maar die was minder geschikt dan de veel recentere die op zijn nachtkastje stond. Dat bleek ook de enige foto te zijn die er in het hele huis te vinden was. Herbert droeg daarop een wit overhemd met een enorme kraag, uitbundig voorzien van glinsterende knopen. Voor de media werd alleen zijn hoofd afgedrukt, maar anders zou je hebben kunnen zien dat de opname was gemaakt voor Elvis Presley's Graceland in Memphis, Tennessee.

Boven het nachtkastje in zijn slaapkamer hing een oude filmaffiche van een spaghettiwestern, *The Good, the Bad and the Ugly*. Als de politiemensen goed hadden opgelet, hadden ze ontdekt dat in het rijtje producenten van de film ook de naam Harvey Rothstein stond.

15

Toen de coöperatieve slachterij Slátturfélag Suðurlands van Reykjavík naar Hvolsvöllur werd verplaatst, bleven het slachthuis en het kantoorgebouw van de onderneming aan de Skúlagata een paar jaar leegstaan alvorens ze werden afgebroken. Het waren witte gebouwen met rode daken, kleuren die ook de advertenties van het bedrijf kenmerkten. De panden stonden als een onregelmatig gevormde omlijsting rondom een groot terrein, dat toegankelijk was voor de veewagens. Ze hadden twee of drie verdiepingen en besloegen een gebied dat liep van de laaggelegen Skúlagata tot de Lindargata. Bijna de hele vleesproductie van de slachterij vond er plaats. Het waren solide betonnen bouwsels, en toen ze eindelijk werden gesloopt was men tijdenlang dag en nacht met sloopkogels in de weer om de dikke muren te verpulveren. Daarna had men het puin afgevoerd, het terrein geëgaliseerd en met graszoden belegd. Toen was aan niets meer te zien dat op die plaats een dikke zeventig jaar de hoofdvestiging van het bedrijf had gestaan.

Een van de bedrijfsgebouwen was, om welke reden ook, nog niet gesloopt. Dat was de rokerij. De witte kleur was door de ijskoude noordenwind grotendeels verdwenen; nu stonden daar kale muren met een foeilelijke mosterdkleur. Aan de westkant stond een groot ijzeren traliehek. Het was totaal verroest, maar het hield zich met verbazingwekkende koppigheid overeind. Heel vroeger waren de vleeswagens erdoor gereden, later was de inrit verplaatst naar de Lindargata. Dat was in de glansperiode van de slachterij. In de muren van de rokerij zat maar één klein raam. Het zag uit op het noorden, op de Skúlagata, aan de noordkant van het gebouw. De twee ruiten die in het raam hadden gezeten waren er sinds lang uit verdwenen en de opening was met platen multiplex dichtgetimmerd. Aan de westkant, waar vroeger de inrit was, had het gebouw grote ijzeren schuifdeuren. Ze waren grijsgeverfd en met een hangslot afgesloten.

Binnen was het aardedonker. Een stel aluminium rekken die werden gebruikt bij het roken van vlees lag nog voor oud vuil op de vloer. Het leek of het personeel overhaast uit de rokerij was weggevlucht. Aan een van de drie rails die langs het plafond liepen en naar de rookovens leidden hing nog één rek. Een grote tafel met een stalen blad lag op zijn kant in een hoek van de ruimte. Een openstaande deur leidde naar een kleine rookcel naast de ovens. Deze diende voor het roken van zalm.

Vanbinnen waren de ovens heel ruim. Op de koolzwarte binnenwanden had zich door de jaren heen een dikke, bobbelige laag dierlijk vet afgezet. Op de bodem lagen roosters en daaronder bevonden zich diepe laden op wieltjes. Zo konden ze zonder moeite onder de ovens worden uitgetrokken om ze naar een kleine ruimte erachter te rijden, het donkerste gedeelte van de rokerij. Daar stonden nog plastic zakken, halfvol houtskool, linnen zakken met zaagsel en in één hoek ballen gedroogde schapenmest. Deze kamer had een stenen vloer, zo smerig dat hij volkomen aan het zicht was onttrokken. In de muur aan de noordkant zat het enige raam.

De man die in Breiðholt door een getuige was gezien toen hij Herbert zijn huis uit droeg zat op zijn hurken in het hok achter de ovens en luisterde naar de kreten die uit een ervan naar buiten drongen. Hij hoorde ze, gedempt, vanuit de lade onder de oven. Naarmate de tijd verstreek werden ze zwakker en zwakker en volgden ze elkaar minder snel op, totdat ze ten slotte helemaal verstomden.

16

TE KOOP: VRIJSTAAND HUIS, VLOEROPPERVLAK 250 M^2, NAGENOEG NIEUW
EN IN GOEDE STAAT VAN ONDERHOUD. DIRECT OP TE LEVEREN. SLEUTELS
BIJ DE SPAARBANK. PRIJS: 5.000.000 KR.

De advertentie was met balpen geschreven op een vel ruitjespapier dat
uit een rekenschrift was gescheurd en met spelden was vastgepind op een
bord in de kiosk bij een Esso-pomp. Ze waren aangekomen in een plaatsje van enige honderden inwoners, gelegen aan een mooie, diepe fjord.
Eenvoudiger kon je niet adverteren. Er waren er meer die hun advertentie
op het bord hadden gehangen, in de hoop dat reizigers er het oog op lieten
vallen. Toen ze het dorpje binnenreden ontdekten ze dat er inderdaad een
aantal huizen leegstond.

Ze hadden de hoogvlakte inmiddels verlaten en tankten nu bij de Esso-
pomp. Er was veel tijd verloren gegaan, want allebei waren ze naar Erlendurs
mobieltje aan het zoeken geweest. Pas na lange tijd vonden ze het terug, half
begraven in een mosheuveltje. Nog nooit had Sigurður Óli zijn chef zo woe-
dend gezien. Een ogenblik was hij bang geweest dat Erlendur hem te lijf zou
gaan, met zo'n woeste zwaai had hij zijn gsm weggeslingerd. Sigurður Óli
was op alles voorbereid; hij sprong uit de auto, maar bleef op veilige afstand
van Erlendur. Die schold hem in razende drift de huid vol met een stroom
vloeken zoals Sigurður Óli nooit gehoord had. Sommige van zijn verwensingen kende hij niet eens, hij wist zelfs niet dat ze bestonden.

Na verloop van tijd was Erlendurs ergste woede weggeëbd. Toch waar-
schuwde hij Sigurður Óli maar vast: als die nog één keer iets dergelijks

tegen hem zou zeggen, was het afgelopen met de samenwerking en zou hij ervoor zorgen dat hij zijn carrière bij de politie wel kon vergeten. Sigurður Óli bood zijn verontschuldigingen aan; het was een bewijs van echte vriendschap, zei hij, als je elkaar de waarheid kon zeggen. Maar Erlendur verzocht hem uitdrukkelijk zijn wijsheden voor zich te houden.

Ze waren eerst van plan geweest rechtstreeks naar Ísafjörður te rijden en dat als uitvalsbasis te nemen, maar Erlendur wilde onderweg dorpjes bezoeken en met bewoners praten. Hij bleef zich maar afvragen wat het verband kon zijn tussen de moord en Jón Sigurðsson. Na te hebben getankt gingen ze naar het politiebureau, waar ze een gesprek voerden met de plaatselijke politiechef, een man van ongeveer dertig jaar, die een kamertje had in het kantoor van het districtsbestuur. Ook hem was de foto van Birta toegestuurd en hij had al wat rondgevraagd. Maar dat had niets opgeleverd, zei hij. Erlendur vroeg zijn collega of Kjartan, de vroegere districtsbestuurder, nog in de stad woonde en kreeg zijn adres.

'Dus jullie lopen nou ook al met lijken te slepen,' zei Kjartan, nadat hij met Erlendur en Sigurður Óli in de keuken van zijn huis was gaan zitten. Hij was een weduwnaar, ergens tussen de zeventig en tachtig jaar. Ondanks zijn leeftijd maakte hij een zeer actieve indruk. Hij straalde nog steeds gezag uit. Toen hij zag wie er bij hem op bezoek kwamen en wat de reden van hun komst was, zette hij de pet op die hij vroeger als districtshoofd had gedragen. Erlendur had beroepshalve lange tijd met hem te maken gehad.

'Knap meisje,' was zijn commentaar toen hij hun de foto teruggaf. 'Die willen jullie aan de mensen in de dorpen hier laten zien? Nou, jullie zijn niet bang voor een beetje werk.'

'We hebben nog geen flauw idee wie dat meisje is,' zei Sigurður Óli.

'En vanwege Jón Sigurðsson denken jullie dat ze hiervandaan komt? Kan het niet gewoon puur toeval zijn dat ze boven op hem terecht gekomen is?' zei Kjartan, een beetje glimlachend om zijn eigen woordkeus. 'Als dát het probleem is – hoe het lijk op Jón is terechtgekomen – dan heb ik wel een theorietje.'

Op dat punt was hij zeker niet de enige. Velen hadden over die kwestie nagedacht en er circuleerden diverse theorieën. De vondst van het lichaam had ertoe geleid dat iedereen over Jón praatte; elke dag kwam er een menigte mensen naar het kerkhof om zijn graf te bekijken en te zien waar het meisje was gevonden.

'Kijk eens,' zei Kjartan en hij nam een diepzinnig air aan, 'Jón kwam uit de Westfjorden en hij is vanwege zijn strijd voor onze zelfstandigheid natuurlijk een belangrijke historische figuur. Dat meisje komt ook uit de Westfjorden, anders waren jullie hier niet. Maar ik heb zo'n vermoeden dat haar moordenaar ook hier uit het westen komt. Hebben jullie daar al eens aan gedacht?'

'We weten niet eens of degene die haar op Jón gelegd heeft ook de moordenaar was,' antwoordde Sigurður Óli.

'Maar degene die haar op Jón gelegd heeft is in elk geval iemand uit het westen,' zei Kjartan. 'Om zoiets te doen moet je echt uit de Westfjorden komen. Als hij uit de Skagafjord kwam, zou hij met het lijk naar het noorden zijn gereden om het bij het monument voor Stephan G. Stephansson neer te leggen. Mensen uit Reykjavík zouden het waarschijnlijk op president Ólafur Thors of landvoogd Skúli Magnússon hebben gelegd – ik laat even in het midden wie van de twee. Lui uit de Borgarfjord zouden het naar Borg hebben gebracht. En lui uit Akureyri natuurlijk naar de oude fabriek van de Federatie van Coöperaties.'

'Ja, en de rooien uit de Oostfjorden zouden dat kind in het mausoleum van Lenin hebben gelegd,' onderbrak Erlendur hem.

'Precies,' zei Kjartan, breed glimlachend.

'Haar vriendin zei dat ze uit de Westfjorden kwam,' zei Sigurður Óli. 'Het zou heel goed kunnen dat dat van belang is. Waarschijnlijk prostitueerde ze zich. Ze was verslaafd, ze had geld nodig voor haar drugs. We denken...'

'Weten jullie dan helemaal niet hoeveel mensen er de laatste jaren uit de Westfjorden zijn weggetrokken?' viel Kjartan hem in de rede. 'Als ze er daar een van is wordt het zoeken naar een speld in een hooiberg.'

'Komt dat door het quoteringssysteem?' vroeg Erlendur.

'Ja, dat is een bron van ellende. Ik ben natuurlijk geen visser, maar ik heb gezien wat een invloed dat op de vissersdorpen heeft gehad, een negatieve invloed welteverstaan. Die quotering heeft zóveel kapotgemaakt, dat is met geen pen te beschrijven. Er zijn hier mensen schatrijk geworden zonder dat ze er iets voor hoefden te doen. Ze krijgen alle mogelijke voorrechten in de schoot geworpen, maar heel veel anderen hebben in de dorpen gewoon geen bestaansmogelijkheden meer.'

Kjartan greep naar een pakje Camel en bood er Sigurður Óli een aan. Die bedankte; Erlendur nam er wel een. Ze rookten zwijgend en dronken van hun koffie.

'Als dat meisje uit de Westfjorden komt heeft ze dat allemaal meegemaakt, want het is een ontwikkeling van de laatste tien of vijftien jaar, vanaf het begin van de quotering,' ging Kjartan verder. 'Het is niet iets van vandaag of gisteren. Ze moet beslist de teleurstelling, de onveiligheid en uitzichtloosheid gevoeld hebben die dat systeem opriep.'

'En gezien hebben dat de mensen wegtrokken,' viel Erlendur in.

'Iedereen wil naar Reykjavík, dus zij ongetwijfeld ook. En ja, de quotering is een belangrijke factor geweest in de migratie. Maar de onrechtvaardigheid ervan, dat is wat de mensen het ergste steekt. Het lijkt erop dat een stelletje totaal willekeurige figuren door de quotering miljonair is geworden, terwijl er toch altijd beweerd wordt dat de vis in zee van het hele volk is. Leg dat maar eens uit.'

'Maar er is toch niks mis mee dat de mensen naar Reykjavík trekken?' viel Sigurður Óli hem in de rede. 'Tenslotte heb je daar mogelijkheden om een bestaan op te bouwen.'

'Mogelijkheden? Opleidingsmogelijkheden, ja, dat wel, maar mogelijkheden voor een beter bestaan? Nauwelijks.'

'Zou dat meisje híérvandaan kunnen komen?' vroeg Erlendur.

'Dat zou natuurlijk heel goed kunnen. Jullie moeten maar eens gaan praten met de vroegere chef van het koelhuis. Alle vrouwen hebben bij hem gewerkt, van jong meisje af tot aan het graf toe. Mogelijk kent hij dat meisje op de foto. Heeft er echt niemand naar haar gevraagd?'

'Het lijkt wel of ze met geen mens omging,' zei Erlendur. 'Het kan zijn dat haar ouders niet meer leven, dat ze geen broers en zusters had en geen contact had met familieleden. Het is maar triest, zo'n jong kind dat door niemand gemist wordt.'

Erlendur en Sigurður Óli gingen de chef van het koelhuis opzoeken. Vooraf lunchten ze in het kleine eetcafé in het dorp; ze waren de enige gasten. De kastelein droeg een groene Tiroler hoed, hij zei dat hij probeerde een aantal vernieuwingen in de bedrijfsvoering op te starten en buitenlandse gerechten wilde gaan aanbieden. Die hoed had hij nog van het weekend over: toen had hij een Duitse bieravond georganiseerd. Er was behoorlijk wat volk op afgekomen. Erlendur en Sigurður Óli keken elkaar aan.

De chef heette Hjálmar; hij was thuis. Tussen de middag had hij vis gekookt en daarna was hij even gaan liggen. Hij liep tegen de zeventig en vertelde dat hij een tijd lang gevist had. Samen met zijn broer had hij een boot gehad. Het speet hem nog altijd dat hij was gestopt. Hjálmar was een slanke, voor zijn leeftijd nog energieke man, die zich soepel bewoog. Hij bleek een vlotte prater.

'Ik ben zo'n vijfentwintig jaar chef geweest in het oude koelhuis,' zei hij terwijl hij aandachtig de foto bekeek, 'maar dit meisje heb ik nooit gezien. Helaas. Het is er niet een van hier. We kennen elkaar hier allemaal, zo groot is dit dorp niet.'

'Nou,' zei Erlendur, 'dan zijn we uitgepraat.'

'Hadden ze haar op Jón Sigurðsson gelegd, die ziel?' vroeg Hjálmar. Hij was kennelijk niet van plan zijn gasten weer naar Reykjavík te laten afreizen zonder nog wat meer nieuws te horen of misschien zelf wel te kunnen vertellen. Hij vond het altijd heerlijk als hij gasten had. 'Zijn jullie hierheen gekomen vanwege Jón Sigurðsson?'

'We hebben gehoord dat zíj uit de Westfjorden afkomstig was,' zei Sigurður Óli.

'Toch is het raar,' zei Hjálmar, 'dat die Jón er nou net bij betrokken raakt. Ik kan me wel voorstellen dat jullie daar meer van willen weten.'

'Inderdaad,' zei Erlendur. 'Maar nou iets anders: welke mensen hebben in dit dorp de quota opgekocht?'

'Voor het merendeel lui uit Reykjavík en Akureyri, geloof ik.'

'Heb je wel eens namen horen noemen?'

'Nee, eigenlijk niet. Mijn broer, die eigenaar was van de boot waar ik in een ver verleden op gevaren heb, heeft zijn quotum zo'n vier jaar geleden verkocht en leeft er nou lekker van in Florida. Handige jongen.'

'Aan wie heeft hij zijn quotum verkocht?'

'Dat weet ik niet, maar het moet wel iemand zijn die bulkt van het geld, want ik heb begrepen dat hij in alle fjorden hier díe boten heeft gekocht of gehuurd waar een quotum aan verbonden is. Mijn broer heeft me wel eens verteld dat er niemand op zo'n grote schaal quota opgekocht heeft als hij. Hij betaalde er goed voor, hij had geld genoeg.'

'Het heeft misschien niet direct met de zaak te maken,' zei Erlendur, 'maar was jij niet samen met je broer eigenaar van die boot?'

Hjálmar keek hen beurtelings aan en het leek of hij een beslissing nam. Hij ging hun iets vertellen waarover hij nog niet vaak had gepraat. Hij was zelfs nooit van plan geweest er tegen wie dan ook over te beginnen. Hij haalde zijn schouders op alsof hij wilde zeggen: wat maakt het ook uit? Wat gebeurd is, is gebeurd.

'Aan die boot zat een kabeljauwquotum vast,' zei hij toen rustig. 'Mijn broer en ik hadden niet zo'n geweldige band met elkaar. Nooit gehad eigenlijk. Maar we hadden die boot. Het was niks bijzonders, die schuit, en afgezien van het quotum dat erbij hoorde was hij niks waard ook. Dat dacht ik tenminste. Mijn broer hield zich met de visserij bezig en ik werkte op het land. Op een dag heeft hij me voorgesteld om me uit te kopen. We werden het eens over een redelijk bedrag. Ik wilde ook wel van mijn aandeel af, want met de visserij ging het niet zo best. Zo beurde ik een paar miljoen kronen. Die heb ik voor het grootste deel in het onderhoud van mijn huis hier gestoken. Maar kort daarna begon de prijs van de kabeljauw te stijgen, en in minder dan geen tijd rees de waarde van dat quotum de pan uit. Die ouwe schuit was ineens een goudmijn. Toen de waarde op zijn hoogst was heeft mijn broer hem voor honderdveertig miljoen verkocht. Hij kapte met de visserij en nou leeft hij als een prins. Ik ben nooit naar hem toe gegaan om tot een eerlijker verdeling te komen. En hij heeft me ook nooit aangeboden een deel van zijn winst uit te betalen. We praten niet zoveel met elkaar. Sommige lui zijn nou eenmaal voor een luizenleventje in de wieg gelegd en anderen niet.'

Ze praatten nog een hele tijd. Eindelijk stonden Sigurður Óli en Erlendur op en zeiden dat ze ervandoor moesten. Hjálmar knikte, hij bracht hen naar de deur, maar liep daarna nog met hen door zijn keurig verzorgde tuin naar de straat. Ze merkten aan hem dat hij nog iets op zijn hart had. Hij keek door de verlaten straat en zuchtte.

'Het gaat met ons net als met de kabeljauw,' zei hij. 'Als een school kabeljauw beneden een bepaalde grootte komt wordt hij rusteloos, hij gedijt niet meer en valt uiteen. Dat is met mensen precies zo, vrees ik. Als dorpen kleiner en kleiner worden valt de samenleving uit elkaar. En dan duurt het niet lang of er is niks meer van over,' besloot hij. Toen ging hij weer naar binnen.

17

De zware deur van de rookoven ging langzaam en geluidloos open. Vanaf het moment dat hij in de oven was aangebracht werd hij gesmeerd met dierlijk vet. Herbert had zijn geroep om hulp gestaakt. Hij lag onder het rooster in de lade van de oven; alleen zijn hoofd kon hij bewegen. Hij sperde zijn ogen open en zag iemand de oven in stappen en naar hem toe komen. De man liep op het rooster en stapte over hem heen. Bij Herberts hoofd bleef hij staan. Die staarde omhoog het duister in, maar hij kon alleen maar vage omtrekken zien. Een hele tijd keken ze elkaar aan. Het leek Herbert dat de man iets in zijn ene hand had, maar wat het was kon hij niet duidelijk zien. De man zette het voorwerp neer en hurkte bij Herberts hoofd. Hij zei geen woord en ze keken elkaar in de ogen.

'Wie ben je?' vroeg Herbert eindelijk. Van zijn buitenissigheid en pretenties was niet veel meer over. Hij hield zich rustig en kalm en sprak ineens opmerkelijk goed IJslands. De man antwoordde hem niet, maar keek hem des te indringender aan.

'Wat ga je met me doen?' vroeg Herbert. 'Waarom heb je me ontvoerd? Wat heb ik je misdaan? Wie ben je eigenlijk? Geef nou eens antwoord, alsjeblieft!'

Nog altijd zei de man geen enkel woord. Hij genoot toen hij zag hoe bang Herbert was en hoe hij werd gekweld door onzekerheid. Toch was hij zelf ook bezorgd. Hij kende zichzelf: hij was niet gewetenloos, hij zou waarschijnlijk niet in staat zijn anderen zwaar te mishandelen, maar in hem woelde de haat, en die schreeuwde om wraak. Hij was er vast van overtuigd dat Herbert hem de inlichtingen kon geven die hij nodig had. Alleen, hij zou die nooit krijgen als hij geen geweld gebruikte. Hij wist ook dat de man die daar onder de roosters vastgeklemd lag bepaald niet brandschoon was en dat maakte het hem gemakkelijker. Wat Birta hem over Herbert had verteld was niet veel goeds. Hij handelde op grote schaal in drugs en waakte nauwlettend over zijn belangen. Ook zorgde hij ervoor op geen enkele manier in aanraking te komen met de mensen die het vuile werk voor hem deden, Birta bijvoorbeeld.

Ze was vaak voor hem naar het buitenland gevlogen, had haar lichaam volgepropt met vergif en bij de douane het onschuldige kleine meisje gespeeld. Birta was niet bekend bij de politie, bij sociale instellingen, bij klinieken of afkickcentra, en dus was ze geknipt voor de activiteiten die Herbert organiseerde en die ze Reisbureau Herbert noemde. Ze vloog naar Europa. Vier dagen tot een week zat ze dan in een of andere grote stad en benaderde daar de mensen die Herbert haar had genoemd. Zo kwam ze aan de drugs. Ze paste er wel voor op er zelf iets van te gebruiken. Dat had ze één keer gedaan en toen had Herbert haar met een honkbalknuppel zo afgetuigd dat haar sleutelbeen brak. Voor hij dat deed had hij eerst een honkbalpetje opgezet. Daarna had hij met zijn hand op haar schouder gedrukt en gevraagd of het pijn deed.

'Zoveel pijn heb ík nou als er iemand van me steelt,' had hij gezegd.

Dat was nog kinderspel vergeleken met wat ze verder over hem had gehoord. Het had hem heel veel tijd en ongelooflijk veel moeite gekost om de drugshandel in het land op poten te zetten. Voordat hij op het toneel verscheen was er op het gebied van invoer, distributie en betaling helemaal niets geregeld. Er waren in die tijd heel wat mensen die zich met die handel bezighielden; ze liepen elkaar in de weg. De markt was zeer instabiel, soms was er niets te krijgen en rezen de prijzen tot absurde hoogte, soms werd de markt overstroomd met spul dat voor een spotprijs van de hand ging. Er waren lui die elkaar bij de politie aangaven of met de ellebogen werkten om zichzelf meer armslag te verschaffen. Het was Herbert die zorgde dat er in deze toestand orde werd geschapen. Twee krachtige distributieorganisaties waren nu samen op de markt actief, het aanbod en de prijs waren stabiel, en er werd voortdurend gewerkt aan vergroting van de vraag.

Maar niet iedereen was even verrukt van Herberts initiatief, en sommigen, die niet deden wat hij wilde, had hij met harde hand tot de orde moeten roepen. En zelfs toen hij de drugsbusiness al op orde had gebracht waren er altijd wel figuren die niet onder Herbert wilden werken. Het was een publiek geheim dat hij achter de verdwijning zat van een man die een deel van de markt naar zich toe had willen trekken. Hij had alle mogelijke klussen voor Herbert gedaan, net als Birta. Hij had gesmokkeld, de distributie geregeld en geld bij de dealers geïnd. Een betrouwbare, maar ook een zeer ambitieuze kracht. Herbert vond hij maar een waardeloze kerel. Met een betere organisatie, een doelgerichter distributiesysteem en met beter spul zou hij het rendement nog aanmerkelijk kunnen verbeteren. De man zei dat de winst tot het tienvoudige zou kunnen stijgen als Herbert goedkoop ruw materiaal inkocht en dat thuis liet bewerken. Hij probeerde dat bij hem aan te kaarten, maar om de een of andere reden wilde Herbert er niets van horen. Die vond dat hij zich maar liever met zijn eigen business moest bemoeien.

De man had zich toen hoe langer hoe meer aan de samenwerking met Herbert onttrokken, hij ging voor eigen rekening drugs importeren en verhandelde die heel voorspoedig. Op een dag was hij verdwenen – het was alsof de aarde hem opgeslokt had. Het laatst was hij gezien in de Havenkroeg, waar hij pillen had verkocht. Nadat hij daar was vertrokken had niemand meer iets van hem vernomen.

Het verhaal dat circuleerde luidde ongeveer als volgt: Herbert had de man uit zijn woning gekidnapt en hem naar een afgelegen plek gebracht, waar hij hem met een honkbalknuppel had bewerkt. Pas toen de man al badend in zijn bloed op de vloer lag, had hij hem de genadeslag gegeven, op zijn hoofd. Het lijk had hij in een grote plastic zak gedaan en daarna de vloer schoongespoten. Vervolgens was hij met het lichaam de Faxaflói op gevaren, waar hij het had laten verdwijnen. Vier maanden later was er in Straumsvík een onherkenbaar lijk aangespoeld.

Hij was een keer met Birta bij Herbert thuis geweest nadat ze uit Amsterdam was teruggekomen, haar lichaam boordevol drugsbolletjes. Bij hem thuis op het toilet had ze zich van het spul ontlast, en ze had hem gevraagd mee te gaan als ze het naar Herbert ging brengen. Hij merkte dat ze bang voor hem was. Ze deed de drugs in een zwart rugzakje dat ze vaak droeg, en ze gingen naar Herberts paleis in Breiðholt. Birta had bijna uitsluitend contact met mensen uit de middengroep van Herberts organisatie, want hij vermeed tegen elke prijs zich rechtstreeks met de drugssmokkel in te laten. Nu echter was er geen tussenfiguur beschikbaar en om de een of andere reden zat Herbert om het spul te springen. Zijn vriend, tevens min of meer zijn bodyguard, een enorme spierbundel, was bij hem; hij zat chocoladebiscuits te eten, waarbij hij melk dronk, direct uit de kartonnen verpakking.

'Wat voor apensmoelwerk is dat?' zei Herbert.

'Dat is mijn vriend,' zei Birta.

'O, en jij vindt het wel oké om zomaar met een of andere *fuckhead* bij mij thuis aan te komen zetten?'

'Je had toch zo'n haast?' zei Birta. Ze tuimelde achterover toen Herbert haar onverwacht met zijn gebalde vuist in het gezicht stompte. Eerst realiseerde hij zich niet goed wat er gebeurde. Toen wilde hij Herbert te lijf gaan, maar de kleerkast kwam tussen hen in. Er hing een zurige melklucht om hem heen.

'Je kan maar beter weten wie ik ben, *piece of shit*,' zei hij en hij wees met een logge vinger naar hem.

'Ik wil alleen maar kwijt wat ik bij me heb en dan gaan we weer,' zei Birta en ze wreef over haar gezicht.

Herbert kalmeerde. Birta was voor hem te belangrijk, hij kon het zich niet permitteren haar slecht te behandelen. Er waren grenzen. Hij gaf haar haar portie van de drugs; haar metgezel kreeg een dreigement te horen dat hij maar half begreep. Toen blafte hij: *'Get out!'*

Achteraf gezien was het betrekkelijk simpel geweest Herbert te overmeesteren. Op de parkeerplaats voor het zwembad Laugardalslaug had hij een auto gestolen. Je had altijd mensen die vergaten hun auto af te sluiten en onder hen ook wel een paar die hun sleutels in het contactslot lieten zitten. Hij reed direct naar Herberts huis in Breiðholt. Hij wist dat er een achterdeur was en parkeerde de auto in de straat vlak achter zijn huis. Daarna liep hij de tuin in en voelde aan de achterdeur. Die was open. Birta had hem verteld dat ze die deur altijd gebruikte als ze naar Herbert ging. Zeer behoedzaam ging hij het huis binnen, een ruimte in die waarschijnlijk bedoeld was als bijkeuken en berging, hoewel er geen wasmachine of drooglijnen te zien waren. Hij kon zich Herbert ook niet direct voorstellen terwijl die de was aan de lijn hing. Hij kwam in een gang die naar de slaapkamers leidde, zag uitsluitend lege kamers en liep vervolgens voetje voor voetje de huiskamer binnen, waar ook niemand te vinden was. Toen hoorde hij geluid vanuit de keuken en liep erop af. Het was een soort ge-snuif; toen hij de keuken binnenging begreep hij waar het vandaan kwam. Daarbinnen zat Herbert met zijn rug naar hem toe iets op te snuiven van de keukentafel. Hij had de dopsleutel uit de auto meegenomen en sloop op hem af. Toen hij vlak bij hem was kon hij zien dat Herbert een wit poeder opsnoof. Op het moment dat die aan het laatste lijntje begon mikte hij en gaf hem een harde klap in zijn nek.

Herberts hoofd klapte voorover op de tafel. Hij stond achter hem, wist niet wat hij nu verder moest. En het ongelooflijke gebeurde: Herbert richtte zijn hoofd weer op en drukte zich aan de keukentafel omhoog. Hij brabbelde wat, ging toen staan en betastte zijn nek. Daarna draaide zich langzaam om en keek hem aan. Zo te zien herkende Herbert hem niet. Dat hij Birta een keer vergezeld had scheen hij zich niet te herinneren.

'Verrek,' zei Herbert, eerder geërgerd dan kwaad, en raakte hem met zijn gebalde vuist in het gezicht. Hij schoot achteruit in de richting van de keu-kendeur. De dopsleutel glipte uit zijn hand en viel kletterend op de grond. Zijn onderlip was gebarsten en bloedde.

'Wat wou jij... Au, verdomme,' zei Herbert, die de pijn nu blijkbaar in alle hevigheid voelde. Weer betastte hij zijn nek. Hij had een fikse wond opgelopen en zijn handpalm werd rood van het bloed. Even keek hij naar zijn hand.

'Jesus...' Herbert kreunde, wankelde even, maar kwam toen dreigend op hem af. Nu moest hij achteruitwijken, maar toen hij bij het fornuis stond sprong Herbert op hem toe. Op een van de kookplaten stond een steelpan met een of andere onduidelijke koude vleesdrab, en op het ogenblik dat zijn tegenstander sprong leek het wel of hij weer bij zijn positieven kwam: hij greep de pan bij de steel en sloeg Herbert uit alle macht tegen zijn slaap. De bruinige inhoud van de pan kletste tegen de kastdeur. Het eerste ogen-blik was hij bang dat hij Herberts slaap had verbrijzeld: de man viel als een zak zand op de grond en bewoog zich niet meer.

Herbert was niet erg zwaar; hij zwaaide hem over zijn schouder, ver-liet het huis via dezelfde weg als hij was gekomen en liep vervolgens door de tuin naar de straat. Hij keek strak voor zich uit. Bij de auto ge-komen legde hij de bewusteloze man in de ruime kofferbak en reed weg zonder erop te letten of iemand hem zag. Op dat moment had hij zijn aandacht bij andere dingen. Op het ogenblik dat hij door de achterdeur naar buiten glipte hoorde hij dat de bel bij de voordeur ging. Aan die kant van het huis waren een paar politiemensen in burger uit hun dutje ontwaakt.

Herbert was nog bewusteloos toen hij hem uit de kofferbak haalde en de rokerij in droeg. Hij sleepte hem het hok achter de ovens in, trok de lade onder de meest naar binnen gelegen oven uit en legde hem daarin. Hij scheen in orde te zijn en ademde regelmatig; onder zijn oogleden bewogen zijn oogballen zich, zag hij. Alvorens hem onder het rooster van de oven te leggen bond hij zijn handen en voeten. Herbert had brede schouders en paste nauwelijks in de lade. Toen hij die weer naar binnen schoof kwamen zijn borstkas en buik tegen het rooster aan. Hij zat stevig klem in de oven.

Nu zat hij op zijn hurken bij hem; hij had zijn tegenstander volkomen in zijn macht.

'Is het wel eens tot je doorgedrongen wat voor rottigheid jij veroorzaakt?' zei hij, door het rooster in de rookoven op Herbert neerkijkend. 'Nooit nagedacht over wat je aan het doen bent?'

Zijn stem klonk onzeker en Herbert merkte dat. Iemand die nooit had kunnen vermoeden dat hij nog eens een man gevangen zou houden. Maar de woede dreef hem voort, woede en haat tegen degene die schuldig was aan wat er met Birta was gebeurd. Soms laaide de haat met zo'n felheid op dat hij meende gek te worden. Hij merkte dat dit hem hielp, en zo gebruikte hij zijn haat om te doen wat hij te doen had.

Herbert keek naar hem omhoog; hij wist niet wat hij moest zeggen. Zulk gezeik had hij in lange tijd niet gehoord. Hij wilde maar één ding: een kans krijgen die etter te grazen te nemen en vermoorden, maar dat zat er op dat moment niet in. Ik maak hem kapot, dacht Herbert, ik moet hier weg zien te komen en dan sla ik dat varken dood. Langzamerhand kwam hij tot zichzelf. Rothstein nam de leiding weer over.

'Waar ben ik? Wat is dit voor een plek hier? Een graf? Wil je me soms levend begraven? En wie ben jij eigenlijk, klootzak?'

Hij kreeg geen antwoord.

'Wat is dat voor lucht? En wat voor deuren zijn dat?'

De ander keek op hem neer.

'Als je me nou loslaat praten we nergens meer over, *understand*? Dan ben ik weg en dan is dit nooit gebeurd. Nou? En wat zijn dat voor zwakzinnige vragen, man. *Christ!* Moet ik vanwege andere lui soms last krijgen van mijn geweten? Als ze die rotzooi willen kopen, dan doen ze dat toch? Ik verkoop trouwens prima spul.'

'Ik was de vriend van Birta. Ik heet Janus.'

Herbert zweeg; hij had tijd nodig zich hem weer voor de geest te halen.

'Je ligt in een rookoven,' zei Janus. 'Die lucht van gerookt lamsvlees zit in de muren. Je ligt in een la onder de oven. Ik heb hier vroeger gewerkt. Je kan schreeuwen wat je wilt – geen mens die het hoort. En ik zou wel eens willen weten of jij eigenlijk een geweten hebt.'

'Ik heb Birta niet vermoord,' zei Herbert. 'Dat is in elk geval zeker. Daar had ik niks mee te maken.'

'Daar had jij alles mee te maken. Denk na, man! Wat doe je de mensen aan, wat doe je kinderen aan als je ze die rottroep levert en maakt dat ze niet meer zonder kunnen? Daar denk ík nou over na. Ik kende Birta al voor ze naar de stad kwam. Ze was mijn vriendinnetje. Ik had haar in geen tijden gezien. Maar toen ik haar weer tegenkwam was ze dezelfde niet meer. Ik weet best dat ze er zelf ook schuld aan had dat het zo met haar gelopen is, en dat Reykjavík er schuld aan had, en het slag mensen bij wie ze terechtgekomen is. Maar jij, jij hebt meer dan alleen maar schuld. Jij hebt een spelletje gespeeld met haar zwakte. Je hebt haar misbruikt. Je hebt haar verslaving uitgebuit zoveel je kon. Je hebt haar dingen laten doen die ze anders nooit zou hebben gedaan, alleen maar omdat ze dan drugs van je kreeg. Je liet haar smokkelen. Je liet haar dealen. Je hebt een hoer van haar gemaakt zodat ze haar drugs kon betalen aan jou. Jij hebt haar naar die kerels gestuurd. Ze was jouw bezit, je kon met haar doen en laten wat je wou. En uiteindelijk had ze geen leven meer over. Ze had alleen jou maar. Kun jij je voorstellen dat je helemaal niks meer hebt in je leven? Alleen een stuk vergif als jij?'

'O ja, en wat deed jij dan?' riep Herbert, die zich begon te herinneren wie die Janus was. 'Slappe zak! Bleef als een *piece of shit* aan Birta vastplakken en paste op haar centjes. Dacht je soms dat ik dat niet wist? Ze moest je niet, man. Ze moest je niet, sukkel! *Crybaby!*'

Herbert begon om hulp te brullen, maar het geluid werd door de muren van de oven teruggekaatst. Janus zat nog op zijn hurken. Hij bewoog zich niet en keek naar de man die in de lade tevergeefs worstelde om vrij te komen. Na een poosje werd Herbert weer stil.

'En wat heb je gedaan toen jij de enige was die haar nog kon helpen?'

vervolgde Janus alsof er niets gebeurd was. 'Al was ik dan altijd in haar buurt, ik had geen invloed op haar zoals jij. Ik wou dat ík in haar leven even belangrijk voor haar was geweest als jij. Ik wou dat ze voor mij had gedaan wat ze voor jou allemaal deed. Wat ik van haar vroeg was zoveel makkelijker. Maar haar afhankelijk van me maken kon ik niet, al zou ik het gewild hebben. Ik heb haar gevraagd op te houden met die drugs. Ik heb haar gevraagd in therapie te gaan. Ik heb haar gevraagd me te vertrouwen. Maar ze had meer vertrouwen in jou. En wat heb jij met haar gedaan toen je haar niet langer kon gebruiken en ze niks meer had? Toen ze alleen nog hoopte op af en toe een shot, om zich twee, drie uur lekker te voelen? Jij hebt haar naar je vrienden gestuurd, en die hebben haar gebruikt voor hun gore feestjes.'

'*Yeah yeah yeah*, jank maar, zak, als je daarvan opknapt. Ik heb haar niet vermoord en dat hele *fucking* kutverhaal van je zal me een rotzorg zijn. *Understand*? Doet me geen fuck. Oké?

'Jij bent een van de lui die haar hebben vermoord.'

'Ik weet niet waar je het over hebt, imbeciel.'

Janus was gaan staan.

'Jullie zijn moordenaars, jij en die vriend van je. Jullie zijn moordenaars.'

'*Yeah yeah yeah*, wij zijn moordenaars. Ach jochie, als je eens wist wat voor een zakkenwasser je bent. Volkomen waardeloos ben je, weet je dat? Als ik niet vast zou zitten, zou het een leuk karweitje zijn om je met een honkbalknuppel dood te meppen. Ik zou je tussen je benen raken, net als ik gedaan heb bij Birta, die vieze hoer. Langzaam en rustig zou ik slaan, tot je helemaal kapot bent. En dan zou ik je de hersens inslaan en dansen op de bloedspetters, vuile *cocksucker*.'

Een lauwe vloeistof stroomde naar beneden en spetterde in de lade op Herbert neer. Herbert snakte naar adem; iets van de vloeistof kwam in zijn mond terecht, zodat hij moest hoesten. Het meeste belandde op zijn borstkas en buik. Het duurde even voor het tot hem doordrong dat het urine was. Hij brulde het uit, gek van woede. Janus nam de tijd voor zijn verrichting en stapte toen de oven uit.

'De volgende keer is het geen pis, klootzak,' zei hij, voor hij de grote deur opende en Herbert nat gepist in de lade liet liggen. 'De volgende keer wordt het de vloeistof in dat blik daar.'

Herbert keek zijdelings door het rooster omhoog. Zijn ogen brandden.

Hij keek naar het blik; net voor de deur dicht zou gaan slaagde hij erin te lezen wat erop stond: 'Brandgevaarlijk'.

De deur sloot met een luide slag en smoorde Herberts geschreeuw.

18

Elínborg schakelde de recorder in en keek Dóra aan, het meisje dat Birta gekend had. Ze was naar het gebouw van de rijksrecherche gebracht, zodat het mogelijk was haar een formele verklaring te laten afleggen. Dóra had Eva Lind gesproken, en die had beloofd met haar mee te komen. De kleine recorder zoemde. Dóra was van plan de politie zo min mogelijk van dienst te zijn. Als het moest zou ze gewoon liegen. Dat had ze tegen Eva Lind gezegd.

'Wat weet je van Herbert af?' vroeg Elínborg. Dóra zag er heel wat beter uit dan de vorige keer, toen Eva Lind een gesprek tussen haar en Erlendur gearrangeerd had. Ze had zich gewassen, haar haar gefatsoeneerd, en ze gedroeg zich tot op zekere hoogte coöperatief. Eerder die dag had ze zich bereid verklaard het lichaam te identificeren. Ze had haar vriendin herkend, die daar op een tafel in het mortuarium onder een wit laken had gelegen, maar ze had niet gehuild toen ze haar zag.

'Het huis waar we samen in gewoond hebben is van Herbert. We huurden het van hem. Maar ik weet niks van hem af,' loog Dóra.

'Je weet niet wat er met hem is gebeurd?'

'Nee,' antwoordde ze, deze keer naar waarheid. Herberts verdwijning was groot nieuws geweest voor de mensen die hem kenden en zaken met hem deden. Er waren dan ook heel wat theorieën over dit onderwerp in omloop. De populairste was wel dat Elvis hem was komen halen, want Herbert stond bekend als een groot bewonderaar van de *King of Rock and Roll*. Volgens hem leefde die nog, ergens ver weg, in een Zuid-Amerikaans land. Er werd verteld dat de vrienden nu in de oerwouden van het Amazonegebied zaten en 'Love Me Tender' zongen.

'De eerste keer dat je met ons praatte had je het over iemand van wie je zei dat hij je vriendin had vermoord. Wat bedoelde je daarmee? Wat was dat voor man?'

'Ik heb hem nooit gezien en ik weet niet waarom hij haar vermoord heeft. Ik weet niet meer wat ik toen 's avonds gezegd heb,' zei Dóra. 'Soms had ze het over de kerel waar ze naar toe moest. Ik denk dat ze hem via Herbert kende. Die vent was niet normaal. Hij wou alle mogelijke perverse dingen en daar betaalde hij waanzinnig veel voor. Birta wou er nooit over praten. Soms was ze helemaal bont en blauw als ze bij hem vandaan kwam.'

'Wil je daarmee zeggen dat hij haar dan geslagen had?'

'Ja, en nog heel wat erger ook.'

'Waarom ging ze dan steeds weer naar hem terug als hij haar zo mishandelde?'

'Voor geld deed ze alles. Ze was nog veel erger dan ik. Maar ja, ik spuit dan ook niet.'

'Wanneer heb je haar leren kennen?'

'Zo'n tien jaar geleden. Toen heb ik haar voor het eerst gezien. Ze hoorde toen bij een groepje dat altijd om Goggi heen hing, ook zo'n stuk chagrijn. Die is nou dood. Hij woonde samen met een heel stel in een huis aan de Tryggvagata. En daar had hij ook nog drie honden.'

'Goggi, nee, die zijn we echt niet vergeten,' zei Elínborg. 'Doodgestoken bij een café in de Aðalstræti. Nogal een hufter.'

'Birta en Goggi hadden iets met elkaar, en als er ook maar iemand iets tegen haar zei kreeg die van Goggi al een knal voor zijn kop. Dat pikte ze niet.'

'Had ze het wel eens over familie?'

'Nee, nooit. Ze praatte nooit over familie, en volgens mij heeft ze die ook niet meer gezien nadat ze uit huis gegaan is. Maar wíj zijn goede vriendinnen geworden. Toen Goggi doodgestoken werd, viel die club van hem uiteen en toen zijn we bij elkaar gebleven.'

'Je zei dat ze uit de Westfjorden kwam. Weet je ook uit welke plaats?'

'Nee.'

'Als ze Birta heette, waarom kunnen we haar dan niet in het bevolkingsregister vinden?'

'Geen idee.'

'Als ik jou de naam Jón Sigurðsson noem, schiet je dan in verband met Birta iets te binnen?'

'Jón Sigurðsson? Die ken ik niet.'

'Toen je met Erlendur gepraat hebt zei je dat die man die Birta kende zoveel huizen had. Wat bedoelde je daarmee?'

'Birta zei dat hij steenrijk was en dat hij massa's huizen had. En soms zat ze erover na te denken wie er allemaal in zijn huizen moesten komen wonen. Waar al die lui vandaan moesten komen, of iets dergelijks. Daar zat ze soms echt over te piekeren.'

'Wist jij wat ze daarmee bedoelde?'

'Nee, totaal niet. Daar snapte ik niks van.'

'Heeft ze na Goggi nog een vriend gehad? Heb je wel eens vaker dezelfde knul bij haar gezien, iemand die ze misschien van vroeger kende?'

Dóra dacht na. Liegen of niet liegen? Ze keek naar Eva Lind en zag dat die haar aankeek.

'Ze had een hele goeie vriend. Die kwam ook uit de Westfjorden. Waarvandaan weet ik niet.'

'Weet je hoe hij heet?'

'Hij heet Janus. Hij woont in Breiðholt, in een kelderappartement. Birta kwam heel vaak bij hem en uiteindelijk is ze bij hem ingetrokken. Hij vond het goed dat ze zijn huis soms gebruikte om... Ik bedoel...'

Dóra wilde niet zeggen dat Birta zichzelf prostitueerde, maar het tempo waarin het verhoor verliep bracht haar in verwarring. Had ze niet al gezegd dat Birta voor geld seksspelletjes deed met die kerel van wie ze de naam nooit wilde noemen? Ze wist het niet meer.

'We weten al dat ze zich liet betalen voor seks,' zei Elínborg, 'maar maak je maar geen zorgen: je hoeft ons heus niet precies te vertellen wat ze deed als je dat niet wilt. Die Janus woonde in Breiðholt, zei je. Weet je ook op welk adres?'

'Nee, maar volgens mij is het niet zo ver van die hele grote flat. Dat is toch de grootste flat van de wereld?'

'De Yrsufellflat bedoel je?' zei Elínborg en ze stond op.

19

Erlendur werd tegen de avond door Elínborg gebeld. Ze rapporteerde hem hoe het verhoor van Dóra was verlopen, welke informatie het had opgeleverd en hoe de zaken er nu voor stonden. Ook vermeldde ze Birta's onbegrijpelijke woorden over wie er in de huizen zouden komen wonen. De opsporing van Herbert was in volle gang en er kon nu veel doelgerichter naar Janus worden gezocht. Het bevolkingsregister vermeldde drie mannen met die naam in het deel van Breiðholt waar de Yrsufellflat stond. Het kon niet lang meer duren of de politie zou ontdekken waar Janus woonde.

Herbert bleek onvindbaar – het leek wel of de aarde hem had verzwolgen. In de tussentijd was de technische recherche naar zijn huis gegaan en had daar alles uitgekamd. Men vond slechts een plas gestold bloed op de keukenvloer en spetters vleessaus op de kastdeur. De bewoners van de straat achter Herberts huis hadden verklaard dat hij naar buiten was gedragen. Hij was in een auto gelegd, die daarna was weggereden. De beschrijving ervan paste precies bij een auto die was gestolen op het parkeerterrein voor het zwembad Laugardalslaug. Naar die wagen werd nog gezocht. De politie ging uit van de theorie dat Janus de aanvaller van Herbert was geweest en dat Herbert op de een of andere wijze een aandeel had in de moord op Birta.

Erlendur en Sigurður Óli hadden de hele dag gereisd, van dorp naar dorp, en waren het zoveelste plaatsje binnengereden om met de foto van Birta hun geluk te beproeven. Ze liepen het dorp door, waar de rust van de middag heerste. Er waren maar weinig mensen op straat. De rechercheurs wandelden rustig door de straten en keken naar de huizen en de paar winkels die het telde. Sigurður Óli liep even het postkantoor binnen, hij zei dat hij naar Reykjavík moest bellen, privé. Niet op kosten van de politie dus, hoewel Erlendur zei dat dat best kon: iedereen deed het. Maar Sigurður Óli wilde Bergþóra bellen en dat hoefde zijn collega niet te weten.

Erlendur liep door en kwam bij een boekwinkeltje. Hij ging er naar binnen; langs alle muren stonden boekenkasten. Bij een kleine glazen toonbank lagen pennen, kaarten, enveloppen en andere kantoorartikelen uitgestald. Om de tijd te doden ging hij na wat de boekenplanken te bieden hadden. Er stonden nogal wat vertaalde thrillers en populaire klassieken, maar daartussen ook interessantere titels. Zijn favoriete lectuur trof hij er echter niet aan.

Een jongen van een jaar of veertien jaar bediende de klanten en wachtte tot de man met die hoed eindelijk zijn keuze zou maken. Moest hij nou echt alle boekenplanken van onder tot boven doorvlooien? Hij zou toch wel ééns beslissen of hij iets kocht? Juist wilde hij vragen of hij Erlendur ergens mee kon helpen toen een jongetje van tien kwam binnenhollen.

'Ik wou een zwarte viltstift,' zei hij.

'Wat voor een? Deze?' zei de jongen achter de toonbank. Hij pakte een viltstift en gaf hem aan de jongen.

'Nee, hij moet groter zijn,' zei het jongetje, nog hijgend van het harde lopen. 'Mijn moeder zegt dat hij groot en dik en zwart moet zijn, want ze moet ermee op de verhuisdozen schrijven. We gaan verhuizen.'

Erlendur keek van zijn boeken op naar het jongetje. Zo ging het dus als mensen uit de Westfjorden weggingen. Ze stuurden hun kinderen naar de winkel voor een dikke zwarte viltstift om hun huisraad mee te merken. Zo was Janus misschien wel gestuurd, en wie weet het meisje Birta. Zo hadden ze op de verhuisdozen geschreven: 'Breekbaar', 'Keuken', 'Borden', 'Glazen', 'Boeken', 'Badkamerspullen'. Dat alles hadden ze meegenomen naar Reykjavík, om daar een nieuw leven te beginnen. Het jongetje rende weer weg met de goede viltstift.

'Verkoop je veel van die stiften?' vroeg Erlendur aan de jongen achter de toonbank.

'Niet zo erg veel,' zei hij.

Erlendur en Sigurður Óli gebruikten hun avondmaaltijd in een restaurantje annex hotel. Omtrent Birta en haar familie waren ze nog niets wijzer geworden. Oorspronkelijk waren ze van plan geweest in Ísafjörður te overnachten, maar ze hadden geen zin om verder te rijden. Ze besloten in het restaurant te blijven, dat over een paar kamers met stretchers beschikte. Deze keer kregen ze tot hun grote opluchting elk een eigen kamer. In het restaurant lieten ze zich het menu van de dag, gepaneerde gebakken kabeljauw met aardappels, goed smaken. Eerst waren ze nog de enige gasten, maar algauw werd het drukker. Ze vielen een beetje op: allebei in een net pak – duidelijk mensen die hier niet thuishoorden. Een man die alleen aan een tafeltje zat begon een praatje met hen, maar beëindigde dat snel toen hij begreep dat ze van de rijksrecherche waren, aan die moordzaak in Reykjavík werkten en op zoek waren naar familieleden van het meisje, dat waarschijnlijk afkomstig was uit de Westfjorden en naar Reykjavík was verhuisd.

'Vinden jullie dat nou niet een beetje raar, met een foto van het lijk rondlopen om aan de mensen te laten zien?' vroeg een zware vrouw in een gebreide trui, maat XXL, terwijl ze nauwkeurig de foto van Birta bestudeerde.

'Ja, zoiets hebben we inderdaad nooit eerder bij de hand gehad,' zei Erlendur naar waarheid. Hij stak een sigaret op. 'Het lijkt wel alsof dat meisje nooit bestaan heeft. Er is niemand die haar mist, ze staat nergens bij de burgerlijke stand ingeschreven en bij de politie is ze ook niet bekend. Dus moeten we onze toevlucht wel tot noodmaatregelen nemen. Het enige wat we weten is dat ze uit de Westfjorden afkomstig was. Wat zeg ik? Zelfs dat is niet eens zeker.'

De vrouw ging bij hen zitten en bestelde drie grote glazen bier. Sigurður Óli dacht eerst dat die voor haarzelf bestemd waren, maar ze bood hun aan met haar mee te drinken. Ze was ongeveer vijftig jaar, had blond, krullend haar, brede kaken en een brede mond met mooie tanden. Aan haar boezem zou een man zich nietig voelen. Ze glimlachte vriendelijk naar Erlendur en Sigurður Óli.

'Het is mogelijk dat ze een knul gekend heeft die ook uit het westen kwam,' zei Erlendur. 'Die had in Reykjavík op de een of andere manier contact met haar. Van hem weten we ook al bijna niks. Hij zou Janus kunnen heten, dat is het enige.'

'Janus zei je, hè?' zei de dikke vrouw. Ze veegde het bierschuim van haar bovenlip.

'Ken je die soms?' vroeg Sigurður Óli.

'Nee, maar... wat stond er nou precies in de krant? Jullie zouden eens met de districtsarts moeten praten.' Ze draaide zich half in haar stoel om en riep naar de barman: 'Is je broer thuis, Svanur?'

'Ik denk het wel,' was het antwoord.

'Bel hem eens even voor me en vraag of hij met deze mensen kan praten.'
Ze wendde zich naar hen toe.

'Is het ook goed als er een van jullie bij hem langsgaat?' vroeg ze en ze keek Erlendur aan.

'Dan kan ik het beste gaan,' zei Sigurður Óli en hij maakte aanstalten om op te staan.

'Zeg hem maar dat er zo meteen een jonge politieman met hem komt praten.'

Daarna richtte ze zich weer tot Erlendur. 'En vertel eens, wat doet je vrouw voor de kost?' vroeg ze en ze nam een forse slok bier.

De arts was thuis; Sigurður Óli kreeg het adres en liet Erlendur met zijn nieuwe gesprekspartner achter. Hij liep de hoofdstraat door, sloeg links af, richting zee, en kwam algauw bij een huis aan een mooie baai. De dokter, Trausti, ontving hem zelf aan de deur, een zestiger, wit haar, jeans, shirt-je, vilten pantoffels, stevige handdruk. Mooi weer vandaag, hij was alleen thuis, de kinderen waren het huis uit en zijn vrouw was in Dublin geld aan het opmaken, samen met de handwerkclub. Koffie? Ga zitten, heel even geduld. De dokter rommelde met veel lawaai in de keuken, kwam weer binnen en ging zitten. Het meisje op de foto kende hij niet.

'We zijn op zoek naar een jongen en een meisje die mogelijk uit deze omgeving afkomstig zijn. Hij heet Janus en zij Birta.'

'Ja, het zou heel goed kunnen dat ze zo heetten,' zei de dokter naden-kend.

'Wie bedoel je?' vroeg Sigurður Óli.

'Ik heb het nu over zo'n acht jaar geleden, het kan ook negen of tien zijn. Ik was toen arts in het ziekenhuis van Ísafjörður, maar daar kwamen ze niet vandaan, geloof ik. Ik denk dat ze uit een van de dorpen uit de om-geving kwamen. Een ontzettend aardige jongen, zij was trouwens ook een lief kind.'

'Hoe komt het dat je je die twee nog herinnert?'

'Het moet nog wel te vinden zijn in het archief van het ziekenhuis.'

'In het archief van het ziekenhuis?'

'Ja, ik denk dat ze inderdaad zo heetten,' zei de dokter. Hij ging naar de keuken en kwam terug met twee koppen koffie en een schaaltje chocola-decake.

Die komt in geen eeuwigheid aan zijn verhaal toe, dacht Sigurður Óli.

'Gaat het over dat meisje op het graf van Jón Sigurðsson?' vroeg de dokter, die inderdaad geen enkele haast leek te hebben. 'Wat raar, dat ze dáár nou gevonden moest worden. Op het nieuws zeiden ze dat ze niet op het kerkhof is vermoord, maar dat ze er kennelijk met een bijzondere bedoeling naartoe is gebracht. Ik heb zo'n idee dat ik wel weet wat daar achter zit.'

Daar zou hij met Erlendur ongetwijfeld urenlang over kunnen praten, dacht Sigurður Óli en hij slaakte een zucht.

'Ze is een slachtoffer van de yanks. Dat is de grote ellende waar dit land mee te maken heeft, alle landen van de wereld trouwens,' zei Trausti. 'Al dat geweld. Al die ellende op de tv en de film. Dat is nou het voorbeeld dat onze jongelui meekrijgen. Die lopen er al bij als zwarten in de armoewijken van een Amerikaanse stad. Racen op planken met wieltjes door de straten. Ze zijn misdadig, doen alles wat God verboden heeft, zijn aan de drugs. Dat is de sfeer waarin dat arme kind geleefd heeft.'

'Dat zou je eens tegen mijn collega moeten zeggen,' zei Sigurður Óli. 'Die vindt het heerlijk om precies dezelfde conservatieve beschouwingen te verkondigen.'

'Dan vindt die misschien ook dat wij IJslanders bezig zijn onze zelfstandigheid kwijt te raken. Onze geestelijke zelfstandigheid, bedoel ik. Het wordt allemaal één grote Amerikaanse pot nat, denk ik wel eens. *"Okay"* en *"bye bye"* en *"party"* en *"fuck you"*.'

'Is dat nou niet wat erg eenzijdig ge...'

'Maar in zo'n sfeer gaat de jeugd naar de bliksem, en snel ook.'

'Tja... Maar om op de zaak terug te komen...'

'Ja, neem me niet kwalijk. Ik herinner me die jongen wel, die Janus. Dat komt omdat hij dood was.'

'Dood was? Is hij dan dood?'

'Nee, ik geloof niet dat hij overleden is, maar hij is wel even dood geweest voor hij bij ons in het ziekenhuis terechtkwam. Daarom herinner ik me hem nog zo goed. Hij is beslist een of twee minuten dood geweest.'

'Hoe bedoel je?'

'Hij had een ongeluk gehad en was in levensgevaar, maar ik weet nog dat hij is gered door een klasgenote. Het zou best kunnen dat die Birta heette. Het heeft in alle kranten gestaan. Een paar medescholieren van die jongen hadden een rotgeintje met hem uitgehaald. Ik weet niet meer precies wat het was, maar het heeft een haar gescheeld of hij was er geweest, dat joch. Er staat me zoiets van bij dat ze hem in het ruim van een schip hadden gegooid.'

Op het moment dat Sigurður Óli met de dokter sprak vonden de politiemensen in Reykjavík het appartement van Janus in Breiðholt. Voordat ze zich toegang tot het appartement verschaften werden er grondige voorbereidingen getroffen. Het was niet bekend of Janus thuis was en er werd besloten de speciale brigade in te schakelen. Elínborg, die tijdens Erlendurs afwezigheid het onderzoek leidde, snoof verontwaardigd; dat was nergens voor nodig, zei ze. Waarom niet gewoon op de deur bonzen en zien of hij vrijwillig meeging in plaats van een militaire operatie te beginnen?

'Zo loop je kans dat je bewijsmateriaal vernietigt,' protesteerde ze.

'Bij ons staat de veiligheid voorop,' zei de commandant van de eenheid, en daarmee was de kous af.

De manschappen van de speciale brigade braken de buitendeur open en stormden via een portaaltje de keuken en de kamer binnen, en vervolgens een slaapkamertje, een badkamer en een kleine berging ernaast. Al direct merkten ze dat er niemand in het appartement was. Er kwam geen verzet. Er werden geen schoten gelost. Geen mes opgeheven. Niets.

De deur was niet op slot geweest. Elínborg nam daar speciaal nota van.

Toen duidelijk was dat de speciale brigade verder niets kon doen, pakten de leden hun spullen en gingen weg. Elínborg en Þorkell keken rond in het appartement en de specialisten van de technische recherche gingen aan het werk. De woning, die maar heel klein was, nauwelijks vijftig vierkante meter, bestond uit een slaapkamer, een berging, een woonkamer en een keuken. In de kamer stond een oud, versleten bankstel en een eettafel. In de keuken waren wat borden en glazen, twee pannen en een koekenpan te vinden. Verder lagen er lepels, vorken en messen. Het was een oude keuken, waarschijnlijk nog de oorspronkelijke, dacht Elínborg. Overal in het appartement lag dezelfde vloerbedekking. In de slaapkamer stond een tweepersoonsbed. In de berging bevond zich een tamelijk nieuwe wasmachine.

Het zag er in het appartement niet uit alsof er gevochten was. Het was er keurig, alles stond op zijn plaats. Het was sober ingericht, de muren waren kaal. Toch was het in zijn soort een warm onderkomen.

In de slaapkamer lagen wat boeken, en in een ervan vond Þorkell een krantenknipsel over een reddingsdaad die iemand in een dorp in de Westfjorden had verricht. Een jong meisje had met ongelooflijke vastberadenheid en moed een klasgenoot van de verdrinkingsdood gered. Het knipsel gaf in grote lijnen weer wat er was gebeurd en er was ook een foto in afgedrukt van twee kinderen, kennelijk in een ziekenhuis. Op het bed lag een jongen, een meisje stond ernaast, allebei in een pyjama van het ziekenhuis. Ze konden niet ouder zijn dan twaalf of dertien jaar. Onder de foto stonden hun namen: Birta en Janus.

Een kleine klerenkast in de slaapkamer bevatte aan de ene kant dameskleding en damesschoenen en aan de andere kant herenkleding. Niets ervan was bepaald chic te noemen; je kon zelfs niet spreken van zondagse kleren, zoals Elínborg dat noemde. Aan de mannenkant rommelde ze wat in een stel T-shirts en truien – heel goedkope kleding, zag ze. Ze verliet de slaapkamer, ging de badkamer binnen en keek rond. Dadelijk zag ze de spuit in de wasbak, de lepel en de wegwerpaansteker op de vloer. Voorzichtig pakte ze de spuit beet, bekeek hem, rook eraan, en legde hem weer terug. In een kastje boven de wasbak vond ze toiletspullen: lipstick en andere make-upartikelen.

Dit was Birta's eigen plek, dacht Elínborg en ze sloot het kastje.

20

In de oven was Herbert nu stil geworden. Janus zat in het hok erachter op een stapel hout aan Birta te denken. Op de radio draaiden ze soms nog het nummer dat hij had gehoord toen hij haar terugzag. Het riep dadelijk herinneringen op: aan haar, aan de oude man in het trappenhuis. Hij neuriede de melodie weer, kon die niet kwijtraken.

Het was nu ruim twee jaar geleden. Voor hem leek het een mensenleven. Ze was in het dorp de enige onder zijn leeftijdgenootjes geweest met wie hij echt bevriend was. Hij werd op school gepest, was een buitenstaander. Die pesterijen konden hard aankomen, maar het ergst was het gevoel geïsoleerd te zijn. Vrienden had hij niet. Op verjaardagsfeestjes werd hij niet uitgenodigd en als hij zelf jarig was deed zijn moeder erg haar best familieleden op zijn feest te krijgen, maar die konden de leegte niet opvullen. Hij begreep niet waarom hij overal buiten gehouden werd en dacht er vaak over na, zonder ooit een antwoord te vinden. Broers en zusjes had hij niet. Zijn moeder was een alleenstaande vrouw die in de vis werkte, maar in dat opzicht was ze in het vissersdorp geen uitzondering. Ze behoorden niet tot de oorspronkelijke dorpsbewoners, ze waren er later pas komen wonen, maar dat was al zo lang geleden dat hij zich daar niets van kon herinneren. Bovendien, er waren zoveel nieuwkomers, en onder hen ook nog eens een groot aantal buitenlanders, aangetrokken om in de vis te werken. Hij wist niet meer wanneer het was begonnen. Misschien was het altijd wel zo geweest.

Ze kwam naar hem toe als de jongens hem zijn broek hadden uitgetrokken en die hadden weggegooid, of als ze hem met zijn hoofd in de wc-pot hadden geduwd. Dan praatte ze met hem en kalmeerde hem. Ze was al vroeg zo volwassen, zo begrijpend.

Ze woonde in een rijtjeshuis vlak bij de flat waarin hij woonde. Ze zaten in dezelfde klas en waren vriendje en vriendinnetje. Ze konden de hele dag spelen zonder dat iemand zich met hen bemoeide. Wanneer het weer 's winters echt slecht werd speelden ze binnen, afwisselend bij haar en bij hem. Hij kon zich zijn jeugd op het dorp niet anders herinneren dan met zijn vriendinnetje, dat hem hielp als hij het moeilijk had.

Later, toen hij met zijn moeder naar Reykjavík verhuisde, verloor hij het contact met haar. Hij miste haar meer dan in woorden uit te drukken viel. Zijn moeder had een zeeman uit Reykjavík leren kennen en verhuisde met haar zoon naar het zonnige zuiden, zoals ze op het dorp zeiden. Het was midden in de jaren tachtig en de grote bevolkingsstroom richting Reykjavík begon op gang te komen.

De zeeman kreeg een baan aan land. Ze verhuisden naar een kleine flatwoning in de wijk Háaleiti. Ook zijn moeder had werk buitenshuis gevonden en dus moest hij meestal op zichzelf passen. Hij was nooit in zijn leven in de stad geweest en de eerste nacht kon hij niet slapen. Hij sloop in het donker naar de kamer, ging voor het grote raam zitten en keek over de verlichte Miklabraut, waar het verkeer overheen raasde. Zijn stiefvader bemoeide zich niet met hem, maar de kinderen op zijn nieuwe school waren in het begin wel nieuwsgierig. Hij genoot wat aarzelend van die positieve aandacht en van het feit dat hij gewoon een van de kinderen was. Maar hij was te schuw om helemaal in de groep te passen, en hoewel hij nu niet meer gepest werd bleef hij een buitenstaander. Vrienden maakte hij niet.

Zodra hij niet meer leerplichtig was ging hij van school af en kreeg hij werk als arbeider bij de slachterij Slátturfélag Suðurlands. Hij werd aan de rookovens gezet en leerde lamsvlees, varkensvlees en zalm roken. Het duurde niet lang of hij hield zich voornamelijk met die manier van vleesverwerking bezig. De arbeiders in de slachterij vonden het wel best. Het was een smerige baan. Die rookovens waren vanbinnen altijd en eeuwig roetzwart en vettig, en de geuren van salpeterzuur, gesmolten vet, roet en brandhout vormden samen een stank die altijd als een wolk om hem heen hing. Het vlees werd gepekeld en met haken aan een ijzeren constructie gehangen die langs rails aan het plafond naar binnen geschoven werd. De ovens waren drie meter hoog en vier meter lang. In de laden eronder legde hij de brandstof: houtblokken, houtskool, zaagsel en gedroogde schapenmest, stak alles aan en schoof het dan onder het vlees. De truc was de brandstof in de laden niet te laten vlammen, maar te laten roken.

Soms vormde zich zoveel roet en stof dat hij helemaal zwart, hoestend en spuwend uit het hok achter de ovens kwam. Het ergste was het als zijn ogen zo brandden. Af en toe moest hij echt uit het hok wegrennen, langs de ovens, naar een steegje op het terrein van de slachterij. Daar haalde hij dan diep adem, terwijl de tranen uit zijn gloeiende ogen hem over de wangen liepen. Maar hij liet zich er niet door kleinkrijgen. Hij hield ervan alleen te zijn en had zijn werkplek helemaal voor zichzelf. Er waren er niet veel die zich met hem bemoeiden, uitgezonderd de chef, met wie hij het uitstekend kon vinden. Door het zware werk werd hij harder, hij verdiende geld en trok in een klein kelderappartement in Breiðholt. Toen hij zeventien jaar was haalde hij snel zijn rijbewijs, want hij wilde heel graag een auto hebben. Meestal was hij op zichzelf.

Totdat hij haar in Reykjavík opnieuw ontmoette.

Dat was meer dan twee jaar later. De eerste jaren in Reykjavík had hij als hij door de stad liep rondgekeken of hij haar zag, in de vage verwachting dat ook zij naar de stad verhuisd zou zijn. Maar hij zag haar nooit, en ten slotte had hij de hoop opgegeven haar ooit terug te zien. Ze werd een verre herinnering voor hem, die hij opriep als hij in de problemen zat. En hij voelde zich bijna knock-out geslagen toen hij haar gezicht herkende, op een dag toen hij van zijn werk op weg was naar huis en ze hem passeerde. Hij stond te wachten bij een bushalte aan de Hverfisgata. Het was een mooie zomerdag en daar liep ze langs hem heen, terwijl hij tussen de wachtende mensen stond. Zo te zien was ze in het gezelschap van een armzalig uitziende oude man met wie ze over de Hverfisgata liep. Het drong niet eens direct tot hem door dat ze het was. Hij had haar recht in het gezicht gekeken toen ze dichterbij kwam, haar en profil gezien toen ze langs hem liep en van achteren toen ze hem was gepasseerd. Al die tijd probeerde hij zich te herinneren wie ze was. Toen hij zich dat eindelijk realiseerde kreeg hij een schok en liep hij onwillekeurig een paar passen achter haar aan. Toen bleef hij weer staan. Hij wilde haar naam roepen, maar deed dat toch niet. In plaats daarvan volgde hij haar en haar metgezel op een afstand.

Hij wist dat ze het was. Ze was natuurlijk veranderd, groter, slanker geworden, ze had borsten gekregen, ze was vrouw geworden, maar hij herkende haar gezicht. Dat was ook veranderd, bleker geworden, ze had haar ogen en wangen opgemaakt, maar haar gelaatsuitdrukking was dezelfde gebleven. Het was zijn vriendinnetje uit het dorp. Daar liep ze zomaar op een dag bij een bushalte langs hem heen. Onvoorstelbaar! Hoeveel jaar geleden zou het zijn dat ik haar voor het laatst gezien heb? dacht hij. Goeie god, en nou loopt ze daar weer, vlak voor mijn neus.

Hij liep achter hen aan, het meisje en de oude man naast haar met zijn vieze, plakkerige haar, zijn sleetse gewatteerde jack en zijn O-benen. Zij droeg een groene gebreide gaatjestrui; daaroverheen een zwart jasje dat tot haar middel reikte. Een felrood leren rokje bedekte nauwelijks haar billen. Om haar hals droeg ze een bruinachtige sjaal. Haar benen staken in een dunne panty en ze liep op schoenen met dikke zolen. Haar mooie zwarte haar zag er ongewassen uit en ondanks het warme weer had ze een dikke gebreide band om haar hoofd, met een berenkopje erop, dat naar hem glimlachte toen ze langsliep.

Hij zag hen naar binnen gaan bij een gebouw van vier verdiepingen dat op de Hverfisgata uitzag. Na enkele ogenblikken ging hij hen achterna. Hij kwam in een trappenhuis. Op een zwart bordje links van hem stonden de namen van bedrijven die in het gebouw gehuisvest waren. Hij was al een paar verdiepingen hoog toen hij onder zich iets hoorde. Hij kwam weer naar beneden en liep langs de trap naar de ruimte erachter. Daar hoorde hij een half onderdrukt gesteun. Toen hij nog verder stapte zag hij in de schemering zijn vriendin op haar knieën voor de oude man zitten. Ze deed met hem wat hij vrouwen had zien doen in de pornoblaadjes van zijn stiefvader.

Boven uit het trappenhuis hoorde hij zwak de melodie van een oud nummer van Vilhjálmur Vilhjálmsson.

Wacht nou, pappa, wacht nou nog, ik kom bij je, wacht nou toch...

Het berenkopje bewoog heftig op en neer.

Hij wachtte voor het gebouw. Eerst kwam de oude man naar buiten, even later zij. Hij liep op haar toe en vroeg of ze nog wist wie hij was. Of ze Janus niet meer kende. Maar ze reageerde niet, ze was helemaal wezenloos. Hij ging haar achterna, naar een krot in de Njálsgata waar drie matrassen op de vloer lagen. Op een ervan ging ze liggen en sliep in. Hij ging naast haar liggen en ten slotte viel hij ook in slaap.

Ze was eerder wakker dan hij en ze wist direct wie hij was, maar verder begreep ze er totaal niets van. Ze herinnerde zich helemaal niet dat hij achter haar aan was gelopen en snapte niet hoe dit kon: haar jeugdvriendje dat ineens naast haar op de vloer lag te slapen. Het leek wel alsof hij uit de hemel was komen vallen en op de matras naast haar was terechtgekomen. En het gekst van alles: haar vriendje was een man geworden.

Hij was krachtig gebouwd, gedrongen en gespierd, hij had een flinke kop blond haar en een baard van een paar dagen, een grote neus en volle lippen. Zijn handen waren groot en gespierd. Hij droeg een blauwe spijkerbroek, een groen jack en een dun, wit T-shirt; zijn voeten staken in gympen.

Ze schudde hem net zo lang tot hij wakker werd. Het duurde even voor hij zich realiseerde waar hij was. Hij keek om zich heen en langzamerhand werd het hem weer duidelijk wat er allemaal was gebeurd.

'Weet je nog wie ik ben?' vroeg hij zijn vriendin.

'Janus,' zei ze.

'Ik zag je gisteren in de stad, maar je herkende me niet, en toen ben ik je hierheen gevolgd. Woon je allang in Reykjavík?'

'Een poosje. Moet je wat hebben?'

'Wat hebben?'

'Stuff, drugs. Moet je wat?'

'Ik gebruik die spullen niet. Helaas.' Dat 'Helaas' had hij er onwillekeurig aan toegevoegd. Hij had nooit in zijn leven drugs gebruikt.

'Heb je geld?'

'Een beetje. Maar niet bij me. Ik kan wel gaan halen.'

'Ja, doe maar,' zei ze.

Hij kon er niet toe komen te vragen hoe het kwam dat ze zo geworden was. Dat deed hij pas veel later, toen hun vriendschap zich had verdiept. Dat was nadat ze allebei een tattoo hadden laten zetten. Hij liet haar initiaal op zijn bovenarm aanbrengen en zij de zijne op een van haar billen. Hoe kwam het dat ze verslaafd door de straten van Reykjavík zwierf en omging met lui in leren jacks en ijzeren kettingen om hun hals die maar aan één ding dachten: hun volgende shot? Toen hij haar in de Westfjorden voor het laatst had gezien zat ze op het vwo. Er waren daar wel leerlingen die rookten en dronken, maar daar hoorde zij niet bij. Ze had een grote vriendenkring. Ze werd nergens buiten gehouden, zoals hij. Waarom dan dit leven? Waarom deze gigantische ellende?

Hij merkte dat ze niet over zichzelf wilde praten. Voor hoe het met haar gegaan was scheen ze zelf geen duidelijke verklaring te hebben. Misschien interesseerde het haar niet of maar zeer ten dele. Haar korte levensverhaal bestond bijna helemaal uit verzinsels; haar verhalen zaten vol tegenstrijdigheden en uitvluchten, die ze in de loop van de tijd steeds meer cultiveerde. Het lukte hem niet haar van de drugs af te krijgen, haar gebruik nam eerder nog toe. Ze gebruikte alles wat ze maar te pakken kon krijgen. Ze liet hem zien wat je kon doen met een boormachine, een blokje hout en een bus lak. Ze maakte het blokje vast aan de boor en liet het ronddraaien in de lak tot de spiritus zich afscheidde. Die dronk ze dan. Voortdurend pikte ze bussen lak, en ook vloerbedekkinglijm. Pillen slikte ze in alle soorten en maten en in alle kleuren van de regenboog. Ze ging de ziekenhuizen binnen en brak medicijnkasten open. Ze spoot spuitbussen leeg in een papieren zak en snoof daarin tot ze blauw aanliep. Ze snoof lijm en gas en dronk zo goed als alles, uitgezonderd benzine. Als ze behoorlijk in haar geld zat kocht ze speed, coke, lsd, ecstasy en crack. Daarnaast spoot ze nog heroïne.

Als het nodig was haar garderobe te vernieuwen deed ze dat op waslijndagen, zoals ze dat noemde. Dan sloop ze de tuin in bij mensen die de was aan de lijn hadden hangen en koos kleren uit. De rest stal ze uit winkels. Het was een wonder dat ze maar enkele malen met de politie in aanraking was gekomen. En zelfs dan ging het om kruimeldiefstallen, niets dat er werkelijk toe deed, niets dat haar een strafblad bezorgde. En behandeling in een kliniek had ze steeds gemeden als de pest. Ze had nooit om hulp gevraagd en ook nooit hulp ontvangen.

Hij was niet bekend met de wonderlijke namen die ze voor de diverse drugs gebruikte. Van horen zeggen wist hij van crack en hasj en speed, net als de meeste andere mensen, maar er waren ook middelen die ze *horse* noemde, en *candy*, en *pot*, en ze had het over 'een lijntje snuiven'. Hij ontdekte dat ze soms iets gebruikte wat ze *shit* noemde. Dat vond hij een passende benaming: voor hem was al dat spul shit.

'Vertel me nou toch wat er met je is,' vroeg hij soms, maar dan siste ze tegen hem dat hij haar met rust moest laten. Ze liet hem beloven zich niet te bemoeien met de manier waarop zij verkoos te leven. Dat was het enige wat ze hem liet beloven. Dat hij zich niet met haar zou bemoeien. Het ergste vond hij het dat hij moest toezien hoe ze aan geld kwam om die constante stroom drugs te bekostigen. In zijn wanhoop had hij zijn vriendin eerst al het geld gegeven dat hij overhad, al was dat niet veel. Toen hij zag dat hij haar daarmee geen dienst bewees, gaf hij haar voortaan geen geld meer: het enige effect ervan was geweest dat ze meer en duurdere drugs kocht. In plaats daarvan betaalde hij een tijd lang haar huur, totdat zij bij hem introk in zijn kelderappartement in Breiðholt. Hij zorgde dat ze te eten kreeg, hoewel dat niet veel zin had. Hij verbood haar nadrukkelijk klanten mee te brengen naar zijn huis, maar uiteindelijk liet hij die eis vallen. Wel zorgde hij ervoor niet thuis te zijn als het gebeurde.

Toch zag hij soms de mannen met wie ze aan kwam zetten. Vaak waren dat zielige oude kerels, zoals de man met wie hij haar die eerste keer in de Hverfisgata had gezien. Mannen van middelbare leeftijd met een regenjas aan. Jongens, soms twee of drie tegelijk. Een heel enkele keer kwam er een vrouw mee.

Ze was op die manier verzekerd van vaste inkomsten, ook omdat ze daarbij nog dealde. Soms beschikte ze ineens over bakken geld en verdovende middelen. Dat was het geval wanneer ze naar Kopenhagen, Amsterdam, Parijs of nog verder was gevlogen en met drugs terugkwam. Ze was drugskoerierster en had dat werk tot een kunst verheven. Ze gebruikte wat simpele schmink, koos een andere haarkleur, zette desnoods vlechtjes in het haar. Ze paste haar kleding aan en met een beetje toneelspel, nauwelijks merkbaar, kon ze zo voor een meisje van veertien doorgaan. Niemand die in haar een reddeloze junk en een prostituee zou zien. Met enige handigheid kon ze de schijn wekken dat ze met haar ouders op reis was of zelfs met haar opa en oma: ze sloot zich bij andere passagiers aan en deed alsof ze bij hen hoorde. Hoogstzelden leek ze alleen op reis, al kwam het wel eens voor. Maar bijna altijd bevond ze zich tussen de mensen. Met haar kleine, kinderlijke handtasje zag ze er dan uit als een lid van de familie.

In dat opzicht was ze van onschatbare waarde voor mannen als Herbert. Voor hem werkte ze. Hij betaalde haar deels uit in drugs, zodat ze zich nog lang daarna volkomen zalig kon voelen. Ze glipte door alle douaneposten heen, deze knappe dochter uit een keurig gezinnetje – haar vagina, haar endeldarm, haar hele buik boordevol drugs.

21

Het was al laat op de avond toen Sigurður Óli na zijn bezoek aan de dokter in het hotelletje terugkwam. Het liefst was hij direct naar Ísafjörður gereden om daar in het ziekenhuis de gegevens van Janus en Birta op te zoeken, maar Erlendur bleek onvindbaar. Ook de vrouw met wie zijn collega had zitten praten toen hij naar de dokter vertrok was er niet meer. Hij ging naar Erlendurs kamer, klopte, maar kreeg geen antwoord. Wel meende hij binnen geluiden te horen, maar zeker daarvan was hij niet. De meeste mensen die aan de bar hadden gezeten waren naar huis. Hij besloot nog een glas bier te nemen en ging zitten. Aan de eigenaar van de zaak, die achter de tap stond, vroeg hij of hij wist waar zijn collega was, de man met wie hij die avond had zitten eten.

'Volgens mij is hij met Gunna naar boven gegaan,' zei de man, een magere figuur in een witte voorschoot, met een reusachtige Franz Joseph-snor.

'Gunna?'

'De vrouw die bij jullie zat.'

'Is hij met haar naar zijn kamer gegaan? Ik heb op de deur gebonsd, maar er reageerde niemand.'

'Vind je het gek?' zei Franz Joseph, toegeeflijk grijnzend.

'Hoezo? Ken je die Gunna dan?'

'Min of meer,' zei de barman en hij schonk Sigurður Óli's glas nog eens vol. 'Iemand hier beweerde dat jullie uit Reykjavík kwamen en dat jullie hier waren vanwege dat meisje op het kerkhof. Kwam ze soms uit een van de dorpen hier?'

'Dat denken we, ja,' antwoordde Sigurður Óli.

'Wat deed ze daar in Reykjavík, dat kind?' vroeg de hotelhouder. Hij droogde bierglazen af en zette ze op de planken.

'We denken dat ze verslaafd was, dat ze de kost verdiende als prostitu-ee en een heleboel kleinere vergrijpen heeft begaan, misschien om haar drugsgebruik mee te bekostigen. Alles bij elkaar was het niet ernstig ge-noeg om er bij ons mee in de boeken te komen.'

'Ik ga af en toe met het vliegtuig naar Reykjavík. Wat wordt die stad toch ontzettend groot. Wel te begrijpen natuurlijk, als je ziet hoeveel mensen er van buitenaf naartoe komen. En nog niet eens alleen uit de Westfjorden. Uit het hele land. Tja, je hebt nou eenmaal mensen nodig om al die hui-zen te kopen.'

'Hoe bedoel je?'

'Wel, de mensen die in al die huizen gaan zitten moeten érgens vandaan komen. Dat is toch logisch?'

'Hebben jullie het daar vaak over, hier in het westen?'

'We vragen ons dat wel eens af, ja. Hoezo?'

'We hebben begrepen dat dat meisje er zo'n beetje op dezelfde manier over praatte,' zei Sigurður Óli. 'Kan ze dat hier opgepikt hebben?'

'Dat zou heel goed kunnen.'

'Hoe dan ook, de steden groeien. In heel de wereld trouwens.'

'Ja, waarschijnlijk wel.'

'Nog iets anders. Kun je me wat over die Gunna vertellen? Komt die hiervandaan?'

De volgende dag werd Sigurður Óli met een lichte kater wakker. Zijn met-gezel was al beneden, had in de zonneschijn een wandeling door het dorp gemaakt en zat nu te ontbijten. Sigurður Óli ging bij hem zitten. Erlendur zag er gelukzalig uit en Sigurður Óli moest onopvallend een beetje glim-lachen.

'Je was zomaar verdwenen,' zei hij tegen Erlendur. Toen hij zag hoe zijn collega genoot van zijn drie eieren met bacon, zijn sinaasappelsap en kof-fie, bestelde hij hetzelfde ontbijt.

'Ik ben maar eens vroeg onder de wol gegaan,' zei Erlendur; zijn stem klonk bijna opgewekt. 'Ben je bij die dokter nog wat wijzer geworden?'

'Ja, hij herinnerde zich een ongeluk dat indertijd is gebeurd. Toen is er een jongen die Janus heette in het ziekenhuis van Ísafjörður opgenomen. Ik had gisteravond al direct naar Ísafjörður willen racen, maar ik kon je nergens vinden. Heb je me niet gehoord toen ik op de deur klopte?'

'Nee. Ik sliep al. Ik was bekaf.'

'Die dokter zei dat we in Ísafjörður alles over Janus en Birta konden vinden. We moeten er maar gauw heen.'

Erlendurs gsm ging over. Het was Elínborg, die hem een goede morgen toewenste. Ze vertelde hem over de operatie van de speciale brigade en wat ze in het appartement van Janus ontdekt hadden.

'Mag ik haar nog even?' vroeg Sigurður Óli.

Hij kreeg de telefoon en zei: 'Elinborg, wat zei die Dóra ook alweer over Birta? Het had iets met huizen te maken. Die man was eigenaar van alle huizen en er moesten toch mensen in komen. Zoiets.'

'Ja, wat was dat ook alweer?' zei Elínborg. 'Iets over de huizen in Reykjavík. Wie daar allemaal in moesten trekken. Onbegrijpelijk geleuter. Waarom wil je dat weten?'

'Ik hoorde hier gisteravond iets dergelijks zeggen,' zei Sigurður Óli en hij vertelde Elínborg over het gesprek dat hij met de hoteleigenaar had gehad. Erlendur luisterde geïnteresseerd mee.

'En heeft hij dat zó gezegd?' vroeg Elínborg. 'Dat klopt dan met wat Birta volgens Dóra gezegd heeft. Maar zijn ze er in de Westfjorden dan zo mee bezig aan wie de huizen hier verkocht moeten worden? Ik snap dat niet goed. Jij?'

'Nee, daar snap ik ook niks van,' zei Sigurður Óli.

Ze stonden op van het ontbijt en betaalden voor de overnachting, de maaltijden en het bierverbruik 's avonds – dat niet gering was geweest, merkte Sigurður Óli. Toen ze naar de auto liepen kon hij zich niet langer bedwingen.

'Waar is die vrouw eigenlijk gebleven die bij ons zat te praten, die met die trui?' vroeg hij terwijl hij het portier opendeed.

'Geen idee,' zei Erlendur en hij liet zich in zijn stoel vallen. 'Heel interessant mens, trouwens. Kon over van alles meepraten. Maar ze zat nog steeds beneden toen ik wegging. Ik had het wel gehad voor die dag.' Hij trommelde met zijn vingers op zijn knieën en begon een wijsje te fluiten.

'En ze wilde niks met je?'

'Welnee! Kom op zeg, zo'n keurig mens. Wat denk je wel?'

'Nou, gisteravond toen ik terugkwam hadden ze het over haar. Ze zeiden dat iedereen in de Westfjorden haar kende. Ze komt in elk dorp hier en dan papt ze met reizigers aan. Of ze hier gekomen zijn om werk te zoeken. Of ze op een vissersboot zitten. Nou ja, mannen van alle leeftijden zijn welkom bij haar, begreep ik wel. Daar staat ze om bekend. Ze noemen haar Gulle Gunna.'

'Nee,' zei Erlendur, en de opgewektheid die hij uitstraalde verdween als sneeuw voor de zon, 'nee, ik ben gewoon gaan slapen.' Hij keek zeer aandachtig naar de weg.

Op Sigurður Óli's gezicht bestierf de grijns toen hij zag welke uitwerking zijn woorden hadden. Hij had Erlendur wat willen plagen, maar hem zeker niet zo'n dreun willen verkopen. Gelogen had hij niet, alles wat hij over Gunna had verteld was waar. Hij had het van de hoteleigenaar zelf, maar meer dan ooit zag hij in dat je de waarheid niet altijd hardop hoeft uit te spreken. Het liefst zou hij zijn onzorgvuldigheid direct willen goedmaken, als hij maar wist hoe. Hij nam zich voor er tijdens de reis terug naar Reykjavík geen woord over te zeggen en Erlendur niet meer te plagen, ook niet met dat masker en zo. Ze reden zwijgend door, totdat Sigurður Óli uiteindelijk toch een poging deed zijn metgezel wat op te vrolijken. Ze bevonden zich weer eens op een hoogvlakte en er lag een koude mist op de weg.

'Ik hoorde een nogal wonderlijk verhaal, gisteravond aan de bar. Het ging over een Groenlander. Die man was bijna niet dood te krijgen. Hij ging met zijn kajak vissen, ergens aan de westkust daar, maar hij dreef een heel eind de zee op, en toen om de zuidpunt van Groenland heen naar de Atlantische Oceaan. Uiteindelijk werd hij in de buurt van Aberdeen opgepikt. Hij was helemaal naar Schotland gedreven en leefde nog. Ze hebben hem naar het ziekenhuis gebracht, maar daar konden ze hem toch niet meer redden. Evengoed, dan ben je toch wel een taaie, hè?'

Erlendur bromde wat en ze reden zwijgend verder.

'Zouden we de media niet kunnen inschakelen? Die namen publiceren, Janus en Birta, en kijken of er mensen zijn die iets van hen af weten?' Weer was het Sigurður Óli die het stilzwijgen verbrak.

'Stel dat we in Ísafjörður familie van haar zouden vinden. Dan is het wel zo correct als we die zelf van haar dood in kennis stellen,' zei Erlendur kort.

De rest van de rit zwegen ze weer. Sigurður Óli concentreerde zich op de weg, Erlendur was diep in gedachten. In zijn hoofd echode een regel, de vraag uit het gedicht.

Waar hebben de dagen van je leven hun kleur verloren?
Waar dan toch?

Nog net voor het middaguur kwamen ze na een rustige rit in Ísafjörður aan. Ze reden regelrecht naar het politiebureau. Daar kregen ze het rapport over het incident op het schip. Er stond in dat het meisje Birta Óskarsdóttir heette.

'Ze heeft zijn leven gered,' zei Erlendur.

'Dan is het toch tamelijk onwaarschijnlijk dat híj haar zou hebben omgebracht?' zei Sigurður Óli.

'Inderdaad.'

'Gaat het over dat meisje dat ze in Reykjavík dood hebben gevonden?' vroeg de opperwachtmeester die hun het rapport ter inzage had gegeven, een gezette man van rond de vijftig. Hij had een rood gezicht – te hoge bloeddruk waarschijnlijk – een witte kerstmansnor en een kale schedel. Het zweet parelde van zijn voorhoofd en wangen.

'Ja,' antwoordde Sigurður Óli. 'We hebben jullie een foto van haar gestuurd. Ze heet Birta.'

'Ik ken dat meisje op de foto niet en haar naam heb ik ook nooit gehoord,' zei de opperwachtmeester. 'Zal hier wel op het gymnasium gezeten hebben. Dát is wel zo'n zootje ongeregeld! Dan krijg je zulke dingen. Je hebt het trouwens op elk gymnasium. Daar schijnen ze niks beters te doen te hebben dan drinken en spuiten.'

Uit het rapport bleek wat de namen van Birta's ouders waren: Erla Steingrímsdóttir en Óskar Jakobsson. Verder ontdekten ze dat Birta nog in Ísafjörður stond ingeschreven, al woonde ze niet meer op hetzelfde adres als haar ouders. Erlendur en Sigurður Óli bedankten hun collega en gingen naar het adres waar Birta moest wonen, een flatwoning aan de rand van Ísafjörður. Toen ze daar aankwamen hoorden ze dat de vorige huurders een paar jaar tevoren verhuisd waren. Een stel jongens, vertelde een vrouw van ergens in de dertig in de deuropening. Nee, ze wist niet of er ook een meisje bij hen had gewoond. Wel kende ze Erla. 'Die zal op het ogenblik wel op haar werk zijn. Ze woont op de Fáfnisvegur en werkt in de supermarkt. Ze is gescheiden, ik geloof dat Óskar naar Reykjavík verhuisd is, al heel lang geleden. Zij had al heel gauw weer een andere vent. Maar waarom vragen jullie eigenlijk naar die mensen?'

Erlendur ontweek het antwoord op die vraag en ze vertrokken weer. Ze waren aan het einde van de weg. Het meisje was geïdentificeerd. Ze kenden nu de naam van haar ouders en binnen korte tijd zouden ze haar moeder ontmoeten. Haar vertellen hoe ze haar dochter dood op het kerkhof in Reykjavík hadden aangetroffen, naakt en ontluisterd. Geen van beiden had veel ervaring met het brengen van doodsberichten, zeker niet als het een dood onder zulke omstandigheden betrof. Ze zagen ertegen op de moeder te ontmoeten.

Sigurður Óli bracht Elínborg telefonisch rapport uit. Hij gaf haar de namen van Birta's ouders door en zei dat Óskar waarschijnlijk in Reykjavík woonde. Hij vroeg haar hem op te sporen en hem in kennis te stellen van de dood van zijn dochter.

Even bleven ze voor de supermarkt stilstaan en keken elkaar aan.

'Vooruit maar,' zei Erlendur. 'Het moet nou eenmaal.'

Ze gingen naar binnen en vroegen naar Erla. Men wees hun een verkoopster op de vleesafdeling aan. Ze groetten haar en zeiden dat ze een bericht voor haar hadden. Of er ook iemand was die haar kon aflossen. Ze begreep niet direct wat de twee van haar wilden, maar ze riep een meisje en zei dat ze even naar het kantoor moest. Erlendur en Sigurður Óli volgden haar en ze gingen zitten.

Ze was niet ouder dan veertig jaar oud, ze droeg een blauw winkelschort met rode biezen. Direct stak ze een sigaret aan, en Erlendur deed mee. Erla was blond; ze had dik haar dat ze in een knot droeg. Ze was bruin, had rimpeltjes rond haar ogen en roodgelakte nagels.

Of ze een dochter had die Birta heette.

'Ja, Anna Birta. Ze heet Anna Birta en ze woont in Reykjavík. Er is toch niks met haar?'

'Anna Birta!' zei Erlendur verbaasd. 'Dát is het natuurlijk. We hebben in het bevolkingsregister onder de naam Birta gezocht en we konden haar maar niet vinden.'

'Ze wordt nooit anders genoemd dan Birta. Maar wat is er dan, is er iets met haar gebeurd?'

Ze vertelden haar wat er was gebeurd, zonder op details in te gaan. Daarmee wachtten ze liever tot een later tijdstip.

Ze keek hen een ogenblik beurtelings aan, Erlendur en Sigurður Óli, twee mannen uit Reykjavík, die ze helemaal niet kende, en ze schudde langzaam en ongelovig haar hoofd.

'Wat willen jullie nou beweren? Dat Birta dood is?'

Erlendur knikte. Ze moest nog met hen mee naar Reykjavík om het te bevestigen, maar zij wisten dat het zo was.

'Die jonge vrouw op het kerkhof. Dat meisje op het graf van Jón Sigurðsson. Was dat mijn dochter?'

'Ik ben bang van wel,' zei Erlendur. Hij legde haar uit hoe ze tot die conclusie waren gekomen, en hoe ingewikkeld dat was geweest, omdat geen mens haar gemist had. 'Hoe was het contact tussen jullie eigenlijk?'

'Contact? God nog aan toe. Birta... Het lijkt wel of sommige kinderen... Mijn god,' zei ze en ze begon te huilen.

Erlendur haalde de foto uit zijn portefeuille. Hij keek er even naar en gaf hem toen aan Erla. Die bekeek hem langdurig. Ze kende het gezicht van haar dochter op de foto nauwelijks terug en ze tuurde ernaar totdat ze haar gelaatstrekken begon te herkennen, de mond, de kin, de neus en de stand van de ogen: het meisje dat ze eenmaal was geweest, lang geleden, voordat ze weggegaan was.

De twee mannen zaten tegenover haar en zwegen.

'We zouden graag willen dat je met ons meeging naar Reykjavík om Birta te identificeren en haar naar huis te brengen,' zei Erlendur ten slotte. Hij stak zijn hand uit en pakte de foto weer.

Hij zag hoe de moeder het hoofd boog. Zo zat ze tegenover hem in haar blauwe winkelschort met rode biezen. Ze droeg het haar in een knot en had rimpeltjes om de ogen; haar nagels waren roodgelakt. Een ogenblik daarvoor ging alles in haar leven nog zijn gewone gang. Ze had breed tegen hen geglimlacht, maar die lach was verdwenen toen ze zeiden wie ze waren en waar ze vandaan kwamen. Ze had onzeker gekeken toen ze hun boodschap brachten, daarna ongelovig, en nu kwamen het verdriet en de eenzaamheid. Erlendur was zich ervan bewust hoe erg het nieuws voor haar was. Daar zat hij, in het kantoor van een winkel, waar hij die vermoeide vrouw in haar blauwe winkelschort moest vertellen dat de dood een boodschap voor haar had. Ook híj boog het hoofd, en hij bedacht hoe akelig alledaags de dood kon zijn.

22

Ineens moest hij aan Kalmann denken. Die klootzak had gezegd dat hij *stupid* was en toen de hoorn erop gegooid.

In de rookoven was het helemaal donker; Herbert had geen idee meer van tijd. Een paar keer was hij in een onrustige slaap gevallen, hoewel hij op zijn rug lag en het ijzeren rooster onder in de oven op hem drukte. Hij dacht aan het blik benzine dat boven hem op het rooster stond en hij vroeg zich af of die duivel het echt over hem zou durven uitgieten en aansteken. Hij had nog een vage herinnering aan hem, wist dat hij altijd om Birta heen hing. Wat die idioot van hem wilde wist hij niet, híj had haar tenslotte niet doodgemaakt. En wat moest hij met die moralistische bullshit over drugs? Alsof hij, Herbert, de schuld was van alles wat er in de maatschappij misging. Hallo zeg!

Er drong geen enkel geluid tot hem door en hij had geen idee waar in Reykjavík een oven van deze afmetingen te vinden was. Die Janus werkte zeker bij een bedrijf in de levensmiddelenbranche. Maar op dit moment was er kennelijk niemand met die oven bezig. Zouden ze allemaal met vakantie zijn?

Hij lag over Janus en Birta te denken, steeds opnieuw. Toch begon ook Kalmann hoe langer hoe meer zijn gedachten binnen te dringen en ten slotte was hij ervan overtuigd dat die *fucking bigshot* overal achter zat. Die wilde zich natuurlijk van hem ontdoen. Alleen klopte dat niet met dat moralistische gezever van de zak die hem te pakken had. Of zou dat bedoeld zijn om hem te misleiden?

Herbert zou alles willen doen om uit die la te komen. Als het moest zou hij liegen, bedriegen en gouden bergen beloven. Als hij maar kon ontsnappen, als hij maar uit de handen van die *son of a bitch* kwam. Dan zou hij hem zelf in die la stoppen en kijken hoe hij dat vond, dat varken. Had over hem heen gepist, over hém, Herbert. Zoiets liet je wel uit je hoofd, tenminste als je niet helemaal levensmoe was.

In zijn grootheidswaan verbeeldde Herbert zich dat er maar heel weinig mensen waren die het aandurfden hem op deze manier te pakken te nemen. Als je dat deed, meende hij, zou je over behoorlijk wat steun in de rug moeten beschikken. Herbert was tenslotte niet zomaar iemand. Hij was in zijn branche een heel grote jongen. En zo'n rottig kereltje zou hem heus niet durven kidnappen zonder toestemming van een of andere hogere instantie.

Herberts brein kon de stroom gedachten niet meer verwerken en hij raakte hoe langer hoe meer in verwarring. Zijn samenzweringstheorie klopte niet met wat hij eigenlijk heel goed wist. Birta en die zak waren bevriend, hadden samen vroeger ook al het een en ander meegemaakt – dat had Birta hem wel eens verteld. En hij wist ook dat Janus had geprobeerd haar van de drugs af te krijgen en haar contact met Herbert te verbreken. Dat kon bij Birta alleen maar op een hopeloze mislukking uitlopen. Een volledige mislukking. Ze was de ergste junk die Herbert ooit had meegemaakt. Die meid was niet te helpen, die ging naar de filistijnen, in een noodgang.

Herbert was ervan overtuigd dat Kalmann haar had vermoord. Misschien was het geen opzet geweest. Misschien had hij weer eens een lolletje willen hebben. Hij was onberekenbaar en er was niet veel waar hij plezier aan beleefde. Herbert had gezorgd dat hij een aantal meisjes kreeg; het liefst had hij Birta er altijd bij. Ze was ongeveer twintig jaar, meende Herbert. Soms wilde Kalmann ze jonger hebben, soms wilde hij buitenlandse meisjes uit de Boulevard, maar in Birta zag hij kennelijk iets, al had Herbert geen idee wat dat dan wel was. Herbert dacht aan het laatste wat hij had gedaan voordat hij voor een veertiendaags verblijf naar de Verenigde Staten was gevlogen: aan Birta doorgeven dat Kalmann haar wilde zien. Daarom had hij zijn gezicht niet in de plooi kunnen houden toen die verdomde smerissen bij hem langskwamen en hem vertelden wat er met Birta gebeurd was. Kalmann was een bekende figuur in het maatschappelijk leven, iemand die zich niet met zomaar iedereen kon vertonen. Hij had soms een aantal minderjarigen bij zich, in zijn vakantiewoning in Þingvellir, op enige afstand van het terrein waarop de overige vakantiehuisjes stonden. Herbert regelde vervoer per auto, heen en terug. Soms kwam Birta er bont en blauw vandaan, maar hij wist dat ze dat voor lief nam omdat ze er royaal voor betaald kreeg. Voor geld deed ze nou eenmaal alles. Daar stond ze om bekend.

Toen eindelijk de deur weer openging en Janus de ovenruimte in stapte, was Herberts vermoeden zekerheid geworden: Kalmann had de hand in wat hem was overkomen. Nu was het makkelijker voor hem om zijn ellende onder ogen te zien. Het was niet maar een snotjongen geweest die Herbert Rothstein in de la gestopt had en het licht had uitgedaan.

'Dat heeft die *fucking* Kalmann zeker tegen je gezegd, hè? Dat je mij moest kidnappen? Nou? Was hij het?' schreeuwde Herbert omhoog naar Janus, die recht boven hem was gaan staan. Het zwarte vet dat het gerookte vlees had afgegeven raakte los onder zijn voeten en viel in brokken op Herberts lijf.

'Hoe kom je erbij?' antwoordde Janus verbaasd. 'Geloof je nou echt dat ik voor Kalmann werk!'

'*Yeah man*, zo zit dat natuurlijk. Dus vertel me maar hoeveel dat schuift, want ík betaal je in elk geval meer. Je zegt het maar en we doen direct zaken. Wat denk je ervan? Laat me los uit deze shit, *man.*'

'Birta vertelde me dat jullie jarenlang vrienden zijn geweest. Dat jullie in een heleboel zaakjes samengewerkt hebben. Ze vertelde ook nog dat jij er wel eens over liep op te scheppen dat je Kalmanns enige echte vriend was. En dat je er de mond vol van had dat je hem kon maken en breken als je wou. Birta wist toen niet waar je het over had. Maar ik heb erover nagedacht en ik heb zo'n idee dat jij me zou kunnen helpen.'

'Laat maar horen, *man*,' zei Herbert.

'Hoe kom ik aan informatie over jou en Kalmann?'

'*Yeah yeah yeah...* en ík moet zeker geloven dat Kalmann hier niet achter zit, hè? *Yeah yeah yeah.* En dat jij geen fuck van Kalmann af weet? Nou, wie zou die informatie anders willen hebben dan hijzelf? Wil hij papieren? Is hij bang geworden? Wil hij bewijzen hebben? Nou? Denkt hij dat ik over hem ga praten? Die *piece of shit*. Híj heeft Birta, die hoer, toch doodgeslagen? In zijn vakantiehuis, heb ik gelijk of niet? Eindelijk een keer te ver gegaan. Heeft er natuurlijk aan één stuk op los geramd tot ze dood was. Maar waar was jij toen, klootzak? Waar zat je je af te rukken toen hij haar vermoordde? Nou? Je beste vriendin? M'n reet!'

Janus pakte het benzineblik en begon de dop los te draaien.

'Misschien heb jij hem wel geholpen. Vrienden onder elkaar, hè. Misschien hebben jullie haar wel met z'n tweeën doodgeslagen. *You're in it together*, maar nou zijn jullie bang geworden voor ouwe Herbie, want die zou wel eens kunnen gaan kletsen. Zo zit het, hè? Kalmann zal je wel gestuurd hebben om mij te vermoorden. Zo zit het toch, *fucking piece of shit*?'

Janus begon het benzineblik over het rooster en over Herbert leeg te gieten. Die hapte naar adem toen de benzine in zijn gezicht spetterde. Hij proefde de benzinesmaak in zijn mond. Janus begoot hem rijkelijk, deed toen rustig het blik dicht en zette het op het rooster. Hij haalde een doosje lucifers tevoorschijn. Vanuit de la schreeuwde Herbert hem een serie vloeken toe. Hij drukte zichzelf omhoog en probeerde het rooster op te tillen, maar dat zat vast.

Janus stond als versteend. Het suisde in zijn oren. Hij nam een lucifer uit het doosje en streek ermee langs het strijkvlak, alsof hij zich verveelde. Hij kreeg een schok toen de lucifer vlam vatte en ging branden, maar herstelde zich. Het houtje brandde met een gele vlam op. Herbert schreeuwde het uit toen hij zag dat Janus het stokje door het rooster in zijn gezicht liet vallen.

Hij brulde vanuit de la zijn stem kapot en verwachtte dat hij nu in een oogwenk door een vuurzee omgeven zou zijn, maar toen er niets gebeurde verminderde zijn geschreeuw en ten slotte werd hij weer stil. Door het rooster keek hij met ogen vol haat naar Janus op. Hij trilde van angst en woede.

'De volgende keer brandt hij nog als ik hem laat vallen,' zei Janus met bevende stem. 'Daar heb ik nou zin in: zien hoe jij in die la gebraden wordt. En dat gebeurt er met je als je me niet vertelt wat ik wil weten. Dat moet je heel goed begrijpen.'

Herbert was nu stil. Hij luisterde naar Janus en knikte nauwelijks zichtbaar.

'Vertel me dan maar waar ik papieren over jou en Kalmann kan vinden.'

'Hoe weet ik dat je me laat gaan als ik je help?' vroeg Herbert.

'Dat weet je gewoon niet,' antwoordde Janus.

Het was het stil in de la.

'Die papieren. Waar heb je die?'

'Val dood, vuilak!' schreeuwde Herbert en probeerde vanuit zijn diepte omhoog te spuwen.

Janus haalde zijn doosje lucifers weer tevoorschijn en koos met trage hand een lucifer uit. Hij voelde zich alsof zijn benen onder hem zouden bezwijken. Herbert zag hoe Janus het spel herhaalde. Hij sperde zijn ogen wijd open, het leek of ze oplichtten. Hij wilde het nog één keer proberen voor hij het opgaf. Hij geloofde niet dat Janus het zou kunnen opbrengen hem in brand te steken.

'Dat durf je niet, stuk ellende,' brulde hij naar Janus, die nu de brandende lucifer vast had en onder zich naar Herbert keek. Hij stak hem door het rooster in de la, vlak boven Herberts gezicht, en op het moment dat hij hem wilde laten vallen krijste Herbert het uit en smeekte hij bij alles wat hem lief was om genade.

23

Erla, Birta's moeder, meldde zich af bij de supermarkt en nodigde Erlendur en Sigurður Óli uit met haar mee naar huis te gaan. Ze besloot nog die dag met hen naar Reykjavík mee te reizen. Ze woonde in een klein, goed onderhouden rijtjeshuis. Het was al heel wat jaren geleden dat Birta het huis uit was gegaan en er was dan ook niet veel meer te vinden dat aan haar herinnerde. Ze bekeken een aantal foto's van Birta op jongere leeftijd, ze zagen haar boeken. Er was een plak klei met de afdruk van haar hand. 'Dat heeft ze op de kleuterschool gemaakt,' zei Erla. 'Net vier was ze toen.' Er waren een paar brieven die ze vanuit Reykjavík had geschreven; daarna was ze opgehouden met schrijven.

Het bericht van Birta's dood had haar moeder geweldig aangegrepen. Ze huilde stilletjes en de twee rechercheurs vroegen of ze niet iemand bij zich wilde hebben, de dominee misschien, maar dat hoefde niet voor haar. Ze vroegen haar of er in Ísafjörður mensen waren die Birta hadden gekend. Misschien hadden die wel informatie over haar die ze in het onderzoek konden gebruiken. Maar Erla kon zich geen namen herinneren. Birta was bovendien al zo'n vijf jaar geleden het huis uit gegaan, dus je kon nauwelijks verwachten dat de mensen die haar nog kenden veel te melden hadden. 'En dat was nog gajes ook,' zei Erla. 'Ze had hier niet bepaald goed gezelschap om zich heen. We hadden eigenlijk veel beter op ons dorp kunnen blijven wonen.'

Voordat ze naar het vliegveld reden kwam Erlendur op het idee het kantoor van de plaatselijke afdeling van de vakbond binnen te lopen. Daar ontmoette hij de vakbondsman, een zekere Þorfinnur, een energieke, lange vent van ergens in de dertig, die hem een stevige hand gaf en hem voorging naar zijn kantoor. Erlendur zei dat hij zich een beetje had verdiept in de problematiek van de Westfjorden, en gezien had welke rol de quota daarin speelden. Hij wilde het niet hebben over de visie die hij tijdens zijn reis door de Westfjorden op die problemen had gekregen; hij wilde alleen over een paar punten nog wat meer weten, maar wist niet precies tot wie hij zich moest wenden. Met de plaatselijke rederijen was hij niet bekend, maar hij vermoedde dat de vakbondsman wel goed op de hoogte zou zijn.

Toen ze gingen zitten kwam hij direct ter zake. 'Weet je ook wie hier in de Westfjorden de grootste opkopers van quota waren?' vroeg hij.

'Ik hoor veel over die lui uit Akureyri. Daar willen ze toch de grootste rederij van het land hebben?'

'En in Reykjavík, hebben ze daar ook belangstelling?'

'Nou, reken maar. Ze zijn vanuit Reykjavík alle fjorden afgereisd, en overal waren ze op quota uit.'

'Wie waren dat?'

'Mensen die werkten bij de tunnel die ze hier hebben geboord. Ze kwamen voor dat aannemersbedrijf – hoe heet het? Kalmann.'

'Kalmann?'

'Precies.'

'Maar wat moet die Kalmann nou met quota? Die zit toch hoofdzakelijk in het vastgoed en de huizenbouw in Reykjavík?'

'Dat moet je mij niet vragen. Het enige wat ik weet is dat die mensen door hem waren gestuurd. Ik snap allang niet meer hoe die quotabusiness in elkaar zit. Aan de buitenkant ziet het er allemaal wondermooi uit, dat is het enige wat ik ervan kan zeggen. Dus als die vastgoedmensen uit Reykjavík quota bij elkaar harken, dan kijk ik daar niet van op. Bij dit soort zaken verbaas ik me nergens meer over.'

Elínborg en Þorkell kwamen hen ophalen toen ze rond drie uur in Reykjavík landden. Erla, Birta's moeder, was met hen meegekomen. Ze reden rechtstreeks naar het mortarium in de Barónsstígur, waar Erla vaststelde dat het inderdaad om haar dochter ging. Ze huilde niet meer, maar keek een tijdje naar Birta's blauwig witte gezicht en kuste haar op het voorhoofd. Ze hadden haar al in algemene termen beschreven hoe ze dachten dat Birta's dood had plaatsgevonden; nu kreeg ze de details van de zaak te horen. Ze keek hen niet-begrijpend aan.

'O god,' steunde ze. Erlendur sloeg een arm om haar heen en bracht haar naar een nabijgelegen kamertje. Daar gingen ze samen zitten tot ze zich weer wat hersteld had.

Erla wilde met de avondvlucht terug en er was geen reden waarom ze Birta niet met zich mee naar huis zou kunnen nemen. De politie hoefde niet langer over het lichaam te beschikken en er werd toestemming gegeven voor de overbrenging. Elínborg nam de noodzakelijke maatregelen om het lichaam per vliegtuig te laten vervoeren. Erla ging met Erlendur en Sigurður Óli naar het gebouw van de rijksrecherche in Kópavogur, waar ze haar verklaring aflegde.

Ze vertelden haar wat ze meenden te weten over het verblijf van haar dochter in Reykjavík. Erla hoorde het zwijgend aan. Ze probeerde hun uit te leggen waarom ze haar best had gedaan niet al te veel te denken aan haar dochter en aan de omstandigheden waarin ze verkeerde. Ze had het niet langer gekund. Maar het was nooit tot haar doorgedrongen dat het zo erg was.

Birta was tweeëntwintig jaar; ze was in 1976 in Ísafjörður geboren. Erla was nog maar achttien toen ze moeder werd. Erla en Birta's vader waren later gescheiden; zij was opnieuw getrouwd en had met haar tweede man nog twee kinderen gekregen. Die waren nu zeventien en zestien jaar oud en studeerden beiden in Reykjavík. Sinds haar tienertijd had Birta nooit meer contact met hen gehad. Wat er van Birta's vader terechtgekomen was wist Erla niet precies. Hij was naar Reykjavík verhuisd toen het meisje drie was en had sindsdien niets meer van zich laten horen. Zij had evenmin moeite gedaan contact te houden. Birta had hem nooit gemist. Ze was een heel lief kind geweest, een beetje in zichzelf gekeerd en verlegen misschien, maar altijd behulpzaam en goed. Ze waren weliswaar niet erg rijk, maar het ontbrak hun niet aan de voornaamste levensbehoeften.

Nadat ze de basisschool had doorlopen en naar het gymnasium in Ísafjörður ging, begon haar gedrag in een aantal opzichten opvallend te veranderen.

'Ze kwam in slecht gezelschap, zoals dat heet,' zei Erla toen ze bij Erlendur in het kantoor zat. Ze zat voor zijn bureau en Sigurður Óli stond met zijn rug tegen de archiefkast. 'Ze rommelden op school wat met hasj en dat soort dingen, maar anders dan de meeste andere kinderen kon mijn Birta daar helemaal niet mee omgaan. Dat was het begin van een ontwikkeling die ik niet kan verklaren. Ik had nooit zoiets meegemaakt. Ze had steeds meer nodig. Het ging zo ontzettend vlug! Ze was nog geen zeventien toen ze al van die heel sterke pillen slikte – hoe ze heten weet ik niet precies meer. Ectasy of zoiets.'

'Ecstasy waarschijnlijk,' viel Sigurður Óli in.

'Er was ook iets wat ze speed noemde. En ze had het wel eens over crack. Natuurlijk hadden we daar vaak geweldige heibel over. Het is nu twee jaar geleden dat ik haar voor het laatst heb gezien. En toen ik de foto zag die jullie hadden meegenomen dacht ik eerst: dat is ze niet. Mijn lieve kind. Hoe kan dat nou toch, dat iemand zo aan drugs verslaafd raakt? Alles wat ze gedaan heeft, al dat vergif, het leven dat ze leidde – het is net of ze zichzelf wilde vernietigen. Ik begrijp er niks van.'

'Is er in haar jeugd niet iets gebeurd dat die ontwikkeling kan verklaren?' vroeg Erlendur.

'Ze komt uit een doodgewoon IJslands huishouden, als je dat bedoelt. Nou ja, we zijn gescheiden, maar dat was iets tussen mij en haar vader.'

'Heeft ze nooit geprobeerd af te kicken?' vroeg Sigurður Óli.

'Daar lachte ze om. Als iemand daarover begon moest ze lachen: allemaal kletspraat. Flauwekul! Ze lachte me uit als ik probeerde met haar te praten. Ze kon zo arrogant doen tegen mensen die de moed hadden zich met haar te bemoeien omdat ze zagen hoe ze zichzelf de vernieling in hielp, tegen mensen die zich zorgen om haar maakten en haar probeerden te helpen. Ikzelf ben er op een gegeven moment mee gestopt. Ik weet dat het verschrikkelijk is om dat te zeggen, maar zo is het wel. Je wordt er zo moe van. Begrijp je wat ik bedoel? Je wordt er zo vreselijk moe van. Alleen maar moe.'

'Ik denk dat ik weet wat je bedoelt,' zei Erlendur.

'Dus dat is de reden dat ze nooit als vermist is opgegeven. Ze had met niemand van de familie contact,' zei Sigurður Óli.

'Ik heb op het journaal wel iets gehoord over een lijk op het kerkhof. Maar het is totaal niet bij me opgekomen dat zij het zou kunnen zijn. Geen moment aan gedacht. Zo blind kun je zijn. Nooit vermoed dat zíj wel eens die dode zou kunnen zijn.'

'Wist je in wat voor milieu ze hier in Reykjavík leefde?' vroeg Erlendur. 'Of met wie ze omging?'

'Daar wist ik nauwelijks wat vanaf. Nou ja, ze had een vriendin die Dóra heette als ik me goed herinner. En verder had ze weer een oude vriend uit de Westfjorden ontmoet. Dat was een jongen die nog met haar op de kleuterschool heeft gezeten maar naar Reykjavík was verhuisd.'

'Was dat Janus?'

'Ja, zo heette hij. We woonden naast zijn moeder. Die heette Guðrún.'

'Hoe heet ze voluit?'

'Guðrún Þorsteinsdóttir.'

'Heeft Birta het wel eens over een zekere Herbert gehad?' vroeg Sigurður Óli.

'Dat weet ik niet. Ík heb die naam in ieder geval nooit gehoord. Wie is dat?'

'Een man van wie we denken dat hij haar gekend heeft,' antwoordde Sigurður Óli zonder verder in details te treden.

'En dan hebben we nog die geheimzinnige toestand met Jón Sigurðsson,' zei Erlendur. 'Zie jij er een aanwijzing in dat ze op zijn graf is neergelegd?'

'Ik zou het niet weten,' antwoordde Erla. 'Ik begrijp er helemaal niks van. Wat heeft Jón Sigurðsson er nou mee te maken?'

Erlendur en Sigurður Óli haalden hun schouders op.

Erla kreeg bij het transport van het lichaam van haar dochter naar huis in Ísafjörður alle nodige hulp. Het lichaam werd in een witte kist gelegd, die op de lopende band in de bagageruimte van het vliegtuig verdween. De weinige bekenden die Birta in de Westfjorden had zouden er zijn als het vliegtuig aankwam. Men had de zaken geruisloos en zonder ophef afgehandeld, nog dezelfde dag, zoals Erla wilde. Daardoor was het gelukt de media buiten de zaak te houden. Birta's vader had men nog niet kunnen vinden. Uit onderzoek van Þorkell was gebleken dat hij in het buitenland zat.

Erlendur en Sigurður Óli namen afscheid van Erla en Erlendur reed Sigurður Óli naar huis. Onderweg noemde Erlendur de hoofdzaken van zijn gesprek met de vakbondsman in Ísafjörður, waarbij de naam van Kalmann was gevallen.

'Hij vertelde me dat er mensen zijn geweest die voor Kalmann de dorpen in de Westfjorden hebben afgestruind om naar quota te vragen. Wat moet een aannemer nou met visquota? Kun jij me dat uitleggen?'

'Kalmann is een rijke vent en hij bezit een enorm aantal huizen. Zou hij de man zijn over wie die Dóra zat te kletsen?'

'Zou best kunnen. Maar nogmaals, kun je me vertellen wat er daar aan de hand is?'

'Geen idee,' zei Sigurður Óli geeuwend. Hij was moe, het was een lange dag geweest. Hij wilde naar huis, slapen. 'Denk je echt dat de quotabusiness en de handel in onroerend goed iets te maken hebben met het feit dat Birta om het leven gebracht is?'

'Wíst ik maar wat er met Birta te maken heeft en wat niet. Dat is het ellendige. Ik wil dat Elínborg daar dieper in duikt.'

'Ze heette Anna Birta, dat kind.'

'Ik begrijp niet waarom mensen hun kinderen opzadelen met al die extra namen,' zuchtte Erlendur. 'Pure pretentie. Alleen maar lastig voor anderen.'

Het was al tamelijk laat in de avond toen Erlendur in zijn kantoor terug was. Hij had geen zin om naar huis te gaan. Hij dacht over Eva Lind en Sindri Snær, over zichzelf en het huwelijk dat hij al zoveel jaren geleden beëindigd had. Zijn kinderen verschilden niet eens zo gek veel van Birta. Misschien was het alleen maar een gradueel verschil. Misschien zelfs dat niet.

In zijn kantoor trof hij het definitieve rapport van de patholoog-anatoom aan. Dat was een dag eerder bij de rijksrecherche binnengekomen. Er waren bloedmonsters voor een nauwkeurige analyse naar het laboratorium in het Landshospitaal gestuurd en de uitslag was glashelder. Het duurde even eer Erlendur het zich realiseerde, maar toen de strekking ervan tot hem doordrong sloeg hij in machteloze woede met zijn vuisten op het bureaublad.

Het meisje Birta was hiv-positief, en dat was niet het enige. Ze had aids in een vergevorderd stadium. Toch was er in haar bloed geen spoor van de meest gangbare medicijnen tegen die ziekte te vinden. Ze scheen er niets tegen te hebben gedaan. Een medisch dossier van haar was er niet. Blijkbaar had ze zich nooit laten onderzoeken. Het was onduidelijk of ze zelf had geweten hoe erg het met haar was, al was dat eigenlijk onvoorstelbaar. De ziekte had het laatste stadium bereikt.

Erlendur staarde naar het rapport en mompelde voor zich uit: *'Do you like girls.'*

24

Birta had het kort voor ze stierf aan Janus verteld. Hij had nog een keer op haar ingepraat, geprobeerd haar ervan te overtuigen dat het anders moest. Toen had ze het hem gezegd. 'Ik heb aids en ik ga dood.' Totaal zonder emotie: '...ik ga dood.'

In Amsterdam was het heel makkelijk gegaan: je ging naar een kliniek waar bloed werd afgenomen, en een of twee dagen later kreeg je te horen of je besmet was of niet. Op een van haar reizen voor Herbert was ze daar geweest en men had haar meegedeeld dat ze hiv-positief was. Birta begreep direct wat de grote, dikke vrouw in de witte overall haar vertelde, en ze zag in wat dat voor haar betekende. Eigenlijk had ze de uitkomst al geweten voor ze zich liet onderzoeken: waarschijnlijk was het al aids geworden. Ze had gemerkt dat ze haar normale conditie volkomen kwijt was.

'Ik ben er in Amsterdam achter gekomen dat ik aids heb,' zei ze plompverloren. 'Daarom voel ik me altijd zo ziek. Het is nu in een kritiek stadium gekomen. Maar geen paniek. Geen enkele reden om te gaan jammeren.'

Hij zat op een stoel naast haar bed. Hij begreep haar niet.

'Aids, alsjeblieft zeg, waar heb je het over?' kreunde hij. 'Aids. Heb jij aids? Waar heb je dat gekregen?'

'Waar heb ik het níet gekregen, zal je bedoelen.'

'Maar ga je dan niet dood van aids?'

'O ja, volgens mij altijd,' zei ze grijnzend.

'Altijd... altijd... Vind je dit soms leuk? Moet ik dit leuk vinden? Is er íets in je leven wat jij leuk vindt? Maar je liegt het. Zeg dat je liegt. Zeg het! Je hebt geen aids, je voelt je gewoon niet goed. Het is ook niet normaal zoals jij leeft. Maar aids is het niet, dat kan niet. Van aids ga je dood. Begrijp je dat dan niet? En hou op met dat stomme grijnzen. Om zulke dingen lach je niet. Ben je nou hartstikke gek geworden om zulke dingen te zeggen?'

'Ik lieg niet. Ik had er al zo'n vermoeden van, al een tijdje. Het komt vast van een naald of gewoon van een wip...'

'Je liegt het gewoon. Zeg nou dat je me een beetje zit te stangen. Doe nou niet zo.' Janus staarde haar vol twijfel aan. Hij kon niet geloven wat hij hoorde.

'Heb ik je nooit over Helga verteld? Nou, ik weet bijna zeker dat ik het van haar heb gekregen. Zíj had aids en ze is eraan doodgegaan. En de eerste keer dat ik gespoten heb was samen met haar. Ik geloof dat ze verleden jaar gestorven is.'

'Aids? Heb je echt aids?'

'Sorry.'

'Sorry? Wat moet ik nou met je "sorry"? Kun je niks anders verzinnen?'

'Wat moet ik dán zeggen? Valt er überhaupt wat te zeggen? Héb ik wat te zeggen? Wat wil je nou eigenlijk horen? Moet ik gaan huilen en jammeren en mezelf zielig vinden? Dat stadium ben ik allang voorbij.'

'Maar heb je dan nergens spijt van? Heb je er geen spijt van dat je door die drugs zo'n rottig leven hebt gehad? Je moet toch geweten hebben wat de risico's waren?'

'Ho! Je weet wat je me beloofd hebt: geen gepreek. Nooit! Ik doe wat ik wil. En ik accepteer de gevolgen. Je hebt het me beloofd. En nou moet je me nog wat beloven.'

'Ik had je moeten tegenhouden. Ik had er wat aan moeten doen. Maar ik dacht dat we nog tijd hadden. Je bent pas tweeëntwintig. Ik dacht dat ik je in de loop van de tijd wel van die ellende kon afhelpen. Omdat we tijd genoeg hadden zou het me wel lukken je uit dat leven weg te krijgen. Maar ik wist niet dat het al zo erg was. En ik weet niet wat je nou eigenlijk wilt. Dat heb ik nooit kunnen begrijpen. Ik begrijp ook niet waarom je zo... diep gezonken bent. Maar daar mocht ik nooit over praten van je. Ik mocht me nergens mee bemoeien. En nou is het te laat.'

'Ik denk niet dat je me had kunnen tegenhouden. Hoewel – één keer is het me gelukt van het spuiten af te komen. Maar ik denk dat ik al besmet ben geraakt vóór we elkaar weer ontmoet hebben, tenminste als het van Helga komt. Dus je hoeft je niet schuldig te voelen dat je mij niet hebt kunnen redden. Als ik het zelf niet kan, dan kan niemand het. Snap je?'

'Nee, ik snap er helemaal niks van. Ik snap niet waarom je lui als Herbert, die rotzak, zo de baas over je laat spelen. Ik snap niet hoe het kan dat je in de prostitutie terecht...'

'Dat ligt niet aan mij. Niet aan mij en niet aan jou. Dat heb ik je nou al duizend keer gezegd. En beoordeel me alsjeblieft niet naar de maatstaven van een volmaakte wereld. Die bestaat niet. Je moet me wat beloven.'

'Heb ik je niet al genoeg beloofd?' zei Janus. Het was nog niet volledig tot hem doorgedrongen wat Birta tegen hem zei. Hij had zich aan zijn belofte gehouden en zich niet met haar leven bemoeid. Hij had zich niet bemoeid met haar drugs en haar prostitutie, al had hij die houding soms niet kunnen volhouden. Dan had hij haar de les gelezen en geprobeerd haar mee te krijgen naar een dokter, zich te laten behandelen, zich te laten onderzoeken, bij een kliniek langs te gaan. Haar vrienden deden dat toch ook? Waarom zij dan niet? Was dat soms een schande? Was dat een grotere schande dan zo'n leven te leiden?

'Je moet me beloven dat je me niet naar het ziekenhuis brengt, al gaat het nog zo slecht met me.'

'Maar je hebt toch medicijnen nodig? Je moet toch naar een dokter? Ze kunnen die ziekte afremmen.'

'Oké, dan breng je me naar het ziekenhuis, maar pas als ik zeg dat het mag. Ik ga als ik dat wil. Niet eerder.'

'Maar dat kan toch niet...'

'Je snapt er niks van, idioot,' siste ze. 'Je weet niet waar je het over hebt. Je kunt het niet begrijpen en dat heb ik niet nodig ook. Weet je wat ik nodig heb? Dat je me met rust laat.'

Janus zweeg. Hij staarde naar beneden, naar de vloer. Zij sloot haar ogen. In de keuken stond de radio aan. Gedempt drongen jazzakkoorden tot hen door. Buiten, in de tuin bij het flatgebouw, klonken kinderstemmen. Een ogenblik stond de tijd rond hen stil. Er verstreek een hele poos. Toen begon ze weer te spreken, rustig en weloverwogen. Ze sprak zonder haar ogen open te doen; Janus luisterde.

'Ik weet best wat je allemaal voor me probeert te doen,' zei ze. 'Dat is mooi van je, en je meent het goed met me, dat zie ik heus wel, maar ik kan er nou eenmaal niet tegen als je je met mijn leven bemoeit. Ik kán het niet. Ik wil rustig kunnen leven zoals ik het verkies. Ik wil geen medelijden. Ik wil al helemaal geen reprimandes. Geen vragen. Ik wil alleen maar mezelf zijn en met rust gelaten worden.'

Lange tijd zwegen ze. De kinderstemmen klonken steeds verder weg.

'Ik heb dit zelf zo gewild,' ging ze verder, 'en ik weet niet eens meer hoe dat precies gebeurd is. Áls er al iets gebeurd is. Moet er altijd iets gebeurd zijn? Moet het altijd iets verschrikkelijks zijn als er iets gebeurt? Soms denk ik er wel over om te stoppen. Ik heb vrienden die het gedaan hebben. De meesten zijn weer teruggevallen, maar een paar hebben zich van hun verslaving weten los te maken. Ik zou dat ook wel kunnen: een tijdje stoppen, en misschien na wat therapie helemaal clean blijven en aan het werk gaan. Maar wat moet ik dan? Tien jaar op school gaan zitten? Achter de kassa? Mamma heeft haar hele leven slavenwerk gedaan in de supermarkt. Ik kan me haar niet anders herinneren dan in een nylon overall, vriendelijk glimlachend tegen ouwe vrouwtjes. Is dat dan leven? Wat heb je aan zo'n leven? Een man en kindertjes? Pappa ging bij mamma en mij weg toen ik drie jaar was. Heeft nooit meer naar me omgekeken. Moet ik soms ook zo'n man zien te krijgen? Mamma heeft bij d'r nieuwe kerel nog twee kinderen gekregen. En ik was ineens nergens meer. Niemand die zich nog met me bemoeide. En toen bemoeide ik me ook met geen mens meer. Me opdringen wou ik niet. En ik kan het niet hebben als de mensen zich nou ineens wél met me gaan bemoeien. Ze keken vroeger ook niet naar me om.'

'Je hebt je wel met mij bemoeid,' zei Janus.

'Jij was net als ik. Met jou wilde ook niemand omgaan.'

'Ík heb nooit drugs gebruikt. Ík heb mezelf nooit verkocht.'

'Zo begint het ook niet. Ik denk dat niemand van plan is junk te worden. Ik weet niet hoe dat gaat. Er komt een tijd dat je daar niet langer over piekert. Het wordt allemaal één dikke mist, totdat je op een dag schrikt omdat je geen goede ader meer in je arm kunt vinden. Hoe kan dat? Hoeveel jaar gaat dat al zo? Waar ben je al die tijd geweest? Maar even daarna ben je het allemaal weer vergeten.'

'En zo krijg je dus aids.'

'En zo ga je dood.'

Janus stond in de rokerij en dacht erover of hij in staat zou zijn Herbert in brand te steken. Of hij hem genoeg haatte om hem te verbranden. Hij herinnerde zich wat Birta had gezegd. Wat was er in zijn leven gebeurd dat hij nu moest beslissen over leven of dood van een ander? Hoe kon dat? Hij wist het zelf niet. Hij wist alleen dat hij twee mannen haatte: Herbert en

Kalmann. En dat hij zich zou wreken op degenen die hij verantwoordelijk hield voor Birta's dood. Hoe dan ook.

25

Over de manier waarop Kalmann rijk was geworden circuleerden verschillende theorieën. Het dichtst bij de waarheid kwam misschien wel de opvatting dat Kalmann als zakenman een volstrekt immoreel mens was. Hij stond helemaal los van de schatrijke, machtige families in het land die rijk waren geworden doordat ze vanaf het begin van de eeuw de politieke ontwikkelingen naar hun hand hadden gezet en hun zaken keurig binnen de eigen kring hadden gehouden. Die zaken – invoer van olie en bouwopdrachten voor het Amerikaanse leger, om er een paar te noemen – hadden hun enorme winsten opgeleverd. Kalmann daarentegen had zich van de grond af opgewerkt. Toen hij zich in het zakenleven begaf was er niemand die hem steunde.

Het was niet duidelijk hoe hij voet aan de grond had gekregen. Er gingen verhalen over betrokkenheid bij de smokkel van sterkedrank. Daarnaast zou hij in de drugshandel hebben gezeten, en dat moest hem flink wat hebben opgeleverd. Voor die tijd stond hij er al om bekend dat hij op zakelijk gebied totaal geen scrupules kende en een bijzonder talent had om van de zwakheden van anderen gebruik te maken. De methodes die hij hanteerde maakten hem weinig geliefd, maar daar zat hij volstrekt niet mee. Vriendschap en vertrouwen kon hij wel kopen als hij dat wilde.

Het aantal verhalen over hem was onuitputtelijk. Er werd beweerd dat hij altijd al in illegale zaakjes had gezeten, er nooit mee was gestopt. Vanaf het moment dat hij de zakenwereld binnenstapte kreeg hij zijn medewerkers, en zelfs degenen met wie hij zaken deed, mee in alle mogelijke kleinere overtredingen en frauduleuze handelingen: ontduiking van de regels hier, valse opgaven daar. In het begin gebeurde dat op zeer kleine schaal en viel het nauwelijks op, maar voor zijn slachtoffer het wist was hij verstrikt in een net van leugens en bedrog en was hij een onderdeeltje geworden van het systeem dat Kalmann om zich heen had gebouwd. De weg terug was dan afgesloten en verdergaan op de ingeslagen weg de enige mogelijkheid. Er waren er die tijdig doorhadden waar dat op uit moest lopen; die beëindigden de samenwerking met hem. Ze schudden hun hoofd en in besloten kring vertelden ze wat voor zaken ze met hem hadden gedaan. Anderen, die zich niet verzetten tegen Kalmanns wil, zonken hoe langer hoe verder weg in het moeras. Maar er waren ook mannen met dezelfde instelling als Kalmann; die werkten nauw met hem samen.

Kalmann bleef op dezelfde manier doorgaan. Als aannemer verdiende hij schatten, eerst bij de bouw van elektriciteitscentrales en later in de woningbouw. Eigenlijk had hij zijn oude werkwijze wel kunnen veranderen. Nooit had iemand het aangedurfd hem aan te geven. Een enkeling haalde met een jammerklacht de sensatiepers, maar publicaties uit die bron werden nu eenmaal niet erg serieus genomen. De overige media besteedden er weinig of geen aandacht aan.

Kalmann had overal een vinger in de pap. Hij bezat de meerderheid van de aandelen in het grootste aannemingsbedrijf van het land en had in de jaren zeventig veel geld verdiend doordat hij de laagste inschrijver was geweest bij een groot project op het gebied van waterkrachtcentrales. Rond 1985 werden hem grote stukken land toegewezen, ten oosten van Kópavogur, in Hafnarfjörður en in de wijk Grafarvogur in Reykjavík. Daar verrees Groot-Reykjavík. Hij deed mee aan de bouw van het grootste winkelcentrum in het land en had plannen om samen met een Engelse winkelketen in Grafarvogur een nog groter exemplaar neer te zetten. Dat zou dan in korte tijd het derde winkelcentrum zijn dat in de hoofdstedelijke regio werd gebouwd.

Daarnaast was Kalmann een van 's lands belangrijkste importeurs van computerapparatuur en had hij grote belangen in een aantal softwarebedrijven, in de media – pers, commerciële zenders – en in een paar beleggingsfirma's. Verder zat hij in een van de grootste rederijen van het land. Hoe omvangrijk zijn aandelenpakket in die onderneming was wist niemand. Het bedrijf had, nadat het quoteringssysteem was ingevoerd, in korte tijd een ongelooflijke groei doorgemaakt. Hij stond bekend als een harde onderhandelaar, en waar er in het land ook maar quota te vinden waren had de rederij er de hand op weten te leggen.

Kalmann had veelomvattende contacten met politieke organisaties, rechtse zowel als linkse, en steunde die met grote bedragen. Hij was bevriend met ministers, hoewel hij dat nooit aan de grote klok hing. Ambtenaren, bij zowel het rijk als de gemeente, koesterde hij alsof het kwetsbare kamerplanten waren. Het belastinggeld dat hij betaalde was in de verste verte niet in overeenstemming met wat hij als een van de rijkste mensen van het land verdiende.

Hij liep nu tegen de vijftig, was gescheiden en kinderloos. Veel familie had hij niet. Zijn moeder was gestorven toen hij dertien jaar oud was; zijn vader leefde nog wel, maar die zag hij maar heel zelden. Hij had één zuster, die in zijn aannemingsbedrijf werkte. Eén keer was hij getrouwd geweest, maar zijn vrouw was bij hem weggegaan. De reden daarvan was niet bekend. Kalmann maakte zich er niet druk over, zoals hij er ook geen moeite voor deed zijn liefdesaffaires geheim te houden. Hij liet niets van wat het leven te bieden had aan zich voorbijgaan. Zijn vakanties bracht hij door in het buitenland. Zijn grote liefhebberij was zeilen in de zuidelijke zeeën, maar hij kwam ook graag in New York, Londen en de laatste tijd in Hongkong. In al die steden had hij ook zakelijke belangen.

Toen hij begon had Kalmann niet het flauwste vermoeden dat het hem in zijn zakelijke bestaan zo goed zou gaan. Hij bedacht soms met hoe weinig moeite het hem was gelukt rijk te worden: er was maar een klein beetje oneerlijkheid voor nodig, een klein beetje brutaliteit, een klein beetje agressie en lef. Hij was al heel gauw tot de overtuiging gekomen dat hij het recht had zich zo te gedragen: hij had nu eenmaal niet de voorsprong die de jonge yuppen bezaten – het perfecte uiterlijk, het familiekapitaal, de familiebanden. Die konden met hun grote families overal hun tentakels naar uitsteken. Hij was met lege handen begonnen en kon slechts minachting opbrengen voor zakenpartners wie het zomaar was komen aanwaaien.

Kalmann en Herbert kenden elkaar al heel lang, al hingen ze dat niet aan de grote klok. Herbert maakte deel uit van Kalmanns verleden, waarvan niemand veel af wist. De feiten waren door alle mogelijke roddelverhalen, sprookjes en leugens zo vervormd dat niemand meer kon zeggen wat waar was en wat gelogen. Sommige van die kletsverhalen had Kalmann trouwens zelf gelanceerd. Herbert was een van de weinigen die problemen altijd kon oplossen. Ze kenden elkaar al vanaf hun jeugd en hij was steeds de man geweest die alles regelde. Als Kalmann iets nodig had, zorgde Herbert dat hij het kreeg. Dat was altijd zo geweest en ze voeren er allebei wel bij. Er ontstond zelfs een soort vriendschap tussen hen, hoewel noch Kalmann noch Herbert precies wist wat dat begrip inhield. Goed op je gemeenschappelijke belangen letten – dat zei ze meer.

De eerste bezoekers reden bij Kalmanns huis het erf op. De vergadering zou direct beginnen; ze installeerden zich in zijn weelderig ingerichte werkkamer. Kalmann was die morgen uit de Verenigde Staten teruggekeerd. Hij had zijn zaken daar afgehandeld, maar geen zin gehad langer te blijven, iets wat hij anders vaak deed. Daarom nam hij het eerste vliegtuig naar IJsland. Deze vergadering, waar belangrijke beslissingen over de toekomst zouden worden genomen, kon trouwens niet uitgesteld worden.

Kalmann ontving hen in de deuropening en begeleidde hen naar zijn werkkamer. Ze waren met zijn vijven, zakenmensen uit uiteenlopende branches. Kalmann had hen zelf uitgekozen om mee samen te werken. Hij wist dat zijn plan roekeloos was en de uitvoering ervan tot op zekere hoogte onwettig en in elk geval onethisch, maar hij wist ook dat deze mannen zich door zulke kleinigheden niet lieten weerhouden. Zijn plan was simpel maar briljant, en zoals bij al zijn betere projecten draaide het vooral om het zakendoen.

Hij had veel om over na te denken en tijdens de vergadering was hij er niet helemaal met zijn gedachten bij. Herbert had zich nog steeds niet laten zien en Kalmann kon alleen maar hopen dat hij dood was. Hij wist dat hij een beetje al te lang vertrouwd had op die gekke Amerikafreak, en nu Herbert verdwenen was begon Kalmann zich zorgen te maken: als die kerel hem maar niet in de wielen ging rijden. Herbert was de enige die hem in verband kon brengen met datgene wat hij zijn jeugdzonden noemde. Erger was het dat hij de schakel vormde tussen hem en Birta.

Voor de media bleef de toedracht van Herberts verdwijning een raadsel, maar Kalmann had zijn contacten bij de politie; hij wist dat Herbert gekidnapt was, en wel vanuit zijn eigen huis. Hij vond het beter niet zelf naar hem te gaan zoeken: officieel had hij geen enkele band met hem en dat wenste hij vooral zo te houden. Kalmann kon dus alleen maar wachten tot Herbert boven water kwam, levend of – wat hem beter zou uitkomen – dood.

Toen ze jong waren en elkaar in een vissersdorpje in het noorden leerden kennen was het Herbert geweest die de leiding had, eenvoudig omdat hij ouder was dan Kalmann. Die bracht hij zijn manier van leven bij; hij was toen al helemaal idolaat van alles wat uit Amerika kwam. Nadat ze naar Reykjavík waren verhuisd bleven ze contact houden en begon de bloeitijd van hun samenwerking. Herberts vader was in het begin van de jaren zeventig tweede stuurman op een van de vrachtschepen van scheepvaartmaatschappij Eimskip en smokkelde samen met anderen op grote schaal drank. De sterkedrank werd meestal aangevoerd in kisten of in vaatjes van vijfentwintig liter. Die werden in pakken van vier bijeengebonden en op een van tevoren afgesproken plaats overboord gegooid, meestal bij de vuurtoren van Garðskagi. Herbert en Kalmann visten ze dan op in een motorbootje van Herberts oom in Sandgerði. Vaak ging het om vijfduizend liter in één keer. Dat verkochten ze aan de uitgaansgelegenheden in Reykjavík, in de regio Suðurnes en tot ver naar het westen in de Borgarfjord. Daarvoor hoefden ze de drank uit de vaatjes niet eens te bottelen. De eigenaars van de kroegen pakten alles met beide handen aan. Van Kalmann en Herbert konden ze drank kopen tegen prijzen die driemaal lager waren dan bij de rijksslijterijen. Bovendien vonden ze het eigenlijk wel plezierig dat ze nu eens geen zaken hoefden te doen met die staatsbedrijven.

Herbert kocht ook cannabis van vissers op trawlers en versneed die tot kleinere porties die hij in de uitgaansgelegenheden verkocht. Kalmann deed zijn best zich persoonlijk zo min mogelijk met de smokkel in te laten en algauw had Herbert de leiding van de zaken helemaal in handen. Het hippietijdperk was nog in volle bloei en hasj roken was modieus. De zeelui verdienden er dik aan en Kalmann en Herbert verdienden meer geld dan ze ooit voor mogelijk hadden gehouden.

In die jaren ging Herbert voor het eerst naar Amsterdam. Nergens was eenvoudiger aan drugs te komen dan in Nederland, en hij kwam er in contact met mannen die hem van alles voorzagen wat zijn hartje begeerde. Later kreeg hij ook dergelijke contacten met drugshandelaars in Parijs en Londen. Zulke reizen maakte Kalmann nooit. Die had andere toekomstplannen dan Herbert.

Terwijl Herbert van het leven genoot en naar de Verenigde Staten reisde en in Las Vegas woonde en gokte en behoorlijk wat won – het was waar, hij had enorm veel geluk in het spel – gebruikte Kalmann zijn winst om voet aan de grond te krijgen in het zakenleven. Herbert bouwde op echt IJslandse manier in de armzalige misdaadwereld van Reykjavík een soort feodaal stelsel op. Met zo'n kleine bevolking was het natuurlijk niet mogelijk geweldige sommen geld te verdienen, maar door Kalmanns manier van zakendoen en Herberts agressieve optreden liep toch de helft van alle transacties op drugsgebied in het land via hem. In de loop van de tijd had Kalmann echter afstand genomen van zijn vroegere vriend; hij zag hem nog maar één keer per jaar. Het afgelopen jaar had hij zelfs daar tegen opgezien en de frequentie nog verder willen verlagen.

Het liefst wilde hij definitief van Herbert af. Hij was in Kalmanns bestaan de zwakste schakel, een probleem dat gevaarlijker werd naarmate zijn macht en invloed toenamen. Toch had hij Herbert nog nodig, want die zorgde voor meisjes. Het was voor Kalmann met al zijn rijkdom niet moeilijk met vrouwen in contact te komen, maar hij had nu juist een zwak voor doodgewone jonge meisjes. Die kende Herbert beter dan wie ook. Kalmann wist dat hij met vuur speelde, maar dat maakte deel uit van de spanning. Hij verveelde zich en daarom zocht hij sensatie in Herberts duistere wereld, hoewel hij zich zeer bewust was dat hij daar op de een of andere manier een eind aan moest maken, op korte termijn zelfs.

'Kalmann!'

Kalmann gaf geen antwoord. Hij was met zijn gedachten ver weg.

'Kalmann!' riep een van de deelnemers aan de vergadering. Allemaal keken ze naar hem; hij glimlachte, mompelde iets over de jetlag en nam het woord.

26

De dag nadat Erla het lichaam van haar dochter uit Reykjavík had opgehaald, publiceerden de kranten een foto van Janus. Er stond een korte oproep bij: of degenen die informatie konden verstrekken over deze persoon
zich met de politie van Reykjavík in verbinding wilden stellen. De foto was
die van Janus' rijbewijs. Men had zijn moeder opgespoord en haar gezegd
dat ze bezoek van de politie kon verwachten.

Erlendur en Sigurður Óli brachten het grootste deel van de dag door bij
ministeries en instituten. Op het ministerie van Visserij bleek dat Kalmann
in de directie zat van een rederij in Reykjavík, die in het bezit was van
vangstrechten ter waarde van vijf miljard kronen. Het grootste deel van die
rechten was in de voorafgaande jaren verkregen door het aankopen van de
quota van grotere en kleinere vissersschepen uit dorpen in de Westfjorden.
Daarnaast had de onderneming quota weten te bemachtigen uit vissersplaatsen in het oosten van het land en in Suðurnes.

Ze moesten behoedzaam te werk gaan toen ze Kalmanns activiteiten
onder de loep namen. Als eenmaal het gerucht ging dat mensen van de
rijksrecherche hun neus staken in de werkzaamheden van een grote ondernemer als Kalmann, zou de stroom van praatjes niet meer te stuiten
zijn. Sigurður Óli bracht een bezoek aan de Bond van Aannemers, zo-
genaamd omdat hij werkte aan een doctoraalscriptie over de bouw van
krachtcentrales op IJsland. In dat verband wilde hij nagaan of er bij de
bond ook bijzonder materiaal omtrent die projecten te vinden was. Hij
werd welwillend ontvangen en kreeg toegang tot het archief. Iemand van
het personeel ging met hem mee en wees hem waar hij een en ander kon

vinden. Na een tijdje had die medewerker er geen zin meer in Sigurður Óli nog langer op de vingers te kijken en liet hij hem alleen verder snuffelen.

Erlendur concentreerde zich op Kalmanns vastgoed- en bouwactiviteiten in Reykjavík. Hij kende iemand bij de Rijksdienst Taxatie Onroerend Goed van wie hij redelijk zeker was dat die zijn mond kon houden. Hij zei dat hij een tip natrok over een onregelmatigheid, begaan door iemand met een ondergeschikt baantje in een van Kalmanns ondernemingen. De informatie die Erlendur zo loskreeg bracht hem naar de Planologische Dienst van de stad. Daar richtte hij zijn belangstelling speciaal op de toewijzing van terreinen. Vervolgens reed hij naar Kópavogur en Hafnarfjörður. Ook daar bestudeerde hij de plannen voor stadsuitbreiding en de steeds voortgaande nieuwbouw op steeds groter wordende bouwterreinen.

Tegen de avond ontmoetten Sigurður Óli en Erlendur elkaar weer en vergeleken ze hun bevindingen. Daarna maakten ze een rit langs de bouwterreinen van Hafnarfjörður en Kópavogur en ten slotte door de nieuwe buurten van Grafarvogur. Ze stopten aan de rand van de Rimarbuurt, waar ze uitstapten.

'Huizen heeft hij wel, die man,' zei Erlendur. 'Weet je wie de laatste jaren de meeste en grootste bouwprojecten aan de rand van de regio Groot-Reykjavík op zijn naam heeft gekregen?' vroeg hij. Door het grasland liep hij de naar de grens van het stedelijk gebied.

'Die Kalmann zeker weer,' zei Sigurður Óli. Hij keek naar het noorden, naar Kjalarnes en de Esja.

'En weet je aan wie de meeste bouwgronden zijn toegewezen die de laatste tien jaar zijn vrijgegeven?'

'Ongetwijfeld aan dezelfde figuur.'

'Er bestaat een beheersmaatschappij, Búlki heet die. Weet je wie de meerderheid van de aandelen in handen heeft?'

'Wat is zo'n man als Kalmann volgens jou waard, in kronen bedoel ik?'

'In de periode dat die krachtcentrales werden gebouwd, alles bij elkaar zo'n jaar of vijftien, heeft Kalmann overal in de regio Groot-Reykjavík bouwterreinen toegewezen gekregen,' zei Erlendur. 'Hij heeft ook al gebouwd op het land waar we nu op staan. Hier en in de omgeving van Mosfell en in Kjalarnes heeft hij enorme lappen grond gekregen. Het grootste gedeelte van de gebieden waar in Reykjavík zal worden gebouwd is bij zijn bedrijf terechtgekomen.'

'Ik heb altijd horen beweren dat hij de op twee na rijkste man van het land is,' zei Sigurður Óli, nog steeds in kronen denkend.

'Ik heb de zogenaamde *Planologische hoofdlijnen 1992-2010* eens beke-ken. Kalmann kan een groot deel van het nieuwe millennium doorgaan met bouwen. Hij heeft een vergunning voor Grafarvogur, hier achter ons, voor Borgarholt, voor Geldinganes en voor Hamrahlíð, recht voor ons. In Borgarholt moet een winkelcentrum komen, twee keer zo groot als Kringlan. Kalmann zit in het bestuur van de bouwcommissie en hij is ook nog eens de grootste aandeelhouder van de beheersmaatschappij. Verder zitten er eigenaars van Engelse winkelbedrijven in. Van die lui die je voort-durend op het journaal ziet.'

'Maar wat moeten wíj daarmee?'

'Weet je nog wat Birta tegen Dóra gezegd heeft?'

'Ja, wacht even... "Wie moeten er allemaal in al die huizen komen?" Zoiets was het toch, hè?'

'Vind je dat niet gek: een tippelaarster die dáárover loopt te piekeren?'

'Dat kun je wel zeggen, ja. Maar waar wil je naartoe?'

'Wie neemt de woorden van een junk nou serieus? Die leutert immers maar wat. Slaat nergens op. Toch denk ik dat ze die vraag eigenlijk niet hoefde te stellen.'

'Hoezo?'

'Volgens mij wist ze het antwoord al.'

'En dus?'

'En daarom is ze nou dood.'

27

In de telefoongids stonden zo'n twintig vrouwen die Guðrún Þorsteinsdóttir heetten en bij de rijksrecherche hadden ze niet veel tijd nodig om Janus' moeder te pakken te krijgen. Ze was een huisvrouw zonder ander werk, en buitengewoon verbaasd een telefoontje van de rijksrecherche te krijgen. Nadat ze uit Grafarvogur waren teruggekomen gingen Erlendur en Sigurður Óli haar opzoeken. Ze woonde nog steeds in de flatwoning die ze met Janus had betrokken toen ze naar Reykjavík waren verhuisd.

Ze wachtte hen op in het trapportaal op de derde verdieping. Erlendur, zware roker, klom hijgend omhoog en moest een hele tijd op adem komen. Sigurður Óli was al snel boven en stond, niet sneller ademend dan normaal, op zijn collega te wachten. Ze stelden zich voor. Guðrún was een gezette dame van ongeveer vijftig jaar met dik, blond haar; een dun roze truitje spande om haar zware boezem. Ze droeg een spijkerbroek waar ze bijna uit barstte en ze rookte constant, de hele tijd dat haar bezoekers bij haar waren. Haar gezicht werd ontsierd door een blauw oog – de kleur begon inmiddels te vervagen – en door een snee boven haar neusbeen. Ze wilde met alle geweld uitleggen hoe ze die kwetsuren had opgelopen: toen ze een vuurvaste schaal uit de keukenkast wilde halen had ze hem uit haar handen laten glippen en had het zware geval haar gezicht geraakt. Na dit verhaal inhaleerde ze gulzig. In het appartement hing een zwakke dranklucht. De oproep in de kranten voor informatie over haar zoon had ze niet gezien.

'Waarom willen jullie met me over Janus praten?' vroeg ze. 'Er zijn toch geen problemen met hem? Dat is helemaal niks voor hem. 't Is zo'n beste vent.'

'Nee hoor, er is niks aan de hand. We willen alleen graag weten waar hij is. We proberen namelijk uit te zoeken of hij een meisje kende dat Birta heette,' zei Erlendur. Hij keek door het grote huiskamerraam uit op de verkeersdrukte van de Miklabraut.

'Birta... Ik herinner me een meisje bij ons in het westen. Dat heette ook Birta. Bedoelen jullie haar?'

'Hij kende haar inderdaad al van voor jullie hierheen zijn verhuisd,' zei Sigurður Óli.

'Ja, Birta herinner ik me nog heel goed. Die heeft onze Janus vaak geholpen.'

'Zoiets hebben we begrepen, ja,' zei Erlendur.

'Janus was een doodgewoon kind, maar hij werd gepest en overal buiten gehouden. Daardoor was hij erg eenzaam en stil, dat arme joch. Birta heeft hem door dik en dun verdedigd, en als de kinderen op school hem pestten zou Birta ze wel eens even vertellen wat ze daarvan dacht.'

'Weet je ook of ze na jullie verhuizing naar Reykjavík nog contact met elkaar hielden?'

'Nee, dat geloof ik niet. Volgens mij is dat contact helemaal verbroken.'

'Wanneer heb je voor het laatst van Janus gehoord?'

'Nou, dat is al even geleden,' zei Guðrún, terwijl ze een nieuwe sigaret aanstak. 'Hij is heel jong het huis uit gegaan,' ging ze verder, voorzichtig aan haar blauwe oog voelend. 'Hij is van school afgegaan; hij wilde zijn eigen boterham verdienen. Hij heeft bij de slachterij gewerkt, de Slátturfélag Suðurlands, totdat die naar Hvolsvöllur verplaatst werd. Daarna werkte hij bij een supermarkt, in het magazijn, maar daar is hij niet lang gebleven. Ja, hij heeft nogal wat baantjes gehad. Maar het is een goeie knul. Waarom willen jullie dat eigenlijk allemaal weten?'

'Wanneer heb je voor het laatst van hem gehoord?' vroeg Sigurður Óli weer, zonder op haar vraag in te gaan.

'Zo'n veertien dagen geleden, geloof ik. Hij woont in Breiðholt, dat weten jullie. Ik heb hem toen gebeld. Er moesten wat klusjes gedaan worden. Zulke dingen doet hij altijd voor me.'

'Heeft hij het toen met je over Birta gehad?'

'Hij praatte nooit over Birta. Waarom zou hij? Ze hebben elkaar in geen jaren gezien. Toch? Waar willen jullie eigenlijk naartoe?'

'Er is op het kerkhof aan de Suðurgata een meisje dood aangetroffen. Dat heb je zeker wel gehoord?'

Guðrún knikte.

'Dat was Birta.'

'Birta? Was zíj dat meisje op het kerkhof? God sta ons bij! En zo vreselijk verminkt. Dat zeiden ze toch op het nieuws? O God, jullie denken toch niet dat Janus het gedaan heeft? Maar dat kan gewoon niet. Zoiets zou Janus nooit kunnen, en nooit, nooit zou hij Birta iets aandoen. Ze hadden zo'n band. Ze heeft zijn leven gered! Dat mogen jullie niet van hem denken. Dat mág gewoon niet!'

Met trillende handen stak ze een nieuwe sigaret aan.

'Nee, we verdenken Janus er beslist niet van dat hij iemand iets aangedaan heeft. Laat staan dat hij van moord wordt verdacht,' zei Erlendur sussend. 'We willen hem alleen maar vragen of hij iets weet van Birta's doen en laten, met wie ze omging in de tijd voor ze stierf. Dat is alles. Zou je dat tegen hem willen zeggen als je van hem hoort? Als hij contact met je opneemt, zeg hem dan dat we hem willen spreken, maar dat we hem echt niet van moord verdenken.'

'We hadden nooit naar die rotstad moeten verhuizen,' zei Guðrún plotseling. 'Ik had hier nooit met Janus moeten komen. Ik had me niet door die pestvent moeten laten inpakken. Die moest zo nodig verhuizen. Mijn man, bedoel ik. Hij is weer gaan varen, dus hoeveel zít hij hier nou echt? En Janus is ook al niet zo'n stadsmens.'

'Weet je waar hij nu zou kunnen zijn? Weet je misschien plekken waar hij vaak te vinden is of ken je vrienden van hem bij wie hij kan zijn?'

'Nee, Janus heeft niet zoveel vrienden. Hij is nogal op zichzelf. Zo was hij vroeger al en zo is hij nog steeds. Ik zou werkelijk niet kunnen zeggen waar hij zijn tijd doorbrengt als hij niet thuis is,' zei Guðrún, terwijl ze haar sigaret uitmaakte.

Sigurður Óli had met Bergþóra afgesproken dat hij 's avonds bij haar thuis zou komen. Erlendur gaf hem een lift naar zijn huis, waar hij douchte en zich omkleedde. Hij trok een spijkerbroek aan en een donkergroen poloshirt met een krokodilletje op de borstzak. Erlendur had nooit begrepen hoe bepalend zo'n logo was voor iemands outfit.

Bergþóra ontving hem aan de deur. Sinds hij naar de Westfjorden was gegaan hadden ze elkaar regelmatig gebeld; hij had haar in grote lijnen verteld wat het onderzoek naar de dood van het meisje tot dan toe had opgeleverd. Bergþóra kende nu de naam van het meisje dat ze op het kerkhof had gevonden en ze wilde heel graag weten wat er met haar was gebeurd. Sigurður Óli probeerde niet al te veel los te laten, want hij wist dat Erlendur zou ontploffen als hij hoorde dat zijn collega met buitenstaanders over de zaak kletste.

Ze gingen aan de keukentafel zitten. Bergþóra had een eenvoudig pastagerecht gekookt, en er waren groene, pitloze olijven bij, waar Sigurður Óli dol op was.

'Ik moet er heel vaak aan denken,' zei ze. 'Dat meisje zag er zo weerloos uit, daar in die bloemenzee, met de kop van Jón Guðmundsson erboven. Ze was zo mager, zo wit.'

'Ze heeft een verschrikkelijk leven gehad. Ze was heroïneverslaafde en ze had aids. Dat moet ze in de prostitutie hebben opgelopen, of doordat ze vuile naalden gebruikte. Het gekke is dat we niks over haar kunnen vinden. Het lijkt wel alsof ze nooit, maar dan ook helemaal nooit met de politie in aanraking is geweest, nooit in een opvanghuis heeft gezeten, of in een afkickcentrum. Dat is heel bijzonder. In het algemeen kunnen we altijd wel iets vinden over mensen zoals zij, al was het maar een kleinigheid.'

'Weten jullie al wie haar daar op het kerkhof heeft gelegd?'

'Eigenlijk niet. We zijn op zoek naar een jonge man, een vriend van haar uit de Westfjorden, maar in feite zijn we daar nog geen stap verder mee gekomen. Die jonge vent heeft mogelijk iemand overvallen, een zekere Herbert. Misschien heeft hij hem zelfs beroofd.'

'Maar dan zou hij mij ook kunnen overvallen.'

'Het kan geen kwaad om voorzichtig te zijn.'

'Maar nou ben jíj bij me.'

'Uhmm...' Sigurður Óli probeerde iets te zeggen, maar had zijn mond vol olijven. Hij had zich suf gepiekerd over de vraag hoe de dingen zich zouden ontwikkelen als de zaak afgesloten was. Zouden ze dan weer ieder hun eigen weg gaan? Zouden ze proberen het contact in stand te houden? Ook wist hij niet hoe Erlendur het zou opnemen als bleek dat hij iets had met de getuige in een moordzaak.

Zij had eenzelfde gedachtegang gevolgd. Een tijd lang was Onbenul, de held van het kerkhof, de enige man in haar leven geweest. Daarvoor had ze geen relaties gehad. In haar studietijd had ze een tijdje opgetrokken met een knul die altijd en eeuwig een dikke wollen trui droeg. Hij had vergeefse pogingen gedaan haar in te palmen. Aan de liefdes uit haar gymnasiumtijd had ze alleen nog maar vage herinneringen: die waren allemaal doodgebloed. Maar ze had zich ook nooit de tijd gegund zich in mannen te verdiepen. Heel af en toe was er één een nacht bij haar gebleven, om 's morgens weer met een taxi te vertrekken.

'Een kop koffie?' vroeg ze.

'Graag,' zei Sigurður Óli.

'Hou je van gedichten?' vroeg ze en ze stond op om voor de koffie te gaan zorgen.

'Wat voor gedichten?'

'Serieuze poëzie.'

'Jawel.'

'Ik ben nogal een fan van Bólu-Hjálmar. Hij heeft een gedicht gemaakt over Sölvi Helgason. Hij schreef dat een mens aan alle kanten omringd kan zijn door ongeluk.'

'Ja?'

'De laatste dagen heb ik dat gevoel steeds sterker.'

'Welk gevoel?'

'Op het kerkhof kon ik eventjes de rug van die man zien. Het was maar heel kort, eigenlijk maar een paar tellen. Maar ik zag precies wat Bólu-Hjalmar schreef.'

'Wat dan?'

'Wat hij over ongeluk schreef. Er was iets met die man wat me aan het ongelukkige leven van Sölvi Helgason herinnerde.'

Ze raakte Sigurður Óli lichtjes aan, en hij kon zich niet bedwingen. Hij pakte haar arm en trok haar naar zich toe. Ze verzette zich niet, en terwijl hun gezichten elkaar bijna raakten zei ze zacht: 'Wil je geen koffie?'

Hij knikte.

'Of wil je het erna?'

Hij knikte.

'Of zullen we het maar overslaan?'

Hij knikte.

'Je krijgt me alleen niet naar dat kerkhof.'

Hij grijnsde.

'Daar zou ik maar niet over tobben.'

Ze leidde hem de slaapkamer in, en toen hij de volgende morgen wakker werd en haar naast zich zag liggen, slapend, kwamen er bijna tegelijkertijd twee gedachten bij hem op.

Hij wilde nooit meer bij deze vrouw weg.

Nooit.

Op hetzelfde ogenblik moest hij aan Erlendur denken. En dat gaf hem een naar gevoel.

28

Toen Erlendur Birta's sectierapport had gelezen voelde hij de behoefte er met Eva Lind over te praten. Nadat hij Sigurður Óli had bijgepraat belde hij naar het huis van haar nieuwe partner. Ze nam de telefoon op en ze spraken af elkaar te ontmoeten in een restaurantje in het centrum, vlak bij de Austurstræti. Hij was er eerder dan zij en nam terwijl hij wachtte een glas bier. Na een kwartier kwam Eva Lind binnen en ging bij hem zitten. Ze wilde niets drinken, ze zei dat ze nog ergens heen moest en niet al te lang kon blijven.

'Je klonk zo triest door de telefoon,' zei ze. 'Is er iets?'

'We hebben ontdekt dat dat meisje, Birta, aids had,' antwoordde hij.

'Echt? O, wacht eens even. Nou zit je je dus zorgen te maken over mij, hè?'

'Ik maak me altijd zorgen over je, maar ik zie wel dat dat niet zoveel zin heeft.'

'Ik heb geen aids,' zei Eva Lind. Ze keek hem in de ogen en hij zag dat ze iets genomen had. De zelfverzekerdheid straalde van haar af en ze vertoonde een vreemde opgewektheid waarvan hij wist dat die onecht was, chemie, vergif. Hij zei er niets van. Dat had hij al vaak geprobeerd, zonder dat het ooit iets had opgeleverd.

'Hoe weet je dat eigenlijk?' vroeg Erlendur, die zijn kwaadheid al voelde opkomen. 'Laat je je regelmatig onderzoeken? Of denk je dat dat voor jou niet nodig is? Meer iets is voor junks en tippelaarsters? Alleen voor dat stomme volk – dus niet voor jou, natuurlijk. Is dat wat je denkt?'

'Gaan we weer kwaad worden?' zei Eva Lind. Ze haalde haar neus op.

'Ik dacht anders dat ik je prima geholpen had met die zaak van je. Maar ik merk het al: stank voor dank.'

'Maar je kunt je toch wel voorstellen hoe ik me daarbij voel?'

'Om je de waarheid te zeggen weet ik daar niks van en het interesseert me niet ook. Jij bent weggegaan, weet je nog? Je bent nooit een vader voor me geweest en ik weet niet of je dat nu wél bent. Ik weet niet of jij degene bent die aan mij eisen mag stellen. Ik weet niet of ik ooit iets voor je betekend heb. Je was een man die ergens anders zat, en mamma zei dat je een waardeloze vent was. Dat was je dus. Begrijp je het nou? Ik kende je niet. Nou ja, de laatste paar jaar dan, en dat kwam doordat ík naar je op zoek ben gegaan. Niet omgekeerd. Sindri Snær en ik, we hebben je opgezocht omdat we nieuwsgierig waren naar die waardeloze vent die ergens anders zat. En nou wil jij over me oordelen, alsof je een soort hogepriester van de mannenmaatschappij bent?'

Eva Lind zei dit allemaal uitermate rustig. Zonder zich ook maar enigszins op te winden, op de man af, haar vader recht in de ogen kijkend, praatte ze tegen hem. Erlendur had zijn ogen neergeslagen. Hij kon niets inbrengen tegen de woorden van zijn dochter – ze wisten het allebei. Hij was er niet rechtstreeks op uit geweest om zijn dochter kwaad te maken, hij had gewoon de oude wonden die ze allebei meedroegen opengereten.

'Wat weten we nou van je?' ging ze verder. 'Helemaal niks. Wat voor kind was je vroeger? Hoe werd je genoemd? Wie ben je? Waar kom je vandaan? Wat is Eskifjörður voor een plaats? Wie is Erlendur? Zou je me dat kunnen vertellen?'

Erlendur zweeg.

'Vandaag heb ik mamma nog gesproken,' vervolgde ze. 'Ze vertelde dat je Sindri Snær opgehaald hebt en hem naar Vogur hebt gebracht. De eerste keer dat mamma en jij samen gepraat hebben sinds – hoelang? Hoeveel jaar is dat geleden? Zeventien, achttien? Twintig?'

'Een gesprek kon je het nauwelijks noemen,' viel Erlendur in. 'Ze belde net voordat ik naar de Westfjorden zou gaan. Ik hoop dat het haar een beetje opgelucht heeft.'

Eva Lind zweeg een hele tijd, terwijl ze haar vader aankeek.

'Ik weet dat je soms medelijden met jezelf hebt om alles wat er met Sindri en mij is gebeurd, en ook dat je jezelf de schuld geeft. Daar hebben we het vaak genoeg over gehad. Maar laat ik je dit vertellen: het kan me niks schelen wat je denkt of hoe je je onverschilligheid en armzaligheid van vroeger probeert goed te maken. Het zal me een zorg zijn. En wat denk je, zouden Sindri en ik geen medelijden met onszelf gehad hebben? Heb je daar wel eens over nagedacht? Denk je soms dat jij de enige bent die dat mag hebben? Sindri en ik hebben een manier gevonden om ermee te leven. Misschien niet zo ideaal, maar het ís een manier. Je hebt ons achtergelaten bij mamma en bij alle mannen die ze sindsdien gehad heeft. Sommige waren aardig. Andere niet. Er is er niet één lang gebleven, waarschijnlijk hielden ze het niet uit met die kinderen van haar erbij. Er waren er die ons dat recht in ons gezicht hebben verteld. Ik herinner me er een die Sindri zo hard heeft geslagen dat hij naar de eerste hulp moest. Waar was de waardeloze vent toen? Jij hebt niet te oordelen over Sindri en mij, maar dan ook helemaal niet. Dit is onze keus. Niet dat we er nou altijd zo ontzettend gelukkig mee zijn, maar *so be it*.'

'Voor een deel begrijp ik het, en voor een deel niet,' zei Erlendur na een poosje. 'Maar het was niet alleen vanwege die aids dat ik je gebeld heb. Ik zie overeenkomsten tussen jou en die Birta. Zij komt ook uit – hoe zeggen ze dat? – uit een gebroken gezin. Haar ouders zijn ook gescheiden. Toen ik met haar moeder sprak, had die geen antwoord op de vraag hoe het kwam dat ze haar dochter aan de drugs is kwijtgeraakt. Het begon rond haar gymnasiumtijd, en daarna viel er niks meer aan haar te redden. En toen moest ik aan jou denken, en aan andere meisjes. Ik wou weten hoe het kan dat jonge jongens en meisjes in de verleiding komen drugs te gaan gebruiken, en hoe ze dan de greep op hun leven verliezen en steeds dieper zinken, totdat er niks van ze over is.'

'Vergelijk je mij met Birta? Er is anders wél een groot verschil. Ik spuit niet. Dat heb ik nooit gedaan en ik ben het niet van plan ook. Ik ben clean.'

'Precies. Hoor je wat je zegt? Je bent helemaal niks van plan, jij, maar evengoed zit je er wel tot aan je oren in.'

'Bij sommige mensen kún je helemaal geen oorzaak of achtergrond vinden om snel even te verklaren hoe ze in de goot terechtkomen,' zei Eva Lind, de kwaadheid van haar vader negerend. 'Bij anderen weer wel. Ik heb een meisje gekend, Helga heette ze, die is aan aids gestorven. Haar vader had haar misbruikt, een keurig iemand, hoor, helemaal geen hufter of zo. Maar hij was er al mee begonnen toen ze klein was. Zodra ze de kans kreeg is ze van huis weggelopen. Met jongens gebeurt dat ook, maar niet zo vaak. Er zijn ook kinderen die helemaal voor zichzelf moeten zorgen. Die hebben niemand bij wie ze terechtkunnen, zo'n beetje vanaf hun geboorte. Ze zwerven maar wat rond, ze stelen, ze vechten, ze worden opgesloten, en als ze weer vrij zijn gaan ze door met stelen en vechten. En er zijn ook wel eens kinderen die van huis zijn weggelopen omdat ze daar nooit iets anders hebben meegemaakt dan dronkenschap en geweld. Zelf hebben ze dus ook altijd problemen om zich heen; ze verzetten zich overal tegen. Dan heb je er nog met van die geschifte ouders die vreselijk streng zijn, die hun kinderen slaan en ze verbieden te roken en te drinken. Die kinderen pikken dat natuurlijk niet en dan houden de ouders helemáál hun poot stijf. En zo escaleert de zaak. Ja, en je hebt ook nog lui waar niemand wat van snapt. Gebroken gezin, keurig gezin, het maakt geen barst uit. Ze beginnen te drinken, raken misschien aan de hasj of andere drugs, maar kunnen er niet mee omgaan. Geen enkele zelfcontrole.'

'Iets in hun hersens?'

'Dat beweert Sindri Snær. Ik zou het niet weten, ik ben geen specialist. Misschien dat hun hersens er gevoeliger voor zijn, en dan slaat dat geleuter over achtergronden dus nergens op. Er is een aanleiding, ze nemen iets, maar hun hersens kunnen er niet tegen en zullen er nooit tegen kunnen. Misschien kunnen ze zich nog een tijdje *straight* houden, maar ten slotte verzuipen ze helemaal in de drugs en dan komt het nooit meer goed. Geboren junks. Die hébben ook niks anders dan drugs. Het gaat alleen maar lekker met ze als ze een beetje stoned zijn, het liefst zijn ze helemaal los van de wereld.'

'En waar moet ik jou en Sindri Snær plaatsen?'

'Ons? Bij ons lag het gewoon aan een waardeloze vent die ergens anders zat,' zei Eva Lind, het mes in de wond omdraaiend.

'Het kan zijn dat ik dat ben, een waardeloze vent die ergens anders zit. Maar ik veroordeel jullie niet. Al ben ik dan tegen jullie manier van leven, ik veroordeel jullie niet. Dat heb ik nooit gedaan ook. Maar kwaad word ik er wel om. En ik snáp er niks van, van jullie gedrag. Ik ben altijd aan jullie blijven denken. Altijd. En ik was blij als jullie bij me kwamen en ik heb geprobeerd jullie te helpen. Ik heb een vol jaar geprobeerd je uit de ellende te halen. Het was me bijna gelukt. Maar misschien zat je er al te ver in.'

Eva Lind veranderde plotseling van onderwerp.

'Zijn jullie er al achter waar Birta vandaan kwam?' vroeg ze en ze haalde nog eens lichtjes haar neus op. Het ontging Erlendur niet.

'Ze heette Birta Óskarsdóttir. Ze kwam uit de Westfjorden. Is een jaar of wat geleden in Reykjavík gekomen. Daar in het westen was ze al aan de drugs, maar hier in Reykjavík ging ze natuurlijk veel en veel meer gebruiken. Ze had ook een vriend; die heet Janus. Zit waarschijnlijk ook hier in de stad. We zijn naar hem op zoek. En we zoeken ook naar die Herbert. Die is helemaal van de aardbodem verdwenen. Heb jij soms een tip?'

'Birta kende ik niet; Janus ook niet. Maar als ze Herbert nooit meer terugvinden is dat alleen maar prima. Dát is wel zo'n gore klootzak! Hij organiseert de drugshandel hier. Niet alleen in Reykjavík, maar in het hele land. Toch heeft de narcoticabrigade hem altijd met rust gelaten. Misschien koopt hij ze wel om of zo. En hij mag dan gek zijn, hij is heel erg op zijn hoede. Hij speelt met harde hand de baas. Er is een keer een man verdwenen die achter zijn rug handel wou drijven; ze zeggen dat hij hem vermoord heeft. Niemand durft tegen hem in te gaan. De meesten van die dealers zijn ook maar druiloren.'

'Elínborg heeft die zaak nog eens voor me nagegaan. Die man heette Stefán, de man die verdwenen was bedoel ik. De zaak werd als een moordonderzoek behandeld en Herbert is ook ondervraagd, want we hadden van iemand gehoord dat die twee contact met elkaar onderhielden. Maar het lijk is nooit gevonden. Daar maakte trouwens zo goed als niemand zich druk over. Verdwijningen bekijken we op IJsland nou eenmaal op onze eigen manier. Door de eeuwen heen zijn we er min of meer aan gewend geweest dat er mensen in slecht weer zoekraakten. Dan worden na honderd jaar de verbleekte botten teruggevonden en is de hele verdwijning een leuk spookverhaal geworden. Van zulke gevallen liggen we niet wakker, een enkele uitzondering daargelaten. Ze maken gewoon deel uit van de IJslandse volksverhalen.'

'Je weet wie Kalmann is, een bigshot in de business. Ik heb altijd gehoord dat Herbert en hij twee handen op één buik zijn, sterker nog: dat Kalmann achter de schermen bepaalt wat Herbert moet doen. Ik heb me wel eens laten vertellen dat ze jeugdvrienden waren en dat ze altijd contact hebben gehouden. Herbert is zo gek, die kan zelf helemaal niks regelen, of alleen maar als er geweld aan te pas komt. Die zou er nooit in geslaagd zijn in z'n eentje de drugshandel hier te organiseren. *No chance*. Ze zeggen dat Kalmann het brein is achter zijn zaken.'

'We zijn al bezig Kalmann nader te bekijken. We hebben zo'n vermoeden dat Herbert hem altijd van meisjes heeft voorzien. Birta was er een van. En meisjes uit die vreselijke pornotent van hem.'

'Ik weet dat Herbert in de prostitutie zit. Ik heb vriendinnen die voor hem gewerkt hebben.'

'Hoe dan?'

'Ze krijgen opdracht om naar een huis te gaan waar een stel kerels zitten, of naar een hotelkamer of een vakantiehuisje.'

'En komen die opdrachten van Herbert?'

'Dat is wat ik gehoord heb, ja.'

'Heb jij ook wel eens zulke opdrachten van Herbert gehad?'

'Zeg, hou nou in godsnaam eens op. Je bent een masochist, weet je dat?'

Een tijd lang zwegen ze. Toen nam Eva Lind opnieuw het woord.

'Ik heb me een halfjaar geleden voor het laatst op aids laten controleren. Ik spuit niet, zoals Birta deed en als ik met iemand seks heb ben ik heel voorzichtig. Ik pas ontzettend goed op voor aids. Ik ben niet gek. Zo ver ben ik nog niet heen.'

'Laat je je hier in het land testen?'

'Natuurlijk.'

'Als je dat nou niet wilde, je hier laten onderzoeken, wat zou je dan doen?'

'Er wordt voor dat onderzoek alleen maar bloed afgenomen. In het buitenland heb je overal kleine centra waar mensen kunnen laten nagaan of ze besmet zijn. Als Birta in het buitenland geweest is, heeft ze echt niet veel moeite hoeven doen om zich te laten testen.'

'Nemen mannen niet ongelooflijk veel risico als ze naar zulke meisjes gaan?'

'Je hebt er die daar wel aan denken, maar er zijn ook anderen. Sommige lui vinden het leuk om met vuur te spelen. Uit verveling zeker. Ik weet het niet.'

Op dat moment ging Erlendurs telefoon en de bezoekers van het restaurant keken zijn kant op. Sommigen lieten hun ergernis merken: weer zo iemand die nooit zijn gsm uitzette, alsof hij totaal onmisbaar was. Je kreeg er wat van. Het was Elínborg. Ze was in de buurt van het restaurant. Dóra had gebeld om te melden dat er in het krot van Herbert in het centrum was ingebroken. Gestolen was er niets, maar in een van de kamers was de vloer opengebroken. Klaarblijkelijk was er iets onder vandaan gehaald.

'Ik werd Lillibob genoemd,' zei Erlendur. Hij deed zijn mobieltje uit en stond op.

'Wat?'

'Lillibob. Zo noemden ze me in Eskifjörður.'

'Lillibob? Lillibob – *Jesus*, wat klinkt dat soft, zeg.'

29

Erlendur reed snel de Pósthússtræti door en sloeg de Kirkjustræti in naar het huurpand van Herbert, waarin Dóra een appartementje bewoonde. Er stonden twee politieauto's en toen Erlendur binnenkwam puilde het woninkje al uit van politiemensen. Ook Elínborg en Þorkell waren aanwezig. Sigurður Óli was nergens te bekennen. Hij was niet thuis en had zijn mobieltje uitgezet. Erlendur glipte langs de politiemensen heen en vond zijn twee medewerkers. Ze stonden bij een gat in de houten vloer in het hoekkamertje waar Dóra de eerste keer was verhoord. Op de vloer stond een ijzeren geldkistje ter grootte van een schoenendoos. Er zat een gammel deksel op, dat was opengebroken. Het kistje was leeg.

Voor de rest was er in het huis niets veranderd, al was dat moeilijk met zekerheid te zeggen, want er waren weinig of geen waardevolle spullen te vinden. De woning zag er nog steeds even triest en smerig uit als bij Erlendurs laatste bezoek. Onder het voddige kleed was een vloer van gelakte planken zichtbaar. Een aantal ervan was weggebroken; eronder was een ruimte waaruit het kistje waarschijnlijk was weggenomen. In de ruimte lagen verse rattenkeutels. Waarschijnlijk zaten er onder het hele huis ratten.

'Nee toch? Drugs stelen bij onze goede vriend Herb?' vroeg Erlendur, zich over het kistje buigend.

'Dóra is de laatste dagen behoorlijk helder. Ze heeft zelf gebeld om het te melden,' zei Elínborg. 'Maar kennelijk is ze ervandoor gegaan toen we met een hele ploeg en loeiende sirenes aan kwamen zetten. Ze had de boel zo aangetroffen, zei ze. Ze begreep totaal niet wat er aan de hand was en ze was stomverbaasd, want ze had helemaal geen mensen in de buurt gezien. Toch vond ze dat ze iets moest doen en toen heeft ze maar contact met ons opgenomen. Ze dacht dat het met Birta te maken had.'

Het zoeken naar Herbert was in volle gang. Maar het was onmogelijk al zijn huizen het etmaal rond te observeren om te zien of hij al heimwee gekregen had; daarvoor ontbrak het aan mankracht. Bij de politie waren ze dan ook niet blij met de inbraak in dat krot van hem.

'Dit kistje is van Herbert, dat kan niet anders,' zei Þorkell. 'Het huis is van hem, dus dit moet zijn bergplaats wel zijn. Hier bewaarde hij natuurlijk de kleine kas. Die is zijn geld komen ophalen. Duidelijke zaak.'

'Herbert is uit zijn huis weggedragen,' zei Elínborg. 'Wou je zeggen dat hij dat in scène heeft gezet? Dat het geen kidnap was, dat het er alleen maar zo uitzag?'

'Óf hij heeft iemand anders van deze bergplaats verteld,' zei Þorkell. 'Nou ja, ik denk maar hardop, hoor. Het is zo'n rotzooitje, het kan best dat we er nooit achter komen.'

'Dat is nou weer net wat voor Herb – de kas onder de vloer stoppen,' verzuchtte Erlendur en hij krabde zich achter het oor. 'Het wordt nou wel een heel wonderlijke zaak. Er is een meisje mishandeld en vermoord. Ze wordt op het graf van Jón Sigurðsson neergelegd. Ze is aan de drugs en zit in de prostitutie, ze heeft hiv, erger nog, ze heeft aids in een vergevorderd stadium. Jón Sigurðsson kwam uit de Westfjorden en dat meisje ook. Dan is er iemand die Janus heet, ook al uit de Westfjorden. Ze heeft hem ooit van de dood gered. Die man verdwijnt, maar belt ons wel met een of andere vage mededeling. De moordenaar rijdt naar Keflavík, in een gestolen auto die hij waarschijnlijk heeft gebruikt om het lijk mee naar het kerkhof te brengen. Die auto is vlak bij Janus' huis gestolen. Is hij de moordenaar? Of heeft hij de moordenaar betrapt? Niet ver van Janus' kelderappartement woont Herbert. Die wordt ervan verdacht dat hij in de drugshandel zit en pooier is. Hij schrikt behoorlijk als hij van dat meisje hoort en weet niet hoe gauw hij bij een telefoon moet komen. Hij kende Birta. Ze huurde bij hem. Misschien bezorgde hij haar klanten. Wie hij gebeld heeft weten we nog niet, maar kort erna is hij verdwenen; getuigen vertellen dat hij zijn huis is uitgedragen en in een auto werd gegooid. En nu is in een van de huizen van Herbert de vloer opengebroken en is er een leeg geldkistje achtergelaten. Iemand hier die er nog chocola van kan maken?'

Ze keken elkaar aan. Niemand antwoordde. Er waren mensen van de technische recherche aangekomen om het kistje en alles eromheen op vingerafdrukken te onderzoeken. Erlendur en zijn team schoven de kamer uit en liepen zo snel mogelijk de straat op, de frisse lucht in. Het was even na tweeën. Het was zacht, IJslands zomerweer, bewolkt maar droog.

'Zou het kunnen dat die bergplaats niet van Herbert was, maar van iemand anders?' zei Elínborg. 'Tenslotte heeft hij een massa volk in dienst.'

'Volgens mij kun je rustig aannemen dat dit op de een of andere manier te maken heeft met Herbert en zijn verdwijning,' zei Erlendur. 'Ga daar maar van uit. Ik betwijfel of er andere vingerafdrukken op dat kistje staan dan die van hem.'

'Als Herbert hier in huis bij dat kistje is geweest, is hij dan ontsnapt aan de man die hem naar buiten gedragen heeft?' vroeg Þorkell.

'We weten feitelijk niks van wat zich in Herberts huis heeft afgespeeld,' zei Elínborg. Ze wuifde een wolk blauwe rook van zich af – Erlendur had net een sigaret opgestoken. 'Het zou kunnen zijn dat hij zijn verdwijning in scène heeft gezet en dat hij nu het geld heeft opgehaald dat hij hier verstopt had. Misschien is hij zelfs al het land uit. Zulke lui gaan toch altijd naar Denemarken? Of naar Malága?'

'Jullie kennen mijn dochter natuurlijk,' zei Erlendur. 'Die zei dat Herbert en Kalmann oude kennissen van elkaar zijn. Weten jullie daar iets van?'

'Kalmann,' zei Þorkell nadenkend. 'Die naam herinner ik me van een passagierslijst. Mensen die uit IJsland zijn vertrokken op de ochtend nadat dat meisje op het kerkhof is gevonden. Het was een van de weinige namen die ik kende.'

'Kalmann is met een vliegtuig vertrokken nadat dat meisje was vermoord?' vroeg Erlendur stomverbaasd. 'Weet je dat zeker?'

'Honderd procent. Het waren rond de vierhonderd mensen. Een paar namen kende ik, onder andere die van hem. Hij ging naar de Verenigde Staten, die ochtend. Business class.'

'Waarom heb je dat niet eerder gemeld, sukkel?' schreeuwde Erlendur.

'Hè? Ik...'

Erlendur las Þorkell uitvoerig de les. Hij besloot met de mededeling dat ze de volgende morgen een bespreking met de commandant van de rijkspolitie zouden hebben waarin ze de hele zaak met hem zouden doornemen. Elínborg liep op een afstandje achter Erlendur aan. Hij merkte dat niet, maar toen ze langs hotel Borg kwamen haalde ze hem in.

'Erlendur,' zei ze, 'ik moet je iets vertellen.'

'Wat dan?' vroeg hij verbaasd.

'Ik was als eerste daar bij Dóra in huis. Ik was ook de eerste die dat kistje zag,' zei Elínborg, slecht op haar gemak. 'Ze had mij namelijk aan de telefoon, snap je. Ik zag direct dat kistje op de vloer staan, maar toen was het nog niet helemaal leeg. Er zat nog iets in, en dat heb ik eruit gehaald.'

'Eruit gehaald? Waarom?'

'Daar was een reden voor,' zei Elínborg, en ze rommelde in haar handtas.

'Ben je nou helemaal belazerd? Bewijsmateriaal verwijderen nota bene!'

'Jawel, maar ik had er echt een reden voor. Ik deed het voor jou.'

'Dan zou ik verdomme wel eens willen weten wat voor reden dat was.'

'Rustig. Wacht nou even, ik moet het hier hebben.'

'Hoe haal je het in je hersens om bewijsmateriaal weg te nemen? Wat denk je dat er gebeurt als iemand erachter komt? Stel dat het iets is wat het verloop van het onderzoek kan beïnvloeden.'

'Ja, en ik ben bang dat dat zo ís,' zei Elínborg; eindelijk had ze in haar versleten tas het voorwerp gevonden waarnaar ze zocht. Het was een foto, die ze Erlendur nu aanreikte. 'Ik vond het veiliger dat anderen die op dit moment niet te zien kregen,' ging ze verder. 'Tenminste niet voordat jij hem had gezien.'

'Erlendur pakte de foto aan en bekeek hem.

'Nee,' kreunde hij. 'Nee, hè? Dat niet in godsnaam. Verdomme...'

Op datzelfde ogenblik trok Janus in het hok achter de ovens de lade open, precies ver genoeg om Herberts hoofd vanonder het rooster in de rookoven te kunnen zien verschijnen. Herbert had hem de inlichtingen gegeven die hij nodig had en nu hield Janus woord. Hij bond Herbert, die nog in de lade lag, zorgvuldig een blinddoek voor zijn ogen. Herbert mocht best ontdekken waar hij gevangen was gehouden, maar Janus hield rekening met de mogelijkheid dat hij zou proberen hem aan te vallen. En een man die niets kan zien, kan ook geen tegenstand bieden.

Janus had Herberts papieren oppervlakkig doorgekeken; het had hem verbaasd dat hij zulk materiaal had durven bewaren. Hoewel hij niet alles begreep wat hij onder ogen kreeg, werd hem toch vrij veel duidelijk. En zeker genoeg om in te zien dat Herbert behoorlijk in de problemen zou komen als deze papieren in het bezit van de politie kwamen. Hij glimlachte voor het eerst sinds lang, blij dat hij iets tegen Herbert in handen had, en hopelijk ook tegen Kalmann.

Tussen de spullen die Janus in het kistje in het huurpand had gevonden zat ook een boek met namen en data. En díe administratie begreep hij maar al te goed. Herbert regelde meisjes voor mannen en hij had van ieder jaar genoteerd wie met wie was geweest, wanneer en waar. Janus liep de namen door, maar kende er niet één, uitgezonderd die van Kalmann. Wel meende hij er een aantal op tv te hebben horen noemen, of in de krant, maar wie die mensen waren wist hij niet precies – zo goed volgde hij het nieuws niet. De lijst ging terug tot 1992. De eerste keer dat Birta bij Kalmann was geweest dateerde van drieënhalf jaar geleden. 'Vakantiehuis' stond er in Herberts boek, 'weekend 12-14 april'. Als eerste was de naam Birta genoteerd, daarna de naam Auður, en ten slotte een mannennaam, Jóel. De naam Birta kwam vervolgens nu en dan terug, gekoppeld aan verschillende andere namen en met verschillende ontmoetingsplaatsen erbij.

Janus trok de lade verder uit en hielp Herbert overeind. Toen hij rechtop stond duurde het nog een flinke tijd voor zijn bloed weer begon te stromen; hij stond te wankelen op zijn benen; zijn handen en voeten waren nog gebonden. Hij kon niets zien en door een onhandige beweging verloor Janus zijn greep op hem. Herbert viel en kwam met zijn hoofd hard met een stapel houtblokken in aanraking. Hij verwondde zich en het bloed stroomde uit een snee in zijn voorhoofd.

Herbert was een opvliegende kerel. Zijn verblijf in de lade had zijn strijdbaarheid niet verminderd en nu vlamde de woede in hem op, niet te beheersen, waanzinnig. Er was een ijzeren wil voor nodig geweest om zijn zelfcontrole niet te verliezen in die la en logisch te blijven denken. Hij koesterde hoe dan ook nog de hoop zijn papieren terug te kunnen krijgen als hij eenmaal los was. Híj capituleren? Híj te schande gemaakt? Nooit! *Never*! Geen enkele idioot die Herbert *fucking* Rothstein dát flikte. Hij had alles gedaan om die etterbak niet kwaad te maken, maar nu was de maat vol. Hij meende dat Janus hem omgeduwd had en verloor zijn zelfbeheersing. Hij wist dat dit niet het goede moment was. Hij wist dat hij straks vrij zou zijn. Maar hij kon zich niet langer beheersen.

'Jij vuile vieze verdomde klootzak!' brulde hij. 'Ik ga je doodmaken, lul. Ik trek die rotkop van je lijf. Het zal me een teringzorg zijn dat die snol van je dood is. Blij toe dat ze dood is, die verrekte smerige drugshoer, dat stuk vuil. Ze deed alles, als het maar schoof. Begrijp je dat, zak? Zo was ze nou, die stinkende hoer van je. Dat kutwijf! Alles deed ze voor Herb en Herb kon met 'r doen wat hij wilde. En jij? Ik wil wedden dat jij nooit aan d'r kut hebt mogen zitten, loser.'

Janus trok hem overeind alsof hij een veertje was en smeet hem met zijn gezicht tegen de muur. Herbert viel opnieuw op de grond. Hij voelde een stekende pijn toen zijn neus brak en het bloed naar buiten welde. Hij was uitzinnig van woede en bleef zijn smerigheden over Birta uitkrijsen. Het bloed gutste uit de wond op zijn voorhoofd en liep in de doek die voor zijn ogen was gebonden, zodat die helemaal doordrenkt raakte. Hij merkte niet dat Janus het hok had verlaten: vanwege zijn eigen gebrul kon hij de geluiden die Janus maakte niet horen. De aluminium spijlen van een rek sloegen rammelend tegen elkaar, de deur van de rookoven ging open, wieltjes knarsten toen ze over de roestige rails aan het plafond liepen. Nog meer gerammel van het rek, een ijzeren tafel werd over de vloer gesleept, en ten slotte kwam Janus het hok weer binnen. Herbert overlaadde hem weer met verwensingen, maar Janus besteedde er geen enkele aandacht aan.

Hij droeg Herbert naar de ijzeren tafel. Hij klom erop en sjorde ook Herbert naar boven. Het rek hing vanaf het plafond naar beneden, vlak boven de plek waar Janus de tafel had gezet. Hij bond Herbert er stevig aan vast, schoof het in de oven en deed de deur weer dicht.

Herbert hing in de hoogte aan het rek, sloeg om zich heen en brulde zijn scheldwoorden naar Janus. De vloeken echoden door de oven toen de zware stalen deur in het slot viel. Het laatste wat Janus hem hoorde schreeuwen was: *'So fuck the rest of the world!'*

30

'Voel je je wel helemaal goed, Erlendur?'

Ze zaten met zijn drieën bij de commandant van de rijkspolitie. Die had al gemerkt dat Erlendur met zijn gedachten ver weg leek en niet erg actief deelnam aan het gesprek. Elínborg keek naar hem. Zij alleen wist wat er aan hem knaagde.

'O jawel hoor, niks aan de hand,' zei Erlendur. 'Alleen slecht geslapen vannacht. De zomernachten, hè. Waardeloos.'

Gebleken was dat de vingerafdrukken op het ijzeren geldkistje van Herbert afkomstig waren. Er was één andere vingerafdruk gevonden; van wie die was kon men niet achterhalen. Herberts vingerafdrukken waren bij de politie bekend van toen hij in voorlopige hechtenis zat, verdacht van betrokkenheid bij de verdwijning van Stefán Vilmundsson. Tijdens de bespreking kwam ook de vraag aan de orde of Kalmann en Herbert elkaar kenden. Zo ja, dan had het zin Kalmann te vragen of hij wist wat er met Herbert was gebeurd. En als daar aanleiding toe was zouden ze hem ook vragen kunnen stellen over zijn reis naar de Verenigde Staten, op dezelfde dag dat Birta dood op het kerkhof was aangetroffen. Het zou interessant zijn te zien hoe hij reageerde.

Het enige zwakke punt was dat ze niets hadden wat Kalmann in verband bracht met Herbert. En nog minder reden hadden ze om een verband te leggen tussen Kalmann en het meisje Birta. Ze konden niet zomaar gezellig bij hem aan tafel gaan zitten om te vragen wat hij daar in de Verenigde Staten had uitgespookt en wanneer hij zijn vriend Herbert voor het laatst had gesproken. Kalmann was na drie dagen uit de Verenigde Staten teruggekomen. Je kon dus niet zeggen dat hij het land was ontvlucht.

De opmerking van Eva Lind kwam ter sprake dat Kalmann en Herbert dikke vrienden waren en dat ze nauw samenwerkten. Dit kwam overeen met de verhalen van een aantal anderen uit het verslaafdenwereldje met wie de politie had gesproken. Maar die kon daar pas mee verder als ze iets tastbaars liet zien, een bewijsstuk dat hen met elkaar in verband bracht.

Dat hield de commandant van de rijkspolitie hun dan ook voor op de dag nadat er in het pand van Herbert in het centrum was ingebroken. Erlendur en Sigurður Óli brachten hem regelmatig rapport uit over het verloop van de zaken. De politiechef, een zwaarlijvige man van in de zestig, was er niet verrukt van dat hun onderzoek zich op Kalmann richtte. Als de politie achter alle geruchten aan moest gaan, alle kletspraatjes, alle insinuaties, alle halve beschuldigingen die de IJslanders het hele jaar door produceerden, dan was IJsland snel een politiestaat, net als die bananenrepublieken in Zuid-Amerika.

'De naam Kalmann is nou eenmaal boven komen drijven in dit onderzoek,' zei Sigurður Óli op de man af.

'Kalmann is een van de rijkste ondernemers van het land en daarom krijgt hij natuurlijk een constante stroom van kritiek over zich heen,' zei de politiechef. 'Als jullie niks concreets hebben om hem rechtstreeks met de verdwijning van Herbert in verband te brengen, of met de dood van dat meisje, dan moet je hem met rust laten. Vinden jullie iets van dien aard, dan ben ik de eerste om je op hem af te sturen.'

'Het is wel mogelijk dat Kalmann Birta gekend heeft,' zei Erlendur.

'Hoe dan?' vroeg zijn chef.

'Als het klopt,' zei Sigurður Óli, 'dat Herbert en Kalmann een tijd lang contact met elkaar hadden of zelfs nog hebben, en als het klopt dat Herbert voor pooier speelt – sorry, meisjes voor mannen regelt – dan is het niet uitgesloten dat hij Kalmann ook meisjes heeft geleverd, waaronder Birta. Als dat zo is, dan hebben we een verband tussen Kalmann en Birta gevonden.'

'Dun, hoor. En hoe meer je eraan toevoegt, hoe dunner het wordt,' zei de politiechef.

'Het is natuurlijk maar speculeren wat we doen,' zei Erlendur, 'maar die namen duiken wel steeds op. We proberen ze naar beste kunnen met elkaar in verband te brengen.'

'Wat hebben jullie in de Westfjorden ontdekt?' vroeg de politiechef.

'Ik heb het gevoel,' zei Erlendur, die nu voor het eerst hardop zei wat hem al een poos bezighield, 'dat er een verband is tussen Birta's dood en de Westfjorden. En dan bedoel ik niet dat ze daarvandaan kwam, maar een ander, belangrijker verband. Ze is op het graf van Jón Sigurðsson gelegd. Dat moet een boodschap zijn, dat kan gewoon niet anders. Vanaf het allereerste begin hebben we gedacht dat de moordenaar daarmee iets heeft willen vertellen. Of liever: degene die haar op het graf gelegd heeft, want dat kan best iemand anders zijn geweest. Dat idee heeft ons bij het onderzoek geleid. Ik denk dus dat hij ons iets meer en iets belangrijkers heeft willen vertellen dan dat dat meisje uit het westen kwam. Volgens mij heeft hij ons erop willen wijzen dat we daar moesten zoeken naar de antwoorden op andere vragen. Alleen, die vragen kenden we niet en ze hoefden ook niet direct met de zaak te maken te hebben. Daar ben ik over gaan nadenken. Sigurður Óli en ik zijn naar de Westfjorden gereden, we kwamen in allerlei dorpjes, we hebben er met de mensen gepraat en we hoorden overal hetzelfde verhaal: ze hebben nauwelijks vangstquota meer. De mensen trekken massaal naar Reykjavík. Op sommige plaatsen waar je vroeger een nagenoeg klasseloze samenleving had, heb je nu een aantal schatrijke mensen. Sommigen hebben honderd miljoen in handen gekregen, terwijl een heleboel anderen straatarm zijn. Die zijn in hoge mate verbitterd dat de regering hier in Reykjavík dat allemaal maar laat gebeuren. Ze zijn verbitterd omdat mensen hun vissersboten met bijbehorende quota verkocht hebben aan lui van buiten de streek. Ze zijn verbitterd omdat figuren die nooit in hun leven zelfs maar in de buurt van een vissersboot zijn geweest nu van de visquota profiteren. De Westfjorden hebben het meest van het quotasysteem te lijden gehad. Als je wilt verklaren waarom het aantal inwoners daar zo is teruggelopen moet je er natuurlijk nog wel meer factoren bij betrekken: faillissementen, de recessie en ook het isolement, dat de mensen misschien te zwaar gaat vallen. Toch denk ik dat degene die dat meisje op het graf van Jón Sigurðsson heeft gelegd het niet normaal vindt wat er door dat quotagedoe in de Westfjorden gebeurd is. Ik denk dat hij daar onze aandacht op heeft willen vestigen, en niet die van ons alleen, maar die van het hele volk.'

'Hoe bedoel je, niet normaal?' vroeg de politiechef. 'Wat wil je daarmee zeggen?'

Erlendur had niet met Sigurður Óli gepraat over wat hij vermoedde, noch met Elínborg, Þorkell en andere mensen van de rijksrecherche. Sigurður Óli keek zijn collega met open mond aan. Hij begreep niet precies waar Erlendur heen wilde, hoewel hij veel van wat hij zei al wist. Voor hij verderging stak Erlendur een sigaret op. Thuis had hij in de middernachtzon wakker gelegen en had hij uitgebreid over de moord op Birta nagedacht. Hij had geprobeerd een basis te vinden waarop hij het meisje, Herbert, Jón Sigurðsson, Kalmann, de Westfjorden, Janus, het geldkistje, de drugs, de bouwactiviteiten, het verleden en het heden met elkaar in verband kon brengen. En langzamerhand was hij erin geslaagd voor zichzelf een theorie op te bouwen. Misschien was die te vreemd om waar te zijn, maar het was de enige die hij kon bedenken.

'Ik kan er nog niks van bewijzen. Het is alleen een gevoel dat ik heb, en dat gevoel heb ik daar in het westen gekregen. Ik ben er wat dieper over gaan nadenken toen de naam Kalmann ter sprake kwam. Elínborg hier vertelde ons iets wat ze Dóra had horen zeggen. Dóra kende Birta heel goed en ze zei dat die zich zorgen maakte over wie er allemaal in al die huizen moesten gaan wonen, of iets dergelijks. Dat zijn de enige woorden die we van dat meisje kennen. Maar Dóra vertelde erbij dat Birta wel eens bij een man kwam die heel veel huizen had. Waarschijnlijk sloeg dat op huizen hier in Reykjavík en in Kópavogur, in de nieuwe wijken, waar van die enorme winkelcentra moeten komen. In welk verband die woorden gezegd zijn weten we niet, en het was ook nog eens een drugsverslaafde die ze uitte. Een diepere zin konden we er niet in ontdekken, en we zouden ze misschien nooit hebben kunnen begrijpen als Sigurður Óli een hotelhouder in de Westfjorden niet precies hetzelfde had horen zeggen. Birta is daar de afgelopen twee jaar niet geweest, maar het kan natuurlijk zijn dat ze met lui daarvandaan door de stad heeft gezworven. Ze kan die woorden van hen gehoord hebben en ze hebben herhaald waar Dóra bij was. Ze kan ze ook wel ergens anders gehoord hebben of ze zelf hebben bedacht. Maar toch blijft het vreemd dat een verslaafde zich zo druk maakt over huizenbouw. Vinden jullie dat ook niet? Of ben ik de enige? Waarom in hemelsnaam zou een junk zich druk maken over huizenbouw? En hoe serieus moeten we dat nemen?'

'Waar wil je naartoe, Erlendur?' vroeg de politiechef.

'Dat weet ik niet, dat is het nou juist. Ik heb dit van alle kanten bekeken, zonder dat ik tot een conclusie kon komen. Maar ik denk dat Birta vermoord is omdat ze iets wist wat ze niet mocht weten. Ze heeft iets gehoord wat ze niet mocht horen. Ze beschikte over kennis waarover ze niet moest beschikken, niet mocht beschikken. En daarom is ze vermoord. Om haar het zwijgen op te leggen. Dat gevoel heb ik. Ik kan het nergens mee onder-bouwen. Helemaal nergens mee. Alleen maar dit: Kalmann is geweldig ac-tief in de nieuwbouwwijken die in de regio Groot-Reykjavík verrijzen. Hij bouwt al die huizen waarvan Birta zich afvroeg wie er allemaal in moesten trekken of waar die mensen vandaan moesten komen. Hij heeft ook, via zijn rederij hier in Reykjavík, op enorme schaal quota in de Westfjorden opgekocht. Birta heeft iets over die man ontdekt wat niet bekend mag wor-den. Huizen en quota. Daar zit een luchtje aan.'

Zwijgend dachten ze na over Erlendurs woorden. Toen schrokken ze op: er werd op de deur geklopt. De chef van de technische recherche kwam haastig binnen.

'We zijn gebeld door de telecomdienst,' zei hij. 'Onze aanvraag was er-gens in het systeem blijven steken, maar nou hebben ze hem eindelijk behandeld. Het telefoongesprek uit de cel voor het gebouw van de tele-comdienst ging naar de gsm van een zekere Kalmann, die op dat moment in New York zat.'

Ze keken naar Erlendur. Die zei een hele tijd niets. Hij keek hen een voor een aan, alsof hij niet zeker wist of hij zou doorgaan. Zou hij zijn relaas vervolgen of was het voor dit moment wel genoeg? De politiechef schraap-te zijn keel.

'Ik was nog niet klaar,' zei Erlendur ten slotte. 'Ik heb eens gebeld met mijn neven in Eskifjörður. De rederij van Kalmann, Viðey heet die, is de laatste twee jaar bezig geweest met het opkopen van quota in de Oostfjorden.'

31

Af en toe kwamen bij Janus de herinneringen boven aan het moment dat hij stierf, daar onder in dat scheepsruim, maar nooit was dat hem zo vaak overkomen als in de afgelopen weken en maanden, nadat hij ontdekt had hoe het er met Birta voor stond. Dan werd hij 's nachts met een schok wakker, snakkend naar adem, en doorleefde hij opnieuw de eindeloze nachtmerrie waarin hij het gevoel had dat hij stikte.

Birta en hij waren die dag naar de dorpswinkel gegaan om een film te huren en snoep te kopen. Daar liepen ze een groepje jongens van school in de armen. Die pestten en treiterden hem altijd. Zodra ze hem zagen begonnen ze. Ze stonden voor de winkel, en toen Janus met Birta de hoek om kwam begonnen ze te joelen. Hij kwam aarzelend dichterbij; toen bleef hij staan, keek naar de jongens, deed een stap achteruit en daarna nog een, langzaam, rustig. Hij had gemerkt hoe opgefokt de jongens deden, al direct toen ze hem in het oog kregen. Ze waren tot alles in staat, besefte hij. Hij begreep dat hij in gevaar was, voelde het in zijn hele lichaam; hij kreeg het koud, zijn knieën knikten. Het was een onwillekeurige reactie, maar de jongens merkten direct dat hij aarzelde en dat wond hen nog meer op. En toen ze zagen dat Janus achteruitliep en ten slotte hollend om de hoek verdween, raakten ze door het dolle heen en renden hem achterna.

Toen Birta de groep zag wegrennen begreep ze wat er aan de hand was. Ze holde de winkel uit, sloeg de hoek om en zag dat de brullende meute de volgende straat was overgestoken. Een aantal meters voor hen uit rende Janus zo hard hij kon in de richting van de haven. En al kon hij heel hard lopen, hij was niet groot voor zijn leeftijd, en de groep knabbelde voortdurend wat van zijn voorsprong af. Birta rende achter de horde aan. Kon hij zich maar in de boten verstoppen. Kon hij maar om hulp vragen bij de mannen daar. Kon hij dat stelletje etters maar van zich afschudden. Kon hij maar... Kon hij maar... Ze verloor Janus uit het oog toen hij bij het koelhuis de hoek om rende, een manslengte voor de voorste jongen in de groep. Ze pakken hem, dacht ze. Ze gaan hem pakken.

Het duurde een hele tijd voor ze hijgend en puffend bij het koelhuis aankwam. Ze had dezelfde weg genomen als Janus. Ze sloeg de hoek om en holde over het terrein voor het koelhuis in de richting van de steiger. Er was niemand aan het werk. Het was koffietijd en de arbeiders zaten binnen, ze goten de koffie door hun keel en schrokten haastig hun brood op, want de pauze duurde maar een kwartier. Ze zag dat de jongens op een kluitje aan de kop van de steiger stonden. Janus was nergens te zien. Ze riep zijn naam en rende zo hard ze kon in de richting van de groep. Toen ze dichterbij kwam zag ze dat de jongens naar beneden stonden te staren. Ze keken in het ruim van een boot die daar boordevol lodde aan de steiger lag. Boten die op lodde visten zag je in de Westfjorden niet vaak. Er was in de hele streek maar één bedrijf dat deze vis verwerkte.

Twee van de jongens kregen haar in de gaten en stootten de anderen aan; algauw draaiden ze zich allemaal naar haar toe. Maar lawaai maakten ze niet meer. Ze zwegen en keken toe hoe ze dichterbij kwam. Een paar keken weer omlaag in de boot, en toen gingen ze er allemaal vandoor alsof een van hen ze daartoe het sein had gegeven. Ze schoten langs haar heen de steiger af en holden vervolgens langs het koelhuis. Zo snel haar benen haar konden dragen rende ze naar de kop van de steiger en kon zich nog net staande houden, anders zou ze in de boot zijn gevallen. Het ruim was open; het was tot de rand gevuld met vis.

Janus zag ze nergens.

Toen hij bij de winkel was weggerend had hij geen idee waar hij heen moest. Hij kon voor het dorp kiezen of voor de haven. Het werd de haven: hij hoopte dat daar mensen rondliepen die hem zouden kunnen helpen voordat de meute hem te pakken kreeg. Hij was te ver van huis om daarheen te kunnen vluchten. Dus rende hij de straat over in de richting van het koelhuis en de haven. Vlak achter zich hoorde hij het geschreeuw van de bende. Hij merkte dat ze steeds dichterbij kwamen, tot hij het gehijg van de koplopers kon horen. Toen schoot hij de hoek bij het koelhuis om.

Hij holde de steiger af. Ineens werd het hem duidelijk dat hij zichzelf klem had gezet. Hij zag de boot met lodde aan de kop van de steiger liggen en wist dat er geen ontsnappen meer aan was. Toen hij bij het eind van de steiger was draaide hij zich om, buiten adem. De bende had het nu makkelijk: hij kon toch niet meer weg.

De jongens kwamen dichterbij. Ze schreeuwden en scholden; hij probeerde er zijn oren voor te sluiten. Hij keek achterom en zag het ruim van de boot. Op het middendek was het open; de vismassa liep bijna over de rand. Weer keek hij naar zijn belagers. De voorste jongens wilden hem al vastpakken. Toen draaide hij zich om en sprong.

Hij was natuurlijk niet van plan geweest in het ruim te springen, maar hij kwam met zijn ene been in de opening terecht en tuimelde naar beneden. Hij zakte weg in de ijskoude massa van lodde en zeewater en zonk dieper en dieper, alsof hij in een zompig moeras was beland. De kou verspreidde zich door zijn hele lichaam; hij wilde schreeuwen. Hij kwam weer boven en schreeuwde en spartelde en probeerde met zijn hoofd boven de massa uit te komen, maar elke keer als hij naar lucht hapte vulde zijn mond zich weer met lodde en zeewater. Even kon hij nog naar boven krabbelen en zag hij de jongens op de steiger staan. Hij hoopte dat iemand zou proberen hem te helpen, hem een eind touw zou toegooien of aan boord zou springen en hem uit het ruim trekken. Maar er gebeurde niets en hij zonk opnieuw.

Hij was doodmoe na al dat rennen en al snel kwam hij adem tekort. Na korte tijd leek het alsof hij uit elkaar zou barsten, in zijn oren bruiste het, voor zijn ogen werd het zwart. Hij voelde dat hij ging stikken, gek van angst werd hij. Hij opende zijn mond om lucht te happen, lucht die hij niet kreeg. Hij sloeg om zich heen, maar hoe meer hij worstelde, hoe erger het werd, tot hij wist dat hij zou gaan sterven.

Toen hij dat besefte merkte hij dat het plotseling beter met hem ging. Hoe dat kon wist hij niet. Hij wist dat hij naar de bodem van het ruim was gezonken en dat hij geen adem meer kon krijgen. Hij deed geen moeite meer voor zijn leven te knokken en nu leek het wel alsof de benauwdheid week. Hij hoefde niet langer meer te vechten voor het laatste beetje adem. Hij merkte de kou niet op. Terwijl hij voelde hoe het leven uit hem wegebde kwam er een wonderlijke rust over hem. Hij had niet langer het gevoel dat hij stikte. Er kwam een andere, prettige gewaarwording voor in de plaats, die hij ook wel eens had als hij 's avonds doodmoe ging liggen, net voor het moment dat hij in de slaap zou wegglijden. Dan dacht hij soms:

zou het zó voelen als je doodgaat? Er kwam rust over hem, en warmte, en duisternis.

Daar, op de bodem van het ruim, was hij gestorven.

Waar is Birta? was zijn laatste gedachte voor hij stierf.

Ze keek naar beneden, in de boot, en riep zijn naam. Nergens zag ze haar vriendje. Ze keerde zich naar de groep die de steiger was afgelopen en zich haastig had verspreid. Ze schreeuwde: 'Waar is Janus? WAAR IS JANUS?' Een van de jongens bleef staan toen hij haar hoorde roepen en schreeuwde terug: 'Hij is het ruim in gegaan!' Het ruim in? dacht ze. Is hij beneden in het ruim? Bij al die vis? Ze aarzelde geen seconde. Aan dek zag ze een stuk touw, bond het ene uiteinde aan de reling, het andere om haar middel, en sprong naar beneden, de vismassa in. Ze spartelde tot ze op de bodem kwam en tastte met beide handen in het rond of ze Janus kon vinden. De kans dat ze iets zou kunnen zien was nihil; ze hield haar ogen dan ook dicht. Haar adem inhoudend tastte ze verder, tot ze hem vond. Ze kwam adem tekort na het harde rennen en haar hart bonsde in haar borst. In haar oren hoorde ze het dreunen. De kou was ondraaglijk. Met haar ene hand greep ze Janus vast, maar ze wist dat ze hem nooit naar boven zou kunnen krijgen: hij was loodzwaar. Ineens voelde ze een ruk aan het touw en merkte ze dat ze naar boven werd getrokken. Ze omklemde Janus nu met haar beide armen. En ze ademde met volle teugen de lucht in toen ze eindelijk, na een eeuwigheid, in het ruim opdook. Iemand tilde Janus op en daarna haar. Allebei werden ze op het dek neergelegd. Ze hoestte, ze kokhalsde en spuugde. Janus lag bewegingloos, met gesloten ogen, naast haar.

De man die hen uit het ruim had omhooggetrokken wist wat hij moest doen. Hij blies direct lucht in Janus' mond en drukte op zijn borstkas. Geen resultaat. Hij herhaalde die handeling, telkens weer; hij weigerde het op te geven, blies, haalde adem, blies, haalde adem, steeds opnieuw. Er kwamen meer mensen bij. Birta zag het in een waas, terwijl ze op het dek lag, rillend van de kou. Het enige wat ze opmerkte was dat Janus nog steeds geen teken van leven gaf.

Plotseling kwam er een golf zeewater uit zijn mond, hij hapte naar adem, hij hoestte en braakte. De zeeman legde hem op zijn zij. Even kwam hij bij bewustzijn, daarna viel hij weer weg. In de ambulance naar het ziekenhuis werd hij opnieuw wakker; hij zag Birta met een deken om zich heengeslagen naast hem zitten. Van wat er daarna gebeurde kon hij zich later niets meer herinneren.

Janus wist wat het was om te sterven.

Het klopte wat er in die tijdschriften stond over mensen die waren gestorven en weer tot leven kwamen. Maar híj had geen licht gezien, geen tunnel met aan het eind een prachtig schijnsel; hij had zichzelf gezien. Geen moment had hij zijn bewustzijn verloren, meende hij. Hij bleef erover nadenken en begon zich te realiseren wat er was gebeurd, zoals hij zich soms ook realiseerde dat hij gedroomd had. Misschien was het de ziel geweest die het lichaam verliet. Hij had het ineens niet koud meer, het gevoel te stikken verdween en in plaats daarvan kon hij ademen of hoefde hij niet langer te ademen. Hij werd uit het ruim getild, hij zweefde boven de boot en zag een man onder zich, die Birta omhoogtrok. Hij zag zichzelf in haar armen. Hij zag dat hij levenloos op het dek lag en dat een man hem eerste hulp verleende. Hij zag Birta vlak bij zich, kokhalzend. Hij was in een droom.

Plotseling werd hij wakker en keek in de ogen van een man die zich over hem heen boog. Hij sidderde van kou en kon door alle zeewater en vuil in zijn longen nog niet ademen. Hij hoestte, hij spuugde, hij kokhalsde, hij braakte. Toen hij opnieuw wakker werd, lag hij in de ambulance en zag dat Birta bij hem was.

Toen raakte hij weer weg.

32

Erlendurs theorie over de Westfjorden was bij de leiding van de rijkspolitie en ook bij zijn medewerkers als een bom ingeslagen. Ze waren van mening dat hij over wel heel weinig feitenmateriaal beschikte om zo te generaliseren. Toch hield hij aan zijn zienswijze vast. Hoe langer hij nadacht over het meisje Birta, over Janus en over de Westfjorden, hoe meer hij ervan overtuigd raakte dat ze haar dood in een bredere context moesten plaatsen.

De foto die Elínborg hem had gegeven zat in zijn jaszak. Hij vond dat hij zo snel mogelijk iets moest doen; hij kon dit niet langer voor zich uit schuiven. Er was maar één manier om de zaak aan te pakken, maar daarmee wilde hij nog een dag wachten. Dan zou hij zijn beslissing bekendmaken.

Na de bespreking met de politiechef bleek er een boek bij Erlendur bezorgd te zijn. Het was Herberts notitieboek, met de namen van meisjes, van hun klanten en de tijdstippen waarop ze afgesproken hadden. Toen hij aan het werk wilde gaan zag hij het op zijn bureau liggen. Hij informeerde bij zijn collega's hoe het daar kwam, maar die moesten hem het antwoord schuldig blijven. Geen van hen had gemerkt dat er iemand in het kantoor was geweest die daar niet thuishoorde. Aan de beveiliging van het gebouw werd weinig of geen aandacht besteed. Erlendur was verontwaardigd: iedereen scheen maar het hoofdgebouw van de rijkspolitie binnen te kunnen stappen om in de kantoren te rommelen.

Hij bladerde in het boek. Het had geen opschrift en zag er versleten uit. Het was een ringband in A5-formaat. Er stonden voor het merendeel namen in die hem onbekend waren. Sommige meende hij wel eens gehoord te hebben en enkele kende hij zelfs heel goed. Hij zag de namen van

Birta en Dóra en nog een groot aantal andere vrouwen, hij zag de naam Kalmann, die van een minister en die van een topambtenaar bij de gemeente Reykjavík. Erlendur had de indruk dat dit Herberts boekhouding was. Het boek versterkte de aanwijzingen dat Kalmann connecties had met Herbert. Het liet ook zien dat Herbert achter de georganiseerde prostitutie in Reykjavík zat. Hij keek het een paar keer van voor naar achter door en uiteindelijk kon hij opgelucht ademhalen: de naam Eva Lind kwam er niet in voor.

Voor Erlendur zich verder met zijn lectuur kon bezighouden ging de telefoon op zijn bureau. Hij nam op.

'Heb je die foto gezien?' klonk het door de telefoon.

'Met wie spreek ik?' vroeg Erlendur.

'Heb je vanmorgen dat boek gevonden?' ging de stem verder.

'Janus!' Erlendur zette de recorder aan.

'Ken je de man op de foto?' ging Janus verder.

Erlendur stond langzaam op, met de hoorn in zijn hand. Op dat moment kwam Sigurður Óli zijn kantoor binnen; Erlendur wees op de telefoon en vormde met zijn lippen de naam Janus. Sigurður Óli keek op de nummerweergave en liep het vertrek weer uit.

'We kennen je, Janus,' zei Erlendur. Hij wilde de aandacht van de foto afleiden. 'We weten dat jij Birta's vriend was. Het is echt van het grootste belang dat je naar ons toe komt om te praten. Ik weet dat jullie in de Westfjorden al bevriend waren. Ik weet dat ze je leven gered heeft.'

'Nou zie je zelf dat Herbert meisjes voor ze regelde,' zei Janus, die zich door Erlendur niet liet afleiden. 'Je ziet aan wie hij meisjes leverde. Je ziet waar ze elkaar ontmoetten en wanneer. En je ziet wat voor kerels het zijn. Wat denk je eraan te gaan doen?'

'Daar gaan we natuurlijk achteraan, maar het is echt het beste als je bij ons komt en met ons praat. Weet je iets van Herbert? Weet je waar hij zit?'

'Herbert is de baas van alles. Van heel de drugshandel en de prostitutie. Ik heb een massa papieren en ik ben van plan jullie die te sturen.'

'Dat is prachtig, natuurlijk. Maar eerst moeten we praten.'

'Later,' zei Janus. 'Later zal ik met jullie praten.'

Erlendur merkte dat het gesprek afliep.

'Leverde Herbert ook drugs aan jouw vriendin?' vroeg hij plotseling.

'Alles wat ze wilde kreeg ze van hem en alles wat hij zei deed ze.'

'Weet je waar Herbert is?'

'En ik heb ook gegevens over de lui die voor Herbert in de drugshandel werken, ik heb zijn distributiesysteem op papier, zijn dealers, zelfs de percentages die ze krijgen. Ik heb de namen van een paar politiemensen die Herbert in zijn zak schijnt te hebben. Dat heb ik allemaal, en het zal me een eer en een genoegen zijn om de hele zooi aan jullie te geven.'

'Kalmann komt ook vaak in dat boek voor. Weet je wat die allemaal uitspookt?'

'Dat weet ik nog lang niet allemaal, maar Birta hoorde wel eens wat. Alleen snapte ik nooit waar ze het dan over had. Ze vroeg wie er in al die huizen moesten komen wonen. Daar begreep ik niks van. Maar zo langzamerhand geloof ik dat ik wel weet wat ze daarmee bedoelde.'

'Waar zit je, Janus?' vroeg Erlendur. 'Kunnen we je niet ophalen?'

'Maak je over mij maar niet druk. Maak je liever druk over die klootzak, die Herbert.'

Erlendur begon nog sneller te spreken.

'Waarom heb je Jón Sigurðsson uitgekozen?'

Het antwoord kreeg hij niet te horen. Janus zei wel iets, maar hij verstond het niet. Twee keer vroeg hij wat Janus gezegd had, maar toen hoorde hij de kiestoon. Hij legde de hoorn op de haak.

Sigurður Óli verscheen in de deuropening. 'Het is het nummer van een kleine platenzaak in het centrum. Er zijn twee auto's onderweg.'

'Janus wil dat we hier iets mee doen,' antwoordde Erlendur en hij wees op de ringband. Sigurður Óli begon erin te bladeren.

'Janus schijnt dus via Herbert een stel documenten te pakken te hebben gekregen,' ging Erlendur verder. 'Dit boek verbindt Herbert en Kalmann met elkaar, maar dan hebben we Herbert er als getuige bij nodig.'

'Denk je dat Janus Herbert wil ombrengen?'

'Nou, ik betwijfel of ze dol op elkaar zijn.'

'En hoe zit het met Kalmann?' zei Sigurður Óli. 'Zou Janus hém wat willen aandoen?'

'Ik denk dat we maar eens een beleefdheidsbezoekje moeten gaan afleggen bij onze geniale ondernemer,' zei Erlendur en hij zette zijn hoed op. 'Echt een mooi karwei voor vandaag.'

'En wat doen we met Janus?'

'Ik heb zo'n vermoeden dat die wel weer van zich laat horen.'

Het was nog vroeg in de morgen toen ze met een wagen van de rijkspolitie het erf voor Kalmanns huis op reden. Ze hadden zich ervan vergewist dat hij niet voor zaken afwezig zou zijn. Hij bleek inderdaad thuis en ontving hen aan de deur, al onberispelijk gekleed in het blauwgrijze kostuum van de zakenman. Sigurður Óli bekeek het met een kennersblik. Erlendur besteedde er geen aandacht aan.

Kalmann scheen niet bijzonder verbaasd dat hij al zo vroeg in de morgen twee man van de rijkspolitie op bezoek kreeg. Direct nadat ze zich hadden voorgesteld liet hij ze binnen en bracht hen naar de kamer. Hij woonde alleen, zei hij, wat zowel positieve als negatieve kanten had. Hij was een lange man, zongebruind, net als Sigurður Óli, hoewel hij zijn kleur onder de echte zuiderzon had gekregen en niet in een zonnestudio. Hij had zeer donker, zorgvuldig geknipt en verzorgd haar, dat vanaf zijn hoge voorhoofd achterover was gekamd. Onder zijn fijne wenkbrauwen stond een paar bruine ogen. De dunne neusrug contrasteerde met een forse kin. Zijn wangen waren enigszins ingevallen. Aan beide ringvingers van zijn kleine handen droeg hij een grote gouden ring. Achter zijn hooghartige gelaatsuitdrukking was de hardheid zichtbaar van een man die zich bewust was van zijn positie en deze als het moest met hand en tand zou verdedigen.

Erlendur en Sigurður Óli namen plaats in de salon, die met zijn prachtige, exclusieve meubelen zeer smaakvol was ingericht. Er hingen schilderijen, in een van de hoeken stond een witte vleugel, dure bibelots waren artistiek op tafels en kastplanken gerangschikt. Aan de muren hingen foto's van Kalmann in gezelschap van ministers, directeuren van grote buitenlandse ondernemingen en zelfs de zeer groten der aarde. Wonderlijk stelletje familiefoto's, dacht Sigurður Óli.

'Wat kan de politie bij míj te zoeken hebben?' zei Kalmann. Hij klonk nu alsof hij oprecht verbaasd was. Met lichte minachting keek hij naar de twee mannen. Op hem zouden ze geen vat krijgen, die ambtenaartjes. Toch had zijn gevoel van veiligheid een deuk opgelopen. Hij wist niet waar Herbert zat. Stel dat die zich bij de politie had gemeld. Kalmann kon zich dat niet goed voorstellen, maar ooit had Herbert zich iets laten ontvallen over informatie die hij bezat en daar subtiel mee gedreigd. Kalmann wist dat Herbert zijn ouwe moeder nog zou verkopen als hij echt in de knel zat en zijn huid moest zien te redden.

Erlendur besloot behoedzaam te werk te gaan en te zien hoe ver ze daarmee kwamen.

'Tja, hoe wonderlijk het ook lijkt, je naam is gevallen in het onderzoek naar de moord op die jonge vrouw van het kerkhof – je hebt er ongetwijfeld van gehoord,' zei hij. 'Een zekere Herbert heeft naar jouw gsm gebeld, kort nadat we hem ondervraagd hadden over die zaak. Die man is nu verdwenen, weg, het lijkt wel of de aarde hem verzwolgen heeft. We zijn nog steeds naar hem op zoek. Wat we nu graag zouden willen weten is wat hij jou te melden had. Waarom heeft hij je gebeld en wat voor relatie bestaat er tussen jullie?'

'Zijn jullie er zeker van dat het mijn nummer was?' vroeg Kalmann. Hij pakte met elegante bewegingen een prachtig sigarettenetui van tafel, opende het en stak een sigaret tussen zijn lippen. Met een aansteker in dezelfde stijl als het etui stak hij de sigaret op.

'Ja, jij bevond je toen in New York. Wat hebben jullie besproken? Waarom belde hij je nadat hij van de dood van dat meisje gehoord had?'

'En voor zo'n flutvraag komen jullie 's morgens voor dag en dauw aanbellen? Jullie doen alsof de wereld vergaat. Nou, je had je de moeite kunnen besparen. Ik ben in New York een heleboel keren gebeld, soms op de telefoon van het hotel en soms op mijn mobieltje. Ze draaien ook wel eens het verkeerde nummer, je weet hoe dat gaat. Soms word je gebeld en dan hoor je alleen maar de kiestoon. Dat ene Herbert me 's avonds gebeld zou hebben over de dood van een meisje is voor mij helemaal nieuw. Ik ken geen Herbert, en als die me al op mijn mobieltje gebeld zou hebben, dan was het niet voor mij bestemd. Verkeerd nummer, kan gebeuren.'

'Dus je kent geen Herbert?'

'Nou ja, er werken zevenhonderd mensen bij me, dus ik zou niet met zekerheid durven beweren dat ik geen Herbert ken. Laten we zeggen dat ik me zo iemand op het ogenblik niet voor de geest kan halen. Wat voor man is het?'

'Herbert zou je met recht een goeie bekende van de politie kunnen noemen,' zei Erlendur. 'Een man met wie we in de loop van de tijd nogal eens te maken hebben gehad. Hij zit in de drugshandel en zelfs in de prostitutie. Er zijn mensen die beweren dat het een stuk vergif is. Anderen zeggen dat hij gek is. Waarom belt zo iemand nou naar jouw nummer?'

'Zoals ik zeg, het kan toeval zijn.'

'Alleen maar stom toeval?'

'Toevalligheden zijn altijd stom.'

'Wat had je in het weekend in New York te doen?'

'Ik zie niet in wat jullie daarmee te maken hebben. Maar goed, ik had een vergadering over de bouwprojecten die mijn bedrijf, samen met een aantal andere, hier in Reykjavík op stapel heeft staan. Ik kan jullie de namen wel geven van de mensen met wie ik vergaderd heb, en waar ik vergaderd heb, en de data. Maar ik moet wel zeggen dat ik dit een volkomen belachelijk gesprek vind. Wat willen jullie nou eigenlijk?'

'Je bent bij heel grote projecten betrokken, hier in de stad. Al die nieuwe wijken en dat enorme winkelcentrum. Twee keer zo groot als Kringlan. Dat bouw jij toch?'

'Ja, samen met een heel stel anderen. Maar wat heeft dat ermee te maken?'

'En Herbert heeft nooit naar Amerika gebeld?'

'Ja hoor, breng me maar weer met die man in verband! Drugs en prostitutie. Ik zou al die andere kletsverhalen er ook nog even bij halen: dat ik in de smokkelarij gezeten zou hebben en zo. Wat geroddel met je doet is met geen pen te beschrijven, en je staat er machteloos tegenover. Wisten jullie al dat ik homo ben, dat ik geprobeerd heb zelfmoord te plegen – tenminste twee keer – dat ik op kleine meisjes val en dat ik naar Thailand vlieg als ik jongens wil hebben? Nooit gehoord? Zulke verhalen doen de ronde over mij en ik kan daar niks tegen beginnen. Ik heb me er nooit goed tegen kunnen beschermen, want je kunt er zo hard tegenin gaan als je wilt, de geruchten zijn sterker. En al helemaal hier op IJsland. IJslanders zijn de ergste zwamneuzen van de hele wereld. Ziekelijke roddeltantes. Het volk van de kulverhalen!'

Er viel een stilte na deze uitval van Kalmann. Zijn gelaatsuitdrukking was niet veranderd en hij was niet luider gaan spreken. Hij had zonder veel emotie gesproken, alsof hij het moe was steeds maar weer de waarheid te moeten vertellen aan mensen die hem toch niet serieus namen.

Erlendur wilde Kalmann nog niet confronteren met de inhoud van Herberts ringband. Later zouden ze terugkomen om verder op de zaken door te gaan. Dan zouden ze zien wat voor commentaar hij had op de administratie die het boek bevatte en hoe hij zou proberen zich eruit te liegen. Maar eerst moest Erlendur nog weten wat Kalmann over Birta te zeggen had. Hij vroeg hem of hij een meisje met die naam kende.

'Nee, zegt me niks,' zei Kalmann en hij drukte netjes zijn peuk uit in een grote asbak. 'Wat voor schoonheid mag dat wel zijn?'

'Dat is het meisje dat dood op het kerkhof is gevonden,' zei Erlendur.

'En werkte die voor mij?'

'Ik weet niet of dat de goeie uitdrukking is,' zei Erlendur.

'Goeie uitdrukking? Goeie uitdrukking? Waar wil je nou naartoe met je "goeie uitdrukking"?'

'Ze kende die Herbert.'

'Nou moet je eens goed naar me luisteren, vriend. Ik ga je twee dingen zeggen, en die zou ik maar in mijn oren knopen. Eén: ik heb dat meisje op het kerkhof niet gekend. Twee: die Herbert ken ik evenmin.'

'Hè, ik verheug me er al op om dat stuk verdriet te grazen te nemen,' zei Sigurður Óli toen hij weer met Erlendur in de auto stapte. 'We hadden hem dat hoerenboek moeten laten zien.'

'Verkeerd nummer,' zei Erlendur Kalmann na. 'Waar ziet hij ons eigenlijk voor aan?'

'Moeten we hem dat boek niet laten zien? Het is toch nergens goed voor om daarmee te wachten?'

'O, dat kan altijd nog. Janus had het over nog andere papieren. Eerst maar eens zien wat daarin staat. Daarna praten we weer met Kalmann en dan vertellen we hem wat zijn zielige smoesjes waard zijn.'

Zo'n drie kwartier later stopte er weer een auto voor Kalmanns huis. Er stapte een atletisch gebouwde man uit, die naar de deur waggelde. Hij droeg een grijs joggingpak dat zijn spierbundels maar ten dele verborg. Hij liep op sportschoenen en had kortgeknipt haar. Rond zijn mond waren resten melk zichtbaar.

Hij drukte op de bel. Kalmann liet hem binnen.

Later die dag werd Kalmann vanuit de Verenigde Staten gebeld. Hij zat op zijn kantoor en zijn trekken drukten verwachting uit toen hij hoorde wie er aan de lijn was. Maar die uitdrukking verdween snel. Er kwam een grimas op zijn gezicht, zijn wenkbrauwen gingen omlaag en de knokkels van de hand die de hoorn vasthield werden wit.

33

Tegen de avond van diezelfde dag nam Janus weer contact op met Erlendur. Sigurður Óli luisterde mee op een andere lijn, die was verbonden met Erlendurs toestel. Binnen de minuut hadden ze ontdekt dat hij belde vanuit een telefooncel bij de haven. Janus vroeg of hij Erlendur 's avonds alleen zou kunnen spreken en noemde daarbij plaats en tijd. Zou hij niet alleen komen, dan ging de ontmoeting niet door. Als Janus politiemensen zag was hij ogenblikkelijk weer weg.

'Maar je hebt niks te vrezen,' zei Erlendur. 'We willen je echt niet arresteren. Je kunt gerust naar ons toe komen om te praten; je hoeft nergens bang voor te zijn. Vertrouw ons nou maar.'

'Heb je die namen in dat boek gezien? Heb je gezien wie er bij Herbert op de lijst staan? Ik heb nog meer papieren, die zal ik je vanavond geven. En dan zul je zien dat er ook foto's zijn gemaakt. Ik heb nóg een foto van die man. En vertrouwen doe ik niemand.'

Toen had Janus opgehangen en was hij ervandoor gegaan. Even daarna kwam een politieauto bij de telefooncel aanrijden. Er sprongen twee agenten in uniform uit. Vergeefs – Janus was verdwenen.

'Hij kan ons toch zeker vertrouwen, die knul?' zei Erlendur tegen Sigurður Óli.

'Moeten we eigenlijk niet proberen hem op te pakken als je hem vanavond spreekt?' vroeg Sigurður Óli.

'We zullen eens kijken wat die jongen te vertellen heeft en wat hij voor ons meebrengt. Laten we nou maar geen indiaantje met hem gaan spelen, hem in de val laten lopen of zo. Of hem volgen of bang maken.

Tegenwerken doet hij niet, hij werkt echt met ons mee. Dat heeft hij vanaf het begin gedaan. En nou wil hij met ons praten, maar wel op zijn eigen voorwaarden. Daar kan ik niks verkeerds in zien. Ik ga naar hem toe, we praten met elkaar en misschien kan ik hem wel zover krijgen dat hij ophoudt met die geheimzinnigdoenerij. En doet hij dat niet – ook goed. Van mij mag hij een tijdje zeggen hoe hij het hebben wil. We zien wel hoe het loopt.'

'Over welke foto zou hij het toch hebben?' vroeg Sigurður Óli. 'Zou Herbert foto's van klanten gemaakt hebben om ze mee te chanteren? Ergens moet hij toch het geld vandaan hebben waarmee hij de drugsmarkt hier heeft veroverd? Destijds leek het wel alsof hij de Zakenman van het Jaar was.'

'We kijken wel wat Janus voor ons heeft,' zei Erlendur.

De ontmoetingsplaats die Janus gekozen had was het vliegveld van de IJslandse Zweefvliegclub op Sandskeið, twintig kilometer ten oosten van Reykjavík. Sigurður Óli wees erop dat dit een uitgelezen plaats zou zijn om hem in te rekenen, maar Erlendur wilde daar volstrekt niet van horen. Janus had weer een auto. Volgens schattingen van de politie werden er in Reykjavík zo'n tweehonderd auto's per jaar gestolen. Daarvan had Janus er inmiddels drie voor zijn rekening genomen. Erlendur reed in zijn eigen auto in oostelijke richting de stad uit. Hij had duidelijke orders gegeven dat hij niet mocht worden gevolgd en dat de politie uit de buurt moest blijven, hij wilde geen pottenkijkers. Hij wilde Janus laten zien dat hij de politie kon vertrouwen. Dat hij Erlendur kon vertrouwen. Toen hij bij Sandskeið aankwam reed hij naar het midden van het vliegveld, stopte, zette de motor af en wachtte.

Hij wachtte een uur. Een uur en een kwartier. Anderhalf uur. Het weer was zacht geworden na de regen eerder op de dag. De zon stond in het westen. Erlendur stapte uit de auto. Hij wachtte, rookte een half pakje sigaretten en begon te denken dat Janus hem bij de neus had genomen. Hij tuurde alle kanten op, maar de enige auto's die hij zag raasden over de verkeersweg, op twee kilometer afstand van het vliegveld. Vakantiegangers met een auto vol kinderen, die terwijl ze nauwelijks de stad uit waren al zeurden dat ze bij het volgende benzinestation wilden stoppen. Zo stelde Erlendur het zich voor. Ervaring had hij er niet mee.

Hij ging weer in de auto zitten en zou juist de motor starten toen hij aan het oostelijke eind van de landingsbaan een stofwolk zag, met daaronder een donkere vlek. De vlek kwam dichterbij, werd groter en bleek een auto te zijn, die uiteindelijk pal voor Erlendur tot stilstand kwam. Hij liep eromheen en ging, zoals afgesproken, op de passagiersplaats zitten.

Ze gaven elkaar een hand. Janus zat van onder tot boven onder het vuil. Het leek wel, dacht Erlendur, of er roet in zijn dikke haar zat; vanuit zijn ogen liepen witte strepen over zijn zwarte gezicht, alsof hij had gehuild. Ook zijn handen waren zwart van het roet. De lucht die ze afgaven kwam Erlendur heel bekend voor.

'Is dat geen bacon, het luchtje dat je bij je hebt? En waar ben je eigenlijk al die tijd geweest?'

'Overal en nergens,' zei Janus.

'Waar heb je die foto vandaan die je in dat huurpand van Herbert hebt achtergelaten?' vroeg Erlendur, recht op zijn doel afgaand.

'Die zat in het geldkistje. Ken je de lui die erop staan?'

'De man op de foto is een heel hoge ambtenaar die over de uitgifte van bouwterreinen gaat. Van de jongelui weet ik niks, die stakkers ken ik niet.'

'Er zaten er veel meer in het kistje. Ik heb ze bij me.'

'Hoe heb je dat kistje ontdekt?'

'Daar kunnen we het misschien later nog over hebben.'

'Je hebt ons nogal wat last bezorgd. Waarom doe je zo geheimzinnig? Je had toch gewoon bij ons kunnen komen om te praten? Waar ben je nou toch steeds mee bezig?'

Janus zweeg. Nooit eerder had hij met een politieman gepraat.

'We zijn niet speciaal in jou geïnteresseerd. Ik bedoel, we moeten je niet hebben voor iets strafbaars. Het enige wat we weten is dat je uit de Westfjorden komt, net als Birta, en dat je haar vriend was. Je hebt ongetwijfeld iets te maken met Herberts verdwijning en nou wil je het ook al tegen Kalmann opnemen. En tegen nog meer invloedrijke mensen in de maatschappij, als ik op die vieze foto mag afgaan. Alsof het niks is. In je eentje. Iemand moet jou ooit dat mooie verhaal van David en Goliath verteld hebben.'

'Ik heb het gevoel alsof ik ergens keihard tegenop ben gebotst. Ik wou maar dat ik er helemaal vanaf was. En dat zal ook wel niet lang meer duren.'

'Wat ben je dan van plan?'

'Hebben jullie Kalmann gesproken?'

'Die ontkent alles,' zei Erlendur. 'Hij kent Herbert niet, hij kent Birta niet, hij kent zichzelf niet eens als je hem een spiegel voor zijn neus houdt. Maar het boek dat je ons hebt gestuurd, heb ik hem nog niet laten zien. Ik ben zeer benieuwd naar zijn antwoorden als ik dat wél doe.'

Janus reikte naar de achterbank. Hij pakte een stapel papieren en begon erin te bladeren.

'Birta heeft me ooit verteld dat Herbert er zo verwaand over deed dat hij alles van Kalmann wist, dat hij bepaalde papieren had. En dat Kalmann dus maar beter héél *nice* voor Herb kon zijn. Zo praat hij altijd. *Nice. Fucking hell.* Dat werk.'

'Ja, dat weet ik. Hij praat als zo'n ouwe rocker uit Keflavík. Heb jij Herb soms voor onze neus weggekaapt?'

Janus gaf geen antwoord.

'Wie kan jou verteld hebben waar Herbert die papieren bewaarde? Toch alleen maar Herbert zelf? De post is ze je echt niet komen brengen op dat bacon-adres waar je de laatste dagen gezeten hebt.'

'Misschien vertel ik je ooit nog wel hoe ik die papieren ontdekt heb,' zei Janus. 'Nu is het alleen maar van belang dat ik ze héb. Het zijn documenten over drugs, drugssmokkel en drugshandel. Birta was Herberts pakezeltje. Wisten jullie dat?'

'Nee, eerlijk gezegd weten we niks over Birta. Heb jij haar willen helpen of iets van dien aard?'

'Ik heb geprobeerd haar ermee te laten stoppen. Maar dat had geen enkele zin.'

'Ja, daar kan ik over meepraten. Het is heel erg als mensen niet naar rede willen luisteren.'

'De foto die ik in het kistje heb laten liggen, heb je die?'

'Ja, die heb ik,' zei Erlendur en zijn stem klonk bitter. Hij haalde de foto uit zijn jaszak. Hij had hem aan niemand laten zien, maar hij wist ook dat hij hem niet veel langer achter kon houden.

'Ik heb er nog een, daar staat precies hetzelfde op,' zei Janus, en hij gaf Erlendur een foto uit de stapel. Deze was heel scherp, en toonde dezelfde setting als op de foto die Erlendur bij zich droeg. Er stond een man op van in de vijftig, naakt. Hij lag op bed met een meisje en een jongen. Het leek dat de man met zijn handen was vastgebonden aan het hoofdeinde van het bed. Toen Erlendur keek, overviel hem weer een gevoel van machteloosheid. Zo had hij zich voor hotel Borg ook gevoeld toen Elínborg hem de foto had laten zien. Hij keek naar de man, vastgebonden aan het bed, naar het meisje en de jongen. De jongen zat schrijlings op de man en het meisje drukte haar gezicht tegen het zijne. Ze waren beiden nauwelijks meer dan kinderen, op zijn hoogst zeventien jaar oud. Alle drie keken ze verrast in de lens, alsof de fotograaf hen had betrapt. De locatie zou een hotelkamer in Reykjavík kunnen zijn. Erlendur hield de foto zo stijf vast dat het bloed uit zijn vingers wegtrok; hij schudde ongelovig zijn hoofd.

'Ik geloof dat de jongen Jóel heet,' zei Janus. 'Birta kende hem wel. Maar wie het meisje is weet ik niet. Zou Herbert die foto gebruikt hebben om de man te chanteren?'

'Daar ziet het wel naar uit,' zei Erlendur langzaam, vermoeid, bijna alsof hij Janus wilde kalmeren. 'Al geloof ik niet dat Herbert dit helemaal in z'n eentje heeft gedaan. Waarschijnlijk hebben ze hem alleen maar nodig gehad om deze foto's te leveren. En omdat hij de kinderen kent die bereid zijn dit te doen.'

'Denk je dat Kalmann er ook achter zat?'

'Ze deinzen nergens voor terug, die kerels, dat is wel duidelijk. Die *businessmen*, tuig van de richel is het. Ik vermoed dat die foto's met een heel speciaal doel gemaakt zijn.'

'Waarvoor dan?'

'Ik denk niet dat het om het geld van die man ging, maar om iets anders. Iets wat met zijn positie te maken heeft.'

34

Herbert merkte dat het hem heel langzaam ging lukken het touw om zijn armen stuk te krijgen. Het was aardedonker in de oven waarin hij nog steeds hing. Hij kon zich nog een beetje bewegen, hoewel hij zorgvuldig vastgebonden was. Het rek waaraan hij hing bestond uit aluminium stangen met ruwe, scherpe randen en hij had een manier gevonden om met de touwen tegen een van die stangen te komen.

Kort nadat Janus Herbert in de oven had geschoven en de deur had dichtgesmeten was de la onder de oven uit getrokken. Hij zag in het zwakke licht dat door de opening naar binnen drong hoe Janus brandstof in de la legde, ballen gedroogde schapenmest, stukken brandhout en takken die in het hok lagen. Die brandstof vulde hij zorgvuldig aan met zaagsel. Herbert begreep dat Janus bezig was de oven klaar te maken voor het roken.

Maar zover kwam het niet. Janus stak de brandstof niet aan, maar schoof de la weer dicht. Er ging een lange tijd voorbij. Herbert hoorde geen voetstappen of andere geluiden. Het leek alsof Janus weer verdwenen was.

Toen Janus hem aan het rek vastbond had Herbert direct gemerkt hoe scherp de stangen waren, en toen hij Janus niet meer hoorde begon hij de touwen door te schuren. Onafgebroken wreef hij in het donker met de touwen tegen de rand. Het zweet droop van hem af en zijn armen deden zo'n pijn dat het wel leek of hij díé aan het afschuren was. Maar hij ging door en bedacht ondertussen hoe hij met zijn kwelgeest zou afrekenen. De haat tegen Janus hield hem in beweging. Hij zou loskomen. Hij zou hem krijgen, die *fucking cocksucker*.

Herbert bedacht ook dat hij zijn papieren in handen moest zien te krijgen voor Janus had besloten wat hij ermee zou doen. Hij had Janus erover verteld – hij had niet anders gekund. Het was de enige manier geweest om uit die la te komen, en hij zou beslist al vrij geweest zijn als hij zijn zelfbeheersing niet had verloren toen hij in dat hok was gevallen.

Wat wil Janus met die papieren? vroeg Herbert zich af, terwijl zijn armen langs de stang op en neer gingen. Waar zit hij in te wroeten, die gore *motherfucker*?

En dan was er die *fucking* Kalmann. Herbert kon de plannen van Kalmann en zijn zakenvrienden niet goed doorzien. Hij wist dat die voor een deel te maken hadden met de uitgifte van bouwterreinen in de omgeving van Reykjavík. En ook met het aankopen van stukken grond. Kalmann had Herbert en Melkmuil eens naar een boer gestuurd, ergens in de omgeving van Mosfellsbær. Die was niet zo enthousiast over het bod dat Kalmann op zijn grond had gedaan. Die boer was een ouwe vent, hij woonde in een huis dat op instorten stond en had met zijn twee koeien, zijn vijftig ooien en een gammele knol helemaal niks te makken. 'Van die beesten zou ik maar knakworst laten maken,' zei Melkmuil en toen had hij zo moeten lachten dat hij een hoestaanval kreeg. Hij nam maar gelijk twee pillen, *just in case*.

De ouwe vent wist niet wat hem overkwam toen Herbert en zijn maat bij hem op de deur klopten en over dat prachtige bod begonnen en of hij dat nou niet aan zou nemen. Was hij echt zo stom dat hij daar in dat onbewoonbare huis bleef zitten, met een bedrijf dat helemaal niks voorstelde? '*Fuck it, man*,' zei Herbert, 'je kan een prachtig appartement kopen in een bejaardenflat. Lekker naar bed met al die wijfies daar. Wat wil je nog meer? Of lukt het allemaal niet meer zo?'

'Vergeet het maar. Ik verkoop mijn land niet,' zei de kerel, en hij zei erbij dat ze moesten oprotten. Hij verkocht niet, wat voor bod hij ook kreeg, en nou opgesodemieterd.

'Is dat nou gastvrijheid?' zei Herbert en hij keek vragend naar Melkmuil.

Twee dagen later brandde de bouwvallige schuur bij de boerderij tot de grond toe af. Het paard kwam daarbij om. De boer sloot een contract met een van Kalmanns ondernemingen en betrok een dienstwoning in Reykjavík. Over wat er gebeurd was praatte hij nooit meer. Zelfs niet met zijn twee kinderen, die blij waren dat hij eindelijk zijn grond had verkocht en een beter huis in de stad had gekregen. Ze hadden geen benul van de waarde van dat land. Ze keken niet naar de toekomst, zoals Kalmann. Dat was nu vijftien jaar geleden en de stad had zich uitgebreid in de richting van het land dat hij had gekocht. Dat zou algauw een van de duurste terreinen van Reykjavík zijn.

Als het nodig was druk uit te oefenen maakte Kalmann in de meeste gevallen gebruik van Herberts diensten. Zo was het tenminste vroeger. Tegenwoordig wilde hij liever niet meer met hem samen worden gezien of op een of andere manier met hem in verband worden gebracht. Herbert had de foto's van de hoge gemeenteambtenaar genomen. Lang voordat hij in het stadsbestuur zo'n invloedrijke positie kreeg had hij die man al meisjes geleverd. Hij was een van Herberts vaste klanten – tot na het incident.

Kalmann had Herbert gebeld; hij zat in de problemen. Hij moest een ambtenaar voor zijn plannen zien te winnen, maar die sukkel begreep maar niet hoe groot de belangen waren waarom het ging. Hij moest een duwtje hebben, misschien zou hij dan toegeven. Of Herbert daar raad op wist? Die zag wel een mogelijkheid. Hij ging Jóel halen. Het zou Herbert worst zijn wat er verder precies gebeurde, zolang hij zijn geld maar kreeg. Van de meid die Jóel had meegenomen wist hij niks af. Die zag hij pas toen hij de deur van de hotelkamer openduwde en de ene foto naar de andere begon te schieten.

Ineens knapten de touwen rond zijn armen; ze waren los. Herbert had zijn handen erg verwond terwijl hij de touwen kapot schuurde. Het bloed stroomde eruit, maar hij voelde geen pijn. In korte tijd had hij zich losgemaakt van het rek en zijn voeten bevrijd, zodat hij op het rooster onder in de oven kon springen. Het gaf een dreun toen hij erop neerkwam; het geluid echode tussen de muren. Herbert schoof de bebloede blinddoek af die Janus voor zijn ogen had gebonden. Toen begon hij pogingen te doen de ovendeur open te schoppen.

35

Tegen de afspraak in ging Erlendur niet naar zijn kantoor terug om verslag uit te brengen over zijn ontmoeting met Janus. Ze hadden in de auto lang gepraat over Herbert, over Birta, en hoe die voor hem had gewerkt. Erlendur kreeg de papieren en ze spraken af elkaar de volgende dag weer te ontmoeten. Janus zou zich melden en dan zou er officieel rapport worden opgemaakt. Erlendur vertrouwde hem en Janus zei dat hij Erlendur vertrouwde. Ze namen afscheid en reden ieder apart naar Reykjavík terug.

Erlendur deed geen poging Janus te volgen. Hij reed naar het huis van zijn dochter, Eva Lind. Maar voor hij uitstapte zat hij nog lange tijd in de auto na te denken. Hij bleef zijn hersens pijnigen, maar kwam net als de vorige dag niet tot een conclusie. Het lukte hem niet de zaak kalm te bekijken. Integendeel, hoe langer hij nadacht, hoe opgewondener hij werd. Hij wist heel goed dat het zo was, hij wist het al zo lang. Maar het nu te moeten zien was te veel voor hem. De woede laaide in hem op.

Hij belde aan; de nieuwe man in het leven van zijn dochter kwam aan de deur. Zijn haar zat weer onberispelijk, hij droeg een wit overhemd met een prachtige das – ook op de knoop was niets aan te merken. Hij herkende Erlendur direct: die rechercheur van de rijkspolitie. Hij stond in dubio. Moest hij hem uitkafferen omdat hij zo laat aanbelde, of bescheiden doen, vriendelijk zijn, zorgen dat het hem wat opleverde? Het zou wel eens van pas kunnen komen dat hij zo'n kerel kende. Maar hij had geen tijd om te beslissen, Erlendur bespaarde hem de moeite.

'Oprotten jij, sukkel,' zei hij; hij greep hem bij zijn das en zwierde hem met een krachtige ruk de stoep op. Toen smeet hij de deur achter hem dicht.

Eva Lind kwam vanuit de keuken naar hem toe. Sindri Snær liep achter haar aan; hij was vanuit de kliniek even bij zijn zus op bezoek.

'Zeg, wat mankeert jou?' zei ze.

'Hou je mond,' antwoordde Erlendur.

'Wat is er met je?' zei Sindri Snær.

'En hou jij je snater ook maar. Je bent al niet veel beter. Waardeloos drugstuig zijn jullie, allebei. Alle twee volkomen waardeloze, verlopen junks.'

'Nou nou, je hebt het maar druk met ons, de laatste dagen,' zei Eva Lind. Ze wist haar kalmte te bewaren. 'Schokkend nieuws op het journaal?'

'Dat weet ik niet,' zei Erlendur. 'Ik weet niet of dit nieuws is voor jullie.' Hij haalde de foto tevoorschijn die Janus hem had gegeven. 'Maar voor mij in ieder geval wel!' schreeuwde hij toen. Hij smeet de foto in de richting van zijn dochter. 'Hier, geweldig nieuws! Daar zit ik nou verdomme net op te wachten.'

Eva Lind raapte de foto van de vloer en bekeek hem. Sindri Snær kwam bij haar staan en keek mee. Erlendur liep de kamer in, witheet. Hij nam in een chesterfield plaats die nog steeds in het plastic zat.

'*Jesus*, ben jij dat?' zei Sindri Snær.

'Hoe ben je aan die foto gekomen?' vroeg Eva Lind; ze verborg hem nu voor haar broer.

'Verrek, wat ben jíj daar aan het doen?' zei Sindri Snær. Hij wilde de foto pakken, maar Eva Lind griste hem weer terug.

'Waar heb je die vandaan?' herhaalde Eva Lind, haar vader aankijkend.

'Hoe oud ben je daarop?' vroeg Erlendur. Hij keek zijn dochter beschuldigend aan.

'Negentien. Van wie is die foto?'

'Negentien?' schreeuwde Erlendur. 'Meid, je liegt dat je barst. Je bent daar nog maar net zeventien, je bent daar nog een kind.'

Eva Lind keek naar haar broer en toen weer naar Erlendur. Daarna ging ze op de bank zitten, naast de chesterfield.

'Komt die foto bij Herbert vandaan?' vroeg ze.

'Die komt uit een verzameling foto's van hem, ja. Het heeft allemaal te maken met de moord op Birta en deze foto maakt dat ik niet meer de juiste figuur ben om met die zaak verder te gaan. Maar dat is niet waar ik me zorgen over maak. Hoe kon jij in iets dergelijks verzeild raken? In vredesnaam, hoe? Een jong meisje, verdomme. Gewoon een jong kind.'

Eva Lind keek haar vader lang aan.

'Dat weet ik niet,' zei ze ten slotte, en in haar stem klonk de capitulatie door. 'Ik zweer het, ik weet het niet. En ik probeer er niet al te veel aan te denken ook. Het verleden is het verleden. Daar moet je niet in blijven hangen. De jongen die met me op de foto staat heet Jóel. We zijn een tijd lang vrienden geweest en we klooiden maar wat aan. Jóel had contact met Herbert. Die zorgde dat hij klanten kreeg. Die willen niet altijd alleen maar meisjes, weet je. Jóel praatte er met me over en zei dat het gewoon lollig was. Zo zei hij het letterlijk: "gewoon lollig". "En het betaalt hartstikke goed," zei hij. Jóel had altijd bergen geld en ik had nooit wat. Toen vertelde Jóel me van die kerel, dat hij zo goed betaalde en dat die gevraagd had of hij niet een paar vriendinnetjes had. Hij vroeg of ik niet voor één keer met hem mee wilde. Die kerel zou twee keer zoveel betalen en we zouden samen delen.'

Eva Lind zweeg. Erlendur staarde haar aan. Sindri Snær was bij hen komen zitten en wist niet waar hij moest kijken.

'Ik ben dus voor één keer met Jóel meegegaan,' zei Eva Lind en ze gooide de foto weer in de richting van haar vader. 'Het was op een kamer in hotel Loftleiðir. Jóel en ik liepen gewoon de lobby in en gingen met de lift naar boven, naar de derde of de vierde etage. Die kerel zat in zijn kamer op ons te wachten. Niemand had ons gezien. En Jóel had gelijk: die man bulkte van het geld. Maar ineens kwam er iemand de kamer binnenstuiven. Die begon als een gek foto's te maken en weg was hij weer met z'n flitser. We hadden geen idee wie het was. Die rijke pief hebben we ook niet meer gezien. Nooit meer. Hij ging trouwens helemaal door het lint en begon op Jóel in te meppen. Toen heb ik Jóel geholpen en konden we gelukkig wegkomen.'

In de kamer was het stil. Erlendur en Sindri Snær lieten het verhaal op zich inwerken.

'Overigens gaat het jou niks aan wat ik allemaal doe, ouwe,' voegde Eva Lind eraan toe. Ze scheen de schrik weer te boven.

'Nee, stel je voor, zeg. Je bemoeien met zulke verlopen drinkers en spuiters als jullie, dát kan natuurlijk niet. Nou, proberen jullie dan zelf uit de prut te komen! En jij helemaal,' zei hij en hij wees naar Eva Lind. 'Probeer dan zelf eens iets meer te worden dan de zielenpoot die je nou bent.'

Weer viel er een lange stilte.

'Je weet wat voor een man dat was, díe viezerik?' vroeg Erlendur ten slotte.

'Hoezo? Is het soms een belangrijke figuur?' vroeg Eva Lind. 'Ik had hem nog nooit gezien.'

'Wanneer zijn jullie bij hem geweest?'

'Zo'n vier of vijf jaar geleden. Oké, ik was zeventien.'

'En Herbert heeft de afspraak met die man geregeld?'

'Dat zei Jóel tenminste.'

'En waar is die Jóel nu?'

'Ik heb hem al een hele tijd niet meer gezien. Ik heb gehoord dat hij een tijdje vastgezeten heeft, maar ik zou niet weten waarvoor. Hij spookt nooit iets uit waar ze hem op kunnen pakken.'

'Hoe ging dat in z'n werk met die afspraken?'

'Herbert nam contact op met Jóel als er werk was. Jóel was meestal overal voor in, zowel met jongens als met meisjes. Hij is biseksueel, als je weet wat dat is.'

'En?'

'En verder niks. We zijn bij die man geweest en hij betaalde goed. Vooraf.'

'Wat een zwijnerij,' zuchtte Erlendur. 'De vuilak! En zoiets maakt nog carrière ook.'

'Volgens mij is het juist dat soort kerels dat carrière maakt.'

'Heeft Herbert nog meer afspraken voor je geregeld?'

'Nooit,' zei Eva Lind, maar ze leek niet bijzonder op haar gemak. Erlendur zag het. Hij was gewend dat mensen tegen hem logen. Hij liet het maar zo. De agitatie stond op zijn gezicht te lezen. Zijn woede zakte weg. Wat Eva Lind met haar leven deed was niet nieuw voor hem, maar hij had het nooit met eigen ogen gezien. Hij hoopte een moment als dit niet nog eens te moeten meemaken.

'Je hebt niet met die Kalmann geslapen?'

'Alsjeblieft zeg, hou eens op met die paranoia,' steunde Eva Lind.

'Ik zal alles nou verder aan Sigurður Óli moeten overlaten. Ik kan zelf niet verdergaan met dit onderzoek. Dat is duidelijk.'

'Kun je die foto niet laten verdwijnen?' zei Sindri Snær. 'Geem mens hoeft toch te weten dat die bestond?'

'Bewijsmateriaal verdonkeremanen, daar doe ik niet aan.'

'Voor alles is een eerste keer,' zei Eva Lind.

'Ja, dat is júllie levensmotto. Erg genoeg!' snauwde Erlendur.

'Is het niet bij je opgekomen dat dit nou precies is wat die kerels willen? Dat je hier als een gek achteraan stuift?' zei Eva Lind.

'Op zo'n manier is hij me niet toegespeeld, die pestfoto,' zei Erlendur. 'Dat zou ook wel ongelooflijk uitgekookt zijn. Ik denk niet dat Herbert zo ver vooruitkijkt.'

'Maar Kalmann dan? Heb je die gecheckt?'

'Je moet je niet met het onderzoek bemoeien. Daar heb je niks mee te maken.'

'O nee? Volgens mij heb ik er anders flink aan meegewerkt.'

'Te veel,' zei Erlendur. 'Veel te veel. Heerlijk allemaal! Hoe kan ik nou zo mijn werk goed doen? Met jullie tweeën aan mijn kont? Het gaat zo niet langer. Het gaat zo echt niet langer.'

'Wij hadden hier niet gezeten als jij indertijd niet uit de kleren was gegaan,' spotte Eva Lind.

'Ik ben bang dat ik van jou hetzelfde kan zeggen, kind,' zei Erlendur.

Toen Janus terugkwam in de rokerij aan de Skúlagata was Herbert verdwenen. De grote schuifdeuren van het gebouw stonden wijd open en het leek erop dat het hem gelukt was de oude ovendeur open te trappen. Op het rooster onder in de oven vond Janus een stuk touw. Hij was het grootste deel van de dag weg geweest en kon dus niet bepalen hoeveel tijd er was verlopen sinds Herberts ontsnapping. Ook realiseerde hij zich niet dadelijk wat voor gevolgen het voor hemzelf kon hebben als de man die hij zo had vernederd nu vrij rondliep. Pas na geruime tijd drong het tot hem door dat hij beter niet langer in de rokerij kon blijven en maakte hij aanstalten om te vertrekken. Hij dacht erover naar zijn moeder te gaan om te slapen en zich de volgende ochtend bij Erlendur te melden om zijn verklaring af te leggen.

Maar het was al te laat. Hij had te veel tijd laten verlopen voor hij ontdekte in welk gevaar hij verkeerde. Toen hij de schuifdeuren uit wilde lopen kwam hem een man tegemoet die hij maar al te goed kende: Herberts vriend en onofficiële bodyguard Melkmuil. Hij vulde nagenoeg de hele deuropening en liep met langzame passen de rokerij in. Hij droeg een joggingpak en sportschoenen. Op zijn bovenlip had zich een snor van gedroogde melkresten gevormd.

Janus liep achteruit in de richting van het hok. Hij wist dat daar een raam was. Opeens draaide hij zich om en rende naar het hok. Melkmuil kwam met steeds dezelfde trage pas achter hem aan. Janus vloog het hok binnen en stopte zo plotseling dat hij bijna viel. Herbert stond hem daar bij het raam op te wachten als een honkballer: knuppel in de handen, petje op het hoofd. Voor de rest droeg hij dezelfde kleren als toen Janus hem in de oven had gelegd. Zijn gezicht zag zwart van roet en vuil, het haar onder het petje stond stijf van viezigheid. Zijn gezicht en handen waren bebloed.

'Wat een haast, *man!*' zei Herbert en hij sloeg met de knuppel in zijn handpalm. 'De pret begint pas.' Melkmuil was in de deuropening verschenen. Janus was machteloos.

'Het is gedaan met je,' zei hij. 'Ik heb met de politie gepraat en ik heb ze de papieren gegeven die ik bij je gevonden heb. Ze weten alles. Als ik jou was, zou ik maken dat ik wegkwam,' voegde hij eraan toe, in een machteloze poging Herbert angst aan te jagen. Tevergeefs. Herbert reageerde niet. Hij keek Janus alleen maar grijnzend aan.

'Nee *man*, ze weten niet alles,' zei hij. 'Nog niet, tenminste. Ze weten niet dat je dood bent.'

36

Het was kort na middernacht. Sigurður Óli, Elínborg en Þorkell zaten nog op Erlendur te wachten toen hij na zijn bezoek aan Eva Lind op het kantoor terugkwam. De stapel papieren die Janus hem had gegeven had hij bij zich. Hij legde niet uit waarom hij zo laat was, maar begon hun direct in grote lijnen te vertellen wat Janus bij die papieren had aangetroffen. Hij zei hun ook dat hij wegens persoonlijke omstandigheden niet verder kon deelnemen aan het onderzoek in deze zaak.

'Waar slaat dat nou weer op?' zei Sigurður Óli. 'Niet meer kunnen deelnemen aan het onderzoek in deze zaak? Wat is er dan aan de hand?'

'Dat leg ik later wel uit,' antwoordde Erlendur. 'Voor het moment moeten jullie het hiermee doen.'

'Je kan er niet zomaar mee kappen,' zei Sigurður Óli en zijn toon werd al luider. 'Wat is dat nou voor onzin?'

Elínborg zat er zwijgend bij en luisterde naar de discussie.

Erlendur merkte dat hij niet zo gemakkelijk van Sigurður Óli zou afkomen en vroeg zijn collega of die hem een lift naar huis kon geven. De volgende morgen zouden ze verder overleggen. Ze stonden op en keken niet-begrijpend toe hoe Erlendur zijn hoed opzette en het kantoor weer verliet. Sigurður Óli ging met hem mee naar zijn auto en ze reden weg. Een hele tijd zwegen ze. Eindelijk nam Erlendur het woord.

'Je kent Eva Lind wel, mijn dochter. Je weet hoe het er met haar voor staat. Ze is verslaafd en ik weet ook al een hele tijd dat ze zich soms prostitueert om aan geld te komen voor haar drugs. Ik heb geprobeerd haar eruit te halen, maar ik heb maar heel weinig invloed op haar manier van leven. En met Sindri Snær is het al net eender.'

Sigurður Óli reed door, onzeker waar Erlendur met het gesprek naar toe wilde. Net als de anderen op het kantoor kende hij Erlendurs dochter. Algemeen was bekend dat Eva Lind verslaafd was. Meer dan eens was ze in een drugshol gearresteerd en Erlendur had nooit gevraagd haar anders dan anderen te behandelen. Voor zover hij wist werd er onder het personeel niet over haar gepraat. Erlendur zelf sprak nooit over haar, en trouwens ook niet over zijn zoon, over zijn vroegere huwelijk of wat voor privéomstandigheden dan ook. Op Eva Lind had hij vroeger in kleinere zaken wel eens een beroep gedaan. Bepaalde gevallen als computerdiefstal of inbraak in vrijstaande huizen werden traditioneel met drugsgebruikers in verband gebracht. Dat Eva Lind zich in dit wereldje bewoog kon dus nuttig zijn. Maar noch Sigurður Óli, noch zijn collega's hadden ooit gehoord dat hij op die manier informatie had verkregen. Als het meisje al iets over een misdaad wist, hield ze er haar mond over. Deze keer was ze echter behulpzaam geweest en dat had het onderzoek een stap vooruit gebracht.

'Het enige wat ik weet is dat Eva Lind ons in deze zaak heeft geholpen,' zei Sigurður Óli.

'Te veel, vrees ik,' zei Erlendur. Ze waren nu bij zijn huis in Breiðholt. Sigurður Óli stopte en zette de motor af. Erlendur tastte in zijn zak en haalde de foto van Jóel en Eva Lind in de hotelkamer voor de dag. Hij reikte hem Sigurður Óli aan.

'Ze is daar maar net zeventien jaar, een kind nog,' ging hij verder. 'Die jongen bij haar heet Jóel. Die zouden jullie eens moeten opsporen. De man ken je misschien wel, een hoge gemeenteambtenaar. Nogal eens in het nieuws. Mogelijk is die foto gebruikt om hem ertoe te brengen Kalmann een voorkeursbehandeling te geven. Waarschijnlijk in verband met de uitgifte van bouwterreinen. Het moest die kerel allemaal wat makkelijker worden gemaakt. Ik wil dat jij die foto bewaart en dat je hem alleen maar bij het onderzoek gebruikt als het echt niet anders kan. En als dat het geval is, wil ik dat je voorlopig niet vertelt wie het meisje is. Denk je dat je dat voor me kunt doen?'

'Is dit je dochter?' zei Sigurður Óli zachtjes en hij bekeek de foto. 'Ik zou haar niet herkend hebben als je het me niet had gezegd. Dit moet afschuwelijk voor je zijn, zeg.'

'Ja, maar voor haar is het het ergste. Ach ach, dat kind.'

Ze zaten nog een flinke tijd in de auto en bespraken de zaak verder. Ze besloten Kalmann de volgende morgen vroeg een bezoek te brengen. Twee collega's zouden langsgaan bij de gemeenteambtenaar die op de foto stond. Sigurður Óli praatte op Erlendur in en liet hem beloven met hem mee te gaan naar Kalmann. Daarna zou hij zich uit de zaak kunnen terugtrekken.

Sigurður Óli zweeg een hele poos. Hij overwoog hoe hij Erlendur het beste kon vertellen dat hij met Bergþóra had geslapen. Met een getuige. Vroeg of laat zou hij hem dat toch moeten zeggen. Hij moest er niet aan denken dat Erlendur er langs andere kanalen achter zou komen.

'Waar zit je over te piekeren?' zei Erlendur.

'Ik zit te denken aan Bergþóra, onze getuige van het kerkhof. Ik moet je wat vertellen.'

'Wat dan?'

'De avond dat jullie het kistje in dat pand van Herbert hebben gevonden, ben ik bij haar geweest.'

'En?'

'We hebben samen gegeten.'

'En toen heb je een wip met haar gemaakt?'

'We hebben met elkaar geslapen.'

'Je hebt dus met onze enige getuige een wip gemaakt.'

'Zo was het niet. Is het nou echt nodig om er platte seks van te maken?'

'Ík maak er platte seks van?'

'Ik ben dol op Bergþóra.'

'Maar ze is getuige, idioot.'

'Ik weet het.'

'Hebben jullie het in bed nog gehad over het kerkhof van Reykjavík?'

'Ach, hou je bek.'

'Rust in vrede, zal je bedoelen.'

37

De volgende morgen vroeg gingen ze weer naar Kalmanns huis en belden aan. Een hele poos gebeurde er niets en ze belden opnieuw. Eindelijk hoorde ze geluiden binnen; Kalmann kwam in kamerjas en met ongekamde haren aan de deur. Met knipperende ogen keek hij hen aan.

'O, jullie weer. Ik schijn toch niet de juiste mensen bij de politie om te kopen,' zei hij ironisch, terwijl hij het huis weer binnenging. Erlendur en Sigurður Óli trokken de deur dicht en liepen achter hem aan.

'Wat kan ik doen voor twee kruisvaarders tegen misdaad en corruptie?' riep Kalmann hun van achter uit de zitkamer toe. Hij was op de enorme bank gaan zitten en sloeg de benen over elkaar. 'Vinden jullie het eigenlijk niet een beetje grof, mensen zo vroeg in de morgen wakker te maken voor een verhoor?'

'Dit is geen officieel verhoor en je hebt niet de juridische status van een verdachte, maar je wilt misschien contact hebben met je advocaat. In dat geval wachten we wel. Ons onderzoek naar het dode meisje Birta heeft ons nogmaals bij jou gebracht...' begon Erlendur, maar Kalmann viel hem in de rede.

'En hoe gaat het met je dochter? Ach, hoe heet ze ook alweer?'

Hij wachtte op Erlendurs antwoord. Kalmann had na hun laatste ontmoeting informatie verzameld over de persoon die het onderzoek naar de moord op Birta leidde. De man had een groot aantal zwakke plekken, had hij ontdekt, en dit was duidelijk de zwakste. Hij genoot toen hij zag hoe Erlendurs gelaatstrekken verstarden, juist omdat die hem niet het plezier gunde een duidelijke reactie te tonen. Hij wilde doen alsof er niets aan de hand was, maar slaagde daar niet helemaal in.

'Eva Lind was het toch?' ging Kalmann verder. 'Interessant meisje.'

'We hebben hier een aantal namen waarover we je vragen willen stellen,' zei Sigurður Óli. 'En nogmaals, als je contact wilt opnemen met je advocaat, dan kunnen we wel even wachten.'

'Een paar dagen geleden moest ik ineens aan haar denken, aan Eva Lind bedoel ik,' zei Kalmann, geen aandacht schenkend aan Sigurður Óli. 'Ik weet niet hoe het kwam, maar ik herinnerde me ineens een verhaaltje dat ik bij een vriend van me had gehoord. Hoe zat het ook weer? Eva Lind, bezig drugs te kopen. Ze gebruikt toch? Of niet? Maar ze had geen geld genoeg en toen ze aan haar vroegen hoe ze dacht te betalen...'

'Jij zit in de directie van rederij Viðey,' viel Erlendur hem snel in de rede.

'Wacht nou, even mijn verhaal afmaken. Het is echt een goed verhaal, hoor.'

'In dat bedrijf heb jij de meerderheid van de aandelen, al is dat niet algemeen bekend,' ging Erlendur verder, zijn stem verheffend. Hij was niet van plan zich door Kalmann uit zijn evenwicht te laten brengen. 'Er is onderzoek gedaan en dat heeft aan het licht gebracht dat dat bedrijf flink bezig is geweest quota te verzamelen, vooral in de Westfjorden.'

'Ligt het soms een beetje gevoelig met Eva Lind?' onderbrak Kalmann weer. Hij deed zijn best de grijns rond zijn lippen niet te laten verdwijnen. 'Ze hebben me verteld dat het zo'n voorbeeldig meisje was – in alles wat ze deed. En ze deed heel veel, tenminste, als je het vriendelijk vroeg.'

Erlendur keek Kalmann in de ogen, peilde de vijandige afkeer erin en wist dat niets van wat hij zei deze man zou raken. De spanning vloeide uit hem weg. Zijn schouders zakten. Kalmann wendde zijn blik langzaam naar Sigurður Óli.

'Jij hebt de meerderheid van de aandelen in Viðey, nietwaar?' zei Sigurður Óli.

'Het is niet algemeen bekend,' zei Kalmann, 'maar zo'n tien jaar geleden kreeg ik belangstelling voor de visserij – het kan inmiddels ook wel vijftien jaar geleden zijn. Een van de redenen was het quotasysteem. Voordat ze met die quota begonnen had het geen enkele zin in de visserij zaken te doen. De sufkoppen die niks van dat systeem moeten hebben zullen het nooit leren.'

'Je hebt je speciaal toegelegd op het kopen van quota in de Westfjorden,' ging Erlendur verder. 'Uit ons onderzoek is gebleken dat jouw bedrijf quota uit die streek in bezit heeft gekregen ter waarde van tweeëneenhalf miljard kronen.'

'Buitengewoon interessant,' zei Kalmann. 'Maar waarom kom je me dat allemaal vertellen?'

'Laat me nog even doorgaan. Als je denkt dat het niet klopt moet je het maar zeggen. In de tijd dat de handel in quota werd vrijgegeven ging het met de bouwactiviteiten in de regio Reykjavík niet al te best, en de aannemersbedrijven gingen bij bosjes failliet. Dat was in het hele land zo, maar het ergst in Reykjavík. Daar zitten vanouds de grootste aannemers. De nieuwbouwmarkt stortte helemaal in en van de plannen van het rijk voor krachtcentrales kwam ook al niks terecht. In het buitenland bleken ze namelijk helemaal geen interesse te hebben in het vergroten van de aluminiumfabriek in Straumsvík of in de bouw van kleinere aluminiumfabrieken. De aluminiumprijs was zo ongeveer tot het absolute nulpunt gedaald. Er werden al grote productiebedrijven stilgelegd en een hele menigte arbeiders raakte zijn baan kwijt. Er gingen vastgoedhandelaren failliet. De bouwsector dreigde volledig over de kop te gaan.'

Kalmann keek zwijgend naar Erlendur.

'In die recessieperiode zijn ze ergens in Reykjavík op het idee gekomen nieuwe woonwijken te gaan bouwen,' ging Erlendur verder. 'In plaats van het machinepark, nodig voor de bouw van waterkrachtcentrales, schaften ze materieel voor de huizenbouw aan. Er zou gebouwd worden in Kópavogur en in Reykjavík ten noorden van Grafarvogur, de kant van Kjalarnes op. Prachtige plannen werden er gemaakt: hele wijken met huizen, winkels en scholen, mooie straten en recreatieterreinen. Rijtjeshuizen, flats, schitterende vrijstaande huizen. En als toefje slagroom twee grote winkelcentra, het ene in Kópavogur en het andere in de nieuwe wijk in Borgarholt. Allebei twee keer zo groot als Kringlan. Maar wie moesten die enorme winkelpaleizen vullen? Wie moesten er in al die nieuwe flats komen wonen? Waar moesten al die mensen vandaan komen?'

Erlendur pauzeerde even en ging toen verder.

'Het enige wat nog ontbrak in al die plannen waren mensen. Dat prachtige opzetje van aannemers en vastgoedspeculanten in Reykjavík zou uitvoerbaar zijn als je maar mensen had om de huizen te kopen en erin te gaan wonen en hun inkopen te doen in die winkelcentra. Waar moesten die vandaan komen? Wie zouden er moeten verhuizen naar al die huizen die ze zouden gaan neerzetten? Tja, om de een of andere gekke reden waren dat ook de vragen waar die arme meid met haar verdoofde hersens in de straten van Reykjavík over liep te tobben. Raar, hè?'

Kalmann keek Erlendur recht in zijn gezicht en grijnsde.

'Waar moeten we de mensen vandaan halen? dachten de ondernemers. En ineens zagen ze het. Waar geen quota zijn heb je ook geen mensen. Simpel. Mensen en quota gaan samen. Nou is er vanuit de buitengebieden altijd al een zekere trek naar de stad geweest. Die is al na de oorlog begonnen. Het enige wat je hoefde te doen was die migratie te stimuleren, krachtig te stimuleren. De aannemers en vastgoedspeculanten bedachten dat er een zekere druk voor nodig was om de mensen naar Reykjavík te laten verhuizen. En toen hebben ze zich op de quota gestort. Ze investeerden doelgericht in visserijbedrijven en kregen het voor elkaar dat de handel in quota helemaal werd vrijgegeven. Toen presteerden ze wat niemand ooit voor mogelijk had gehouden: ze zorgden dat de vissersdorpen in de Westfjorden zonder quota kwamen te zitten. De mensen hadden het niet in de gaten. Ze hadden dat nieuwerwetse gedoe met die quota toch al nooit goed kunnen begrijpen. En het liep precies zoals de zakenjongens in Reykjavík berekend hadden. Toen er geen quota meer waren was de basis onder het bestaan in die vissersdorpen weggeslagen. Voor steeds meer mensen bleef er maar één uitweg over: verhuizen naar de hoofdstad. Niet blijven hangen in de omgeving van je jeugd. De boel de boel laten. Proberen je huis te verkopen en er een zien te krijgen in de stad, waar de banen zijn. Misschien vormden de Westfjorden toch al een kwetsbaar gebied en waren ze dus een makkelijke prooi. In dat geval hoefden de grote jongens een ontwikkeling die toch al onvermijdelijk leek alleen maar te bespoedigen. De mensen zitten daar behoorlijk geïsoleerd, de rederijen stonden er al langer zwak voor, de overheid pompte er geen gemeenschapsgeld meer in, heeft de geldkraan dichtgedraaid. En de jongeren wilden toch al naar de stad. Dat alles en nog meer werkte samen om de bewoners van de Westfjorden tot de ideale slachtoffers te maken.'

Weer pauzeerde Erlendur. Kalmann en Sigurður Óli luisterden. Van Kalmanns gezicht viel niets af te lezen.

'Toen de quota verkocht waren zijn er honderden gezinnen naar Reykjavík verhuisd, want dat was het paradijs. Het lijkt wel alsof het gedrag van mensen door natuurwetten bepaald wordt, want de steden worden steeds groter, ten koste van de buitengebieden. Zo gaat het op de hele wereld. Niemand eigenlijk die dat als iets bijzonders beschouwt. Zo is het nou eenmaal, denken de mensen. Maar de zaak begon in het honderd te lopen en de regering deed machteloze pogingen om door het aanleggen van wegen het wonen in de Westfjorden wat gemakkelijker te maken. Door elke berg werd wel een tunnel geboord. Jawel, eerst de middelen van bestaan weghalen en dan met wegen komen!'

'Ik kan niet inzien wat daar misdadig aan zou zijn,' zei Kalmann, die rustig had zitten luisteren naar wat Erlendur te zeggen had. 'Het is zoals je zegt. De trek naar Reykjavík was in die jaren al begonnen en de mensen hadden nou eenmaal huisvesting nodig. De stad werd groter. Wij bouwden huizen. Wat is daar fout aan?'

'Jullie hebben een volksverhuizing op gang gebracht. We hebben het over een bewust in het leven geroepen vlucht uit de buitengebieden, georganiseerd door een stel geldwolven uit Reykjavík die profiteren van de stadsuitbreiding. Feitelijk werden de mensen gedwongen hun oude omgeving te verlaten. En die ontwikkeling gaat nog steeds door. Jullie stropen het hele land af op zoek naar quota. Ik weet dat je begonnen bent quota op te kopen in het noordelijke deel van de Oostfjorden. Ik heb een neef in Eskifjörður en die vertelde me dat jouw naam voortdurend genoemd wordt als er weer quota verkocht zijn.'

'Man, man, wat haal je de dingen door elkaar,' zei Kalmann met een koud lachje. 'Is het tegenwoordig ook al een politiezaak als je reder of zakenman bent?'

'Toen kunnen er twee dingen gebeurd zijn,' ging Erlendur verder. 'Dit is de eerste mogelijkheid. Een van jullie moest zo nodig opscheppen over zijn grootse plannen en hoe buitengewoon goed die wel geslaagd waren. Dat deed hij tegen een meisje dat, naar hij ontdekt had, uit de Westfjorden kwam. Of misschien had ze hem dat zelf wel verteld. Hij kocht soms de diensten van prostituees, of beter gezegd: van meisjes. Voor hem moesten ze jong zijn en van de straat komen, het moesten liefst een beetje ruige meiden zijn die er niet al te best aan toe waren. Een oude makker van hem, met wie hij nog samen in de smokkelarij had gezeten, leverde ze. Om de een of andere reden had die man een speciale voorliefde voor dat ene meisje. Hij vroeg zijn vriend haar naar hem toe te sturen. Hij betaalde er goed voor en dat meisje was verslaafd, dus ze kon het geld best gebruiken. Ze werkte soms voor de proleet met wie die man bevriend was, deed koeriersdiensten en zo. Kijk, daar had je nou een goed voorbeeld van de migratie die hij in gang gezet had: de Westfjorden ten voeten uit. De man had geen familie; hij leefde eenzaam, had alleen zichzelf en zijn rijkdom. Al die mooie vrouwen die hij in zijn werk ontmoette, of die zich vanwege zijn macht en zijn invloed aan hem opdrongen, verveelden hem. Hij wilde iets anders, iets jongers, iets ruigers. Ze mochten zelfs ziekelijk zijn. Dat was een pervers trekje in hem.'

Kalmann zei geen woord.

'Maar toen is die man in zijn seksuele fantasieën te ver gegaan. Er was iets in het karakter van het meisje wat hem aansprak. Maar ook geweld prikkelde hem. Hij strafte haar, sloeg haar, verwondde haar. Daarbij zag hij er niet tegen op risico's te nemen, met vuur te spelen. Soms sloeg hij het meisje echt hard. Maar altijd betaalde hij royaal, en hij wist wel dat ze bij hem terug zou komen, hoe slecht hij zich ook gedroeg. Er kwam een tijd dat hij tegen het meisje begon te kletsen. Hoe slim hij wel niet geweest was. Wat een geweldig plan hij had bedacht. Hoe uitstekend het had gewerkt, vanaf het moment dat hij het in gang zette. Hoe zijn rijkdom elke dag groter werd, en dat alles door zijn enorme zakentalent. Zo ongeveer moet hij in zijn machtswellust hebben gepraat. Het meisje luisterde niet echt naar het geleuter van de man, zíj dacht aan heel andere dingen, maar langzamerhand begon het toch tot haar door te dringen wat de man haar vertelde, wat de betekenis was van wat hij zei. Misschien ging ze wel met hem in debat. Misschien heeft ze gedreigd het allemaal aan de grote klok te hangen en heeft de man haar toen uitgelachen. Wat een stomme trut ze was om te denken dat iemand haar serieus zou nemen als ze zou kletsen over een samenzwering van speculanten in Reykjavík. Toch zat het de man niet lekker, en toen ze elkaar de laatste keer zagen is hij te ver gegaan. Heeft hij haar te hard geslagen. Misschien is hij kwaad geworden om iets wat ze zei of wilde zeggen en heeft hij haar doodgeslagen. Misschien ongewild. Misschien ook niet.'

'Wat een gezwets,' zei Kalmann, beurtelings Erlendur en Sigurður Óli aankijkend. 'Wat een waardeloos gezwets allemaal. Jullie zeggen maar wat.'

'Als je ons wilt corrigeren, ga gerust je gang,' zei Erlendur.

'Je had het over twee mogelijkheden,' zei Kalmann. 'Wat is de tweede?'

'Dat de man haar om het leven gebracht heeft, gewoon omdat hij dat lekker vond. In dat geval had het niets te maken met die quotageschiedenis, en alleen maar met zijn perverse verlangens.'

'Hij heeft haar niet om het leven gebracht,' zei Kalmann eindelijk en hij streek de plooien van zijn blauwzijden, met Chinese figuren versierde kamerjas glad. De grijns was van zijn gezicht verdwenen. 'Het is omgekeerd geweest. Zíj heeft hém doodgemaakt. Het klopt dat die man een bepaalde ziekelijke voorkeur op seksueel gebied heeft. En hij heeft haar er ongenadig van langs gegeven toen ze de laatste keer bij hem was. Maar daar was een reden voor. En dat was een heel andere dan dat kinderlijke verhaaltje over migratie en huizenbouw. Die laatste keer vertelde ze hem hoe het met haar was. De man was totaal verbijsterd, en dat is goed te begrijpen, maar vermoord heeft hij haar niet. Ze heeft het hem midden in zijn gezicht geschreeuwd. Dat ze met een virus rondliep. Dat ze aids had.'

'En de man vloog naar Amerika om zich te laten onderzoeken,' zei Sigurður Óli.

'Die man had lange tijd van haar diensten gebruikgemaakt, en toen het hem duidelijk was dat ze op de oude voet was doorgegaan nadat ze de ziekte had gekregen, toen was hij natuurlijk hels, en tegelijk doodsbang. Hij is hetzelfde weekend naar de Verenigde Staten gevlogen. Dat was makkelijker voor hem dan zich hier op IJsland te laten onderzoeken. Hij is een bekende IJslander en het nieuws zou als een lopend vuurtje zijn rondgegaan. Dus vloog hij naar Amerika, naar een privékliniek waar hij wel eerder geweest was. Gisteren kreeg hij de uitslag. Hij heeft hiv.'

'En daarom heeft hij dat meisje vermoord,' zei Sigurður Óli.

'O nee. Toen hij haar voor het laatst zag was ze nog in leven.'

38

Toen Janus bij bewustzijn kwam had hij het gevoel dat hij zou stikken. Hij kon nauwelijks ademhalen en de lucht die hij binnenkreeg bevatte maar weinig zuurstof. Zijn ogen brandden verschrikkelijk. Het was alsof hij onder in het ruim van de vissersboot lag en op het punt stond te verdrinken. Herbert en Melkmuil hadden hem murw geslagen en hij voelde over zijn hele lijf de wonden schrijnen. Zijn armen moesten gebroken zijn. Zijn hoofd bloedde aan alle kanten, zijn beide ogen waren dichtgeslagen en zijn neus was gebroken. Hij had pijn in zijn maag, in zijn lendenen, overal. Ondraaglijke pijn.

Het kon bijna niet anders of zijn voeten stonden in brand.

Hij verloor het bewustzijn weer, even maar. Hij probeerde zijn ogen open te doen, maar dat ging niet. Om hem heen was het aardedonker. Eerst wist hij niet of hij languit lag of rechtop was vastgebonden. Hij probeerde zich te bewegen, maar dat had geen enkel effect. Toen merkte hij dat hij een beetje heen en weer schommelde, dat hij in de lucht hing en dat onder hem die brandende hitte heerste.

Hij had het gevoel gehad dat ze nooit zouden ophouden. De knuppel danste op zijn lichaam op en neer, totdat Herbert zo pufte en hijgde dat hij zelfs niet langer kon vloeken. Melkmuil had zich wat meer op de achtergrond gehouden, totdat Herbert niet meer kon en ten slotte met honkbalknuppel en al op de grond viel. Toen nam zijn metgezel het over en sloeg Janus hard op zijn lichaam en in zijn gezicht, totdat hij bewusteloos raakte en als een lege jutezak op de vloer lag.

Het ergste was niet de pijn in zijn lichaam of de brandende hitte aan zijn voeten, maar het oude gevoel van verstikking dat hem weer overviel en dat helemaal bezit van hem nam. Het maakte niet uit of hij snel ademde, of hij de lucht diep inzoog, hij kreeg geen zuurstof. Eerst dacht hij dat ze een plastic zak over zijn hoofd hadden getrokken en probeerde hij die weg te trekken. Maar er was helemaal geen zak.

En zijn ogen! O god, dat branden. Het was of iemand ze met een nagelvijl uit zijn hoofd wilde halen.

'Help!' riep hij met het beetje kracht dat hij nog had, maar hij er kwam nauwelijks geluid uit zijn keel. Hij ademde door zijn neus en mond de van rook verzadigde lucht in, dronk ze als een gek met gulzige teugen in, verzwolg ze, zoog ze naar binnen, maar het enige wat hij merkte was hoe de hete, bittere rook hem de keel afsneed en in zijn longen kerfde. Hij merkte dat zijn schoenen en zijn broek schroeiden en dat zijn vlees verbrandde.

Weer kwam de bewusteloosheid over hem. Het laatste wat hij zich herinnerde was dat Birta terug was in het kelderappartement in Breiðholt, nadat ze bij Kalmann was geweest, en wat hij toen had gedaan.

Hij had tegen haar gezegd dat hij wist wat het was om te sterven.

En nu was hij zeker in de hel.

Hij móést wel in de hel zijn. Om wat hij Birta had aangedaan.

39

'Gek dat hij zich niet van het gevaar bewust was,' zei Sigurður Óli en hij keek Kalmann aan, die in zijn kamerjas tegenover hem en Erlendur zat.

'O, hij was zich er echt wel van bewust dat het gevaarlijk was,' zei Kalmann. 'Maar die spanning hoorde er juist bij. Niet dat hij het zo vaak met haar deed, maar het kwam voor.'

'En wat is er met Birta gebeurd?' vroeg Erlendur.

'Of het allemaal echt gebeurd is weet ik niet, maar dít heb ik horen vertellen. Het meisje dat jullie Birta noemen werd weer van Þingvallavatn naar Reykjavík gebracht. Een beetje beschadigd, dat wel, maar levend. De man die haar wegbracht had begrepen dat ze bij een oude vriend inwoonde, een nogal wonderlijke gast, maar wel iemand die ze kon vertrouwen. Wie weet was hij verliefd op dat meisje. In ieder geval: die Birta leefde nog, en hoe. Ze zei dat ze naar haar vriend wilde. Maar eerst wilde ze nog heroine kopen. Het laatste wat de man in kwestie van haar heeft gehoord was dat ze dood was, misschien wel vermoord, en dat ze boven op onze Jón Sigurðsson was gelegd.'

'Hou toch op met die flauwekul. Jij met je "man in kwestie",' zei Sigurður Óli minachtend. 'We kunnen je zo aan Birta linken. En ook aan die Herbert Baldursson over wie we het al met je hebben gehad.'

Sigurður Óli pakte het boek en wuifde het voor de ogen van Kalmann heen en weer.

'In dit boekje,' ging hij verder, 'staan een paar heel interessante aantekeningen. Hier heb ik bijvoorbeeld de namen van de meisjes die Herbert in dienst scheen te hebben en hier de namen van de mannen die van hun diensten gebruikmaakten, of hoe klootzakken van jouw soort dat noemen. De data staan er ook in, en de plaatsen waar ze naartoe moesten komen. Even heel in het kort: het blijkt dat jij in een periode van ongeveer drie jaar twaalf afspraken met Birta hebt gehad, de meeste in je vakantiehuis aan het Þingvallavatn, maar ook hier. Daarnaast heb je nog andere meisjes gehad, ook via Herbert. Die worden alleen met een bijnaam aangeduid, maar we komen er wel achter wie het zijn. Kwestie van tijd.'

'Herbert z'n hoerenboekje,' zei Kalmann. Hij keek naar het boek dat Sigurður Óli in handen had. Een ogenblik overwoog hij of hij niet glashard tegen de twee mannen in moest gaan. Zeggen dat het boekje in elkaar was geflanst door ene Herbert die hij helemaal niet kende. Dat alles wat die man zei gelogen moest zijn, pure verzinsels. Dat hij met dat boekje ongetwijfeld zijn geld verdiende: sukkels genoeg die hij ermee zou kunnen chanteren. Maar hij had er geen zin in. Laat ik maar zeggen wat ze graag willen horen, dacht hij.

'Oké, dat is misschien wel mijn enige echte ondeugd,' zei hij. 'Die meisjes. Birta ook. Ja, die vond ik eigenlijk het lekkerst.'

'Smeerlap,' zei Erlendur zachtjes. Hij dacht aan zijn dochter.

'Maak je geen zorgen, jouw dochter heb ik nooit gehad. Wel zin gehad soms, maar...'

Erlendur stond op.

'Dat is zijn tactiek,' zei Sigurður Óli. 'Niet naar luisteren.'

Erlendur bleef staan. Kalmann deed alsof hij lucht was. Het leek alsof hij diep in gedachten verzonken was. Hij staarde met afwezige blik voor zich uit.

'Je zei dat je Herbert niet kende,' zei Erlendur.

'Die ken ik ook niet. Hij levert me meisjes, dat is alles.'

Kalmann zweeg een tijd. Erlendur en Sigurður Óli keken elkaar aan.

'Birta had iets waarvoor ik gevoelig was. Wat het precies was weet ik niet. Ze was, hoe moet je dat nou zeggen, zo totaal reddeloos. Ze gebruikte drugs, ze liet zich door niets of niemand tegenhouden en heeft zichzelf uiteindelijk kapotgemaakt. Ze was een verslaafde bij de gratie Gods. Er zat iets triomfantelijks in haar verslaving. Je ziet niet vaak dat iemand zichzelf zo bewust te gronde richt. De mensen om mij heen zouden elkaar aan stukken scheuren voor een klein beetje erkenning van mijn kant, voor een paar lovende woorden op een vergadering, een bonus in december, een promotie, of een uitnodiging voor mijn feesten. En daar geniet ik van, dat mogen jullie gerust weten. Ik geniet als ik die ogen zie glimmen. Dat tragikomische betoon van dankbaarheid, die klamme handdruk. Maar Birta haatte me tot in het diepst van haar ziel, al betaalde ik haar goed. Ze toonde nooit enig respect voor me, integendeel, ze liet me vaak merken dat ze een ontzettend lage dunk van me had, me een waardeloze figuur vond, een viezerik. Misschien had ze nog gelijk ook. Maar ik ben ervan overtuigd dat er tussen ons sprake was van een soort haat-liefdeverhouding, al moet ik vrezen dat ík er heel wat meer van genoten heb dan zij dat ooit kon.'

Erlendur en Sigurður Óli keken naar hem en zwegen.

'Ik heb haar niet omgebracht. Ik heb haar soms verwond, maar ik heb haar niet doodgeslagen. Dus nou kunnen jullie weer ophoepelen,' zei Kalmann, die weer tot zichzelf scheen te komen. 'En wat dat andere betreft, dat grappige verhaaltje over de Westfjorden en de kwalijke praktijken van speculanten in Reykjavík, daar ben ik niet van onder de indruk. We bespoedigen alleen maar een bestaande ontwikkeling. Meer niet. Ik kan er niks misdadigs in ontdekken. Zo gaat het in deze tijd. Al die vissersdorpen langs de kust, we hebben ze niet meer nodig. De mensen zelf willen er niet eens meer wonen.'

'De mensen willen wonen waar ze geboren en opgegroeid zijn,' zei Erlendur. 'Waar iedereen ze kent, weet uit welke familie ze komen en wat ze allemaal hebben meegemaakt. Het draait om nogal wat meer dan alleen geld. Het gaat om de vrijheid te kunnen wonen waar je wilt, zonder dat het grootkapitaal zich ermee bemoeit. Zonder samenzweringen die hele samenlevingen in een streek verwoesten, zodat een stelletje ongrijpbare figuren nog wat meer geld vangt. Zonder dat de mensen van hun bestaan beroofd worden, met dezelfde superieure arrogantie als waarmee jij nu zegt dat de mensen geen zin hebben om daar nog langer te wonen. Jij en je rijke vriendjes laten niet toe dat ze er wonen. Jullie winkelcentra moeten vol.'

'Wie heeft jou eigenlijk tot het geweten van de wereld benoemd?' zei Kalmann.

'Weet je wat ik denk? Ik denk dat jij nog erger bent dan die gekke Herbert. Herbert is een gewetenloze schoft, en verder alleen maar een rund. Hij heeft geen hersens, hij is dom. Dat excuus geldt niet voor jou. Jij bent een beetje anders. Alles wat jij doet is van a tot z doordacht, helemaal gericht op het vervullen van die verknipte behoefte die je hebt aan onderwerping, macht, rijkdom en het heersen over anderen. Aan de dingen waar je hart wat sneller van gaat kloppen in dat zielige leven van je. Je vindt het leuk om een beetje met mensen te spelen, ook al loop je er gevaar bij. Fijn om die mensen bang en benauwd te zien, vanwege jou. Je weet precies hoe je dat moet bereiken en hoe je er je voordeel mee kunt doen. Je kent die zwakheid van de mensen en je weet heel goed wat je doel is. Wat je Birta hebt aangedaan, dat heb je ook de Westfjorden aangedaan. Dat wist je zelf, en daarom gaf het je zo'n kick toen je haar sloeg.'

40

Het viel de buurtbewoners op dat er 's morgens vroeg rook omhoog krin-gelde uit de schoorsteen van het enige gebouw dat nog was overgebleven van slachterij Slátturfélag Suðurlands aan de Skúlagata. Ze wisten niet dat de rokerij weer in gebruik genomen was en dat men zelfs alweer was begonnen met roken. Maar ja, waarom ook niet? Niemand die het echt vreemd vond, de oude vertrouwde geur van gerookt lamsvlees die over de hele buurt hing.

Behalve die ene mevrouw in de Veghúsastígur, die op de tweede verdie-ping van een huis van drie etages woonde. Ze kon het niet: rustig ergens naar kijken zonder zich ermee te bemoeien. Haar keukenraam zag uit op het noorden, op de eilanden, op de Kjalarnes en de Esja. Ze keek veel tv, tot diep in de nacht; ze kwam dan ook nooit voor het middaguur uit haar bed. Dan zette ze koffie, maakte twee geroosterde boterhammen met kaas klaar en ging zitten om de krant te lezen.

Terwijl de koffie in de glazen kan van het nieuwe koffiezetapparaat drup-pelde – een kerstgeschenk van haar dochter – en de koffiegeur de keuken vulde, genoot ze als zo vaak van het uitzicht. Toen ontdekte ze de blauwe rook die uit de hoge schoorsteen van de rokerij kringelde. Dat vond ze heel vreemd. Haar hele leven had ze in deze buurt gewoond, ze kende iedereen die er was komen wonen of er vertrokken was, en hield in de gaten wie er door de straat kwamen. Ze wist dat er op het oude terrein allang geen slachterij meer stond, dat het bedrijf zijn werkzaamheden, waaronder het roken van vlees, verplaatst had naar Hvolsvöllur. Dus moest er daarbinnen wel iets in brand zijn gestoken, meende ze.

Ze ontdekte nog iets anders. Al heel lang had ze zich afgevraagd waarom destijds alleen die rokerij de dans ontsprongen was, terwijl alle andere bedrijfsgebouwen waren neergehaald met enorme kogels die tegen de dikke muren zwaaiden, met graafmachines die de stukken beton opschepten, en met vrachtwagens die zeventig jaar geschiedenis van de slachterij wegreden. Maar nu zag ze dat ze eindelijk ook aan de rokerij zouden beginnen. Er stond al een grote kraanwagen klaar; aan de giek hing een van die angstwekkend zware stalen kogels, die gebruikt werden om gebouwen in elkaar te beuken. Direct erachter stond een graafmachine en er vlakbij een vrachtwagen.

Maar als er nu eens iemand brand had gesticht in dat gebouw? Was dat niet gevaarlijk? Zonder aarzelen pakte ze de telefoon en belde de politie. Dat was niets bijzonders voor haar. Ze belde heel vaak om te klagen over toestanden in de buurt, herrie midden in de nacht, onbekenden die door de gemeenschappelijke tuin liepen – dat laatste zelfs op klaarlichte dag. Nee, bij de politie was ze kind aan huis.

'Ja, er is brand gesticht in de oude rokerij aan de Skúlagata,' zei ze zodra de telefoon werd opgenomen. 'Ik zou er maar gauw naartoe gaan. Ze zijn ook al begonnen met slopen.'

Voor de rokerij stonden de vrachtwagenchauffeur, de kraandrijver en de graafmachinist te overleggen. Ook zij hadden gezien dat er rook uit de schoorsteen van de rokerij kwam, en dat terwijl ze opdracht hadden het gebouw te slopen en het puin af te voeren. Ze hadden geprobeerd naar binnen te gaan, maar de deuren waren hermetisch gesloten. In geen maanden of jaren waren er mensen geweest. Vervolgens hadden ze pogingen gedaan door het raam naar binnen te kijken. Vergeefse moeite, er zat geen glas in maar multiplex. Uiteindelijk besloten ze toch maar te beginnen.

De kraandrijver startte zijn machine en liet de giek omhoogkomen. De andere twee wachtten nog. De kraandrijver liet de kogel een flinke zwaai maken en knalde hem tegen de westelijke muur van de rokerij, waarin de schuifdeuren zaten. De dikke muur gaf een beetje mee, maar scheurde niet. Vroeger konden ze nog eens bouwen, dacht de kraandrijver. Weer bonkte de kogel tegen dezelfde plek. Nu was de muur er niet langer tegen bestand. Boven de schuifdeuren viel een gat.

Toen Erlendur en Sigurður Óli bij Kalmann vertrokken was de ochtend al bijna om. Voor Erlendurs huis in Breiðholt zaten ze in de auto een tijdje te overleggen wat hun volgende stap zou zijn. De politieradio stond aan en ze hoorden mededelingen over botsingen, huiselijke ruzies en ten slotte ook over de rook uit de schoorsteen van de oude rokerij aan de Skúlagata. Er werd doorgegeven dat er in het leegstaande pand brand was gesticht en dat de brandweer onderweg was.

Erlendur hoorde de mededeling wel, maar bleef naar Sigurður Óli luisteren. Die beweerde dat Janus de laatste was geweest die Birta levend had gezien, tenminste als je Kalmanns woorden serieus mocht nemen. Maar ineens drong het tot Erlendur door dat er wel eens een verband kon zijn tussen dat bericht op de politieradio en iets wat hij eerder had gehoord. In een flits werd het hem duidelijk.

'Waar had Janus volgens zijn moeder gewerkt nadat hij van school af was gegaan?' vroeg hij aan Sigurður Óli.

'Ik zou het niet meer weten,' was het antwoord.

'Was dat niet bij Slátturfélag Suðurlands, voordat het naar Hvolsvöllur verplaatst is? Daar heeft hij toch in de vleesrokerij gewerkt?'

'Nou je het zegt, ja. Maar wat zou dat?'

'Er komt rook uit de schoorsteen van die oude rokerij. Vind je dat niet heel raar?'

'Hoezo?'

'Nou, Janus moet toch ergens een dak boven zijn hoofd hebben gehad? Misschien heeft hij wel in die rokerij gezeten. Hij had trouwens een heel typisch luchtje bij zich toen ik hem in Sandskeið sprak. De lucht van bacon en gerookt lamsvlees.'

Toen Sigurður Óli even later met piepende banden de Skúlagata op draaide waren er al twee brandweerauto's en een ambulance ter plaatse. Zo rukte men gewoonlijk uit wanneer de toestand als niet bijzonder gevaarlijk werd ingeschat. De kraanwagen had zijn werk met de stalen sloopkogel gestaakt. Bijna de hele westelijke muur met de schuifdeuren was al aan stukken geslagen en door de ontstane opening kon men nu naar binnen kijken, waar de rookoven stond met zijn drie stalen deuren. Een auto, die binnen achter de stalen deuren had gestaan, was zwaar beschadigd. Voordat Sigurður Óli had kunnen stoppen was Erlendur al uit de auto gesprongen en in de richting van de rokerij gerend. Al hollend zag hij van opzij dat de brandweerlui bezig waren slangen aan de brandweerkranen te koppelen. Hij kwam bij de brokstukken van de muur en glipte langs de auto naar binnen. Naar het geschreeuw van de brandweerlui luisterde hij niet. Het was levensgevaarlijk het pand binnen te gaan. Er vielen stukken beton uit de muur naar beneden en de ruimte hing vol rook.

Erlendur hield zijn zakdoek voor neus en mond en liep naar de oven. Hij duwde de eerste deur die hij bereikte open, maar daarbinnen was niets dan een donkere ruimte. Hij opende de middelste deur van de oven. Ineens was het laaiend heet en stond hij midden in een wolk rook die zijn ogen pijn deed en hem een niet te stuiten hoestbui bezorgde. Hij sprong de oven in en zag het onder zich in de la gloeien. Hij voelde de hitte tussen de spijlen van het rooster omhoog stromen en zijn voeten verwarmen. In de rook, helemaal binnen in de oven, zag hij Janus, vastgebonden op een rek. Erlendur begon om hulp te roepen, maar kon nauwelijks geluid uitbrengen.

Hij wist niet of hij Janus kon aanraken of dat hij op een dokter moest wachten. Hij zag dat Janus' voeten vreselijk verbrand waren. De broekspijpen waren van zijn benen weggeschroeid en hij zag ernstige brandwonden. Inmiddels was Sigurður Óli bij hem gekomen.

'Kunnen we dat rek niet uit de oven trekken, weg uit die hitte?' zei Erlendur en hij keek omhoog naar Janus. Ze merkten dat hun schoenzolen begonnen te smelten.

'Dan moeten we wel vlug zijn,' zei Sigurður Óli.

Ze trokken aan het rek en lieten het heel langzaam naar buiten glijden. Janus bewoog zich niet en maakte geen geluid. Sigurður Óli holde naar buiten om te zien of er met de ambulance een arts was meegekomen. Dat was niet het geval. De ziekenbroeders liepen met hem mee toen hij de rokerij weer binnenging. Ze hadden zaklantaarns bij zich en richtten die op Janus. Wat ze zagen was verschrikkelijk.

Janus' hoofd bloedde aan alle kanten, zijn ogen waren helemaal weggezonken in het gezicht, dat er daardoor bijna karikaturaal uitzag. Een van zijn armen lag in een vreemde positie naast zijn lijf, alsof die uit de kom geschoten was. Zijn hoofd hing machteloos naar beneden. De voddige resten van zijn kleren waren grotendeels van zijn lichaam weggebrand en er hadden zich over zijn hele lichaam brandwonden gevormd, het ergst aan zijn voeten. Hij was op het rek vastgebonden met een touw dat om zijn borstkas was geslagen.

De ziekenbroeders vroegen bij de centrale om versterking. De brandweermannen kwamen de een na de ander binnen, maar zagen nergens vuur. Twee van hen droegen slangen. Ze controleerden het hok, maar daar hing alleen rook, dikke rook.

Er kwamen meer ziekenbroeders en een arts die was gespecialiseerd in het behandelen van zware brandwonden. De broeders zetten hoge trappen overeind, klommen erop en sneden het touw door waarmee Janus vastgebonden lag. Twee anderen tilden hem met speciale handschoenen op; daarna werd hij op een brancard gelegd, in een gekoelde zak, vervaardigd voor zulke gevallen. De arts keek of hij nog tekenen van leven gaf.

Erlendur en Sigurður Óli volgden op enige afstand de handelingen van de ziekenbroeders en de brandweerlui. Er verschenen ook politiemensen en algauw stond de hele menigte rond de oven naar Janus te kijken.

De arts controleerde zijn hartslag. Hij legde de vinger op Janus' hals. Luisterde scherper. De mensen stonden om hem heen. De rook was bezig uit de ruimte weg te trekken. Het heldere licht van de zomer, binnenvallend waar de muur was weggebroken, verlichtte de ruimte voor de rookoven.

'Ik hoor nog wat!' riep de arts. 'Hij leeft nog. Hij moet hier weg. Vlug, vlug, vlug!'

Erlendur vloog naar de brancard waarop Janus lag, bewegingloos. Hij keek neer op zijn bloedige en gezwollen gezicht en zag dat zijn lippen bewogen. Hij boog zich naar hem toe, zo diep dat zijn oor bijna Janus' lippen raakte. Hij maakte met zijn hand afwerende gebaren. In de rokerij heerste doodse stilte.

'...ik...'

Het geluid van Janus' lippen was nauwelijks te verstaan.

'w-il...'

Erlendur hield zijn arm uitgestrekt.

'st-er-ven...'

'Naar buiten!' riep de arts en hij duwde Erlendur opzij.

Er ging een schok door de menigte. Men vormde een pad, de rokerij uit. De arts zette Janus een zuurstofmasker op, twee ziekenbroeders tilden de brancard op en liepen ermee naar de ambulance.

41

Het was Janus niet vergund te sterven. Een maand lang werd hij in coma gehouden, een maand waarin zijn wonden konden genezen. Daarna lag hij nog twee maanden in het ziekenhuis voor de verdere behandeling van de brandwonden. Zijn rechterbeen werd vanaf de knie geamputeerd. Dankzij uitgebreide ingrepen aan aderen en huid slaagde men erin hem te redden. Hij had een zeer zware rookvergiftiging; zijn longen en luchtwegen waren ernstig aangetast. Wat naar men aannam zijn leven had gered was het feit dat de schoorsteen nog zo goed functioneerde, al was die in geen jaren gebruikt. Daarbij waren de laden aan weerskanten van hem uitgetrokken. Hierdoor was de oven aan de onderkant open en kon er trek ontstaan. Bovendien was het de daders niet gelukt de brandstof goed te laten doorbranden. Het materiaal vlamde hier en daar, maar op andere plekken was het vuur uitgegaan.

Erlendur hield zich op de hoogte van Janus' toestand en zocht hem in het ziekenhuis regelmatig op. Nu en dan bracht hij een kleinigheidje voor hem mee. Soms ging hij alleen maar bij hem zitten en zwegen ze allebei. Nadat Janus uit zijn coma ontwaakt was had Erlendur hem in grote lijnen verteld hoe het er met het onderzoek voor stond, maar naarmate de gezondheid van de patiënt verbeterde konden ze dieper op de zaak ingaan. Erlendur kreeg te horen wat er na Herberts verdwijning gebeurd was, hoe Herbert Janus had mishandeld en hoe hij hem in de oven had gehangen. Gedurende de hele periode die Janus in het ziekenhuis doorbracht werd er naar Herbert gezocht, maar zonder enig resultaat. Na bijna twaalf weken kon Erlendur Janus er eindelijk toe brengen de naam van Birta te noemen.

Hij werd die dag in zijn bed naar de zitkamer gereden; Erlendur liep achter hem aan. De herfst had zijn intrede gedaan. Een fikse oktoberbries blies de bladeren over de wandelpaden en door de straten; de zon kwam niet hoog meer. Erlendur verlangde al naar de winter met zijn kou, zijn korte dagen, zijn donkerte. Dat beviel hem beter dan de zomer met die eindeloze nachten waarin het maar licht bleef.

Het ziekenhuispersoneel liet het aan hen over een plaats voor het bed te vinden, zodat Janus kon genieten van het uitzicht over het water van de Fossvogur. Op de afdeling waar ze zich bevonden was het op dat moment niet druk.

'Vanochtend heb ik mijn kunstbeen aangepast,' zei Janus.

'Ze kunnen die prothesen tegenwoordig zo goed maken – je zou bijna willen dat je ze nodig had,' zei Erlendur.

'Nou nee.'

'Toch maar niet, hè?'

'Nog nieuws over Herbert?'

'Ik weet alleen wat Sigurður Óli me vertelt, want ik zit inmiddels op een andere zaak. Mijn dochter is namelijk op een niet al te prettige manier bij dít onderzoek betrokken geraakt. Ik had je al verteld dat Herbert onvindbaar is. Het lijkt echt alsof de aarde hem opgeslokt heeft. We hebben overal gezocht. We hebben zo ongeveer iedereen ondervraagd die de afgelopen twintig jaar contact met hem heeft gehad. Kun je het je voorstellen? Aanwijzingen dat hij het land uit is zijn er niet. We weten dat hij een oom heeft die stuurman is bij scheepvaartmaatschappij Eimskip. Het zou dus kunnen dat die hem aan boord gesmokkeld heeft en hem heeft meegenomen naar Bremerhaven of welke havens Eimskip in Europa ook aandoet. Maar die oom weet van niks. Die zweert dat Herbert nooit contact met hem heeft gehad. Verder zijn er nog de nodige kletsverhalen binnengekomen, maar die zullen we later wel eens natrekken. Het nieuwste verhaal is dat ze hem gemold hebben en toen ergens in Grafarvogur op een bouwterrein hebben begraven. Ze bekijken het maar. Het mooiste zou het zijn als die idioot voorgoed was verdwenen.'

'En de kerel die altijd bij hem in de buurt was?'

'Die vleesberg? Sommige mensen beweren dat hij de drugsbusiness van Herbert heeft overgenomen. Hij ontkent bij hoog en bij laag dat hij daar bij jou in die rokerij is geweest en hij heeft een alibi ook. Zijn maten van de sportschool zeggen dat hij met hen aan het trainen is geweest.'

Ze zwegen. Janus keek uit over de Fossvogur en de zee daarachter.

'Kalmann zegt dat Birta nog in leven was toen ze bij hem wegging,' zei Erlendur behoedzaam. Hij had de naam Birta nog niet eerder in Janus' tegenwoordigheid genoemd.

'Hoe staat het met Kalmann en zijn plannen?' vroeg Janus, die duidelijk niet over Birta wilde praten. Erlendurs ideeën over de handel in quota en de volksverhuizing waren wel onderwerp van gesprek geweest.

'Er waren geen plannen.'

'En die foto's?'

'De man op die foto hebben ze een andere baan gegeven. Niet meer bij de gemeente, naar ik begrepen heb.'

'Maar er waren toch plannen?'

'Geen officiële plannen, nee. Er zijn ook geen plannen waarvan we kunnen aantonen dat ze misdadig zijn. Het staat iedereen vrij quota te kopen. Je mag het ook gezamenlijk doen, je mag er een onderneming voor oprichten. Als speculanten hier in Reykjavík quota willen verzamelen, kunnen ze hun gang gaan. Als ze de bestaansmogelijkheden van hele streken willen wegzuigen en de mensen vervolgens naar een omgeving lokken waar lekker geconsumeerd kan worden – dat waren de woorden van een econoom die ik erover sprak – dan is dat allemaal in orde. De lui die de winkelcentra bouwen zijn ook de lui die de quota bezitten. Het is doodsimpel voor ze om in dit land de dingen naar hun hand te zetten. Het is een aanslag op regio's als de Westfjorden, maar dat zal iedereen een zorg zijn.'

'En niemand die er speciaal voor verantwoordelijk is.'

'Nee, precies.'

'Dus Kalmann & co. wint?'

'Kalmann & co. wint altijd. Maar zo mag dat niet doorgaan. Quotabezitters in de vissersplaatsen kunnen zich ertegen verzetten als ze dat willen. Zij zijn de mensen die het lot van de visserijgebieden in handen hebben. Ze moeten de verantwoordelijkheid die bij het bezit van quota hoort accepteren. Doen ze dat niet, ja, dan wint Kalmann & co.'

'Birta heeft wraak genomen.'

'Ja, dat heeft ze zeker.'

Janus glimlachte bitter en keek naar zijn prothese.

'Ik heb nergens spijt van. Soms heb ik een pijn die erger is dan alles wat ik in de oven meegemaakt heb. Maar dan trekt hij weg en voel ik me weer beter.'

Toen vroeg hij Erlendur hem naar zijn kamer te brengen.

Sigurður Óli bezocht Janus vaak. Hij leidde nu het onderzoek in de zaak van Herbert en Kalmann, en Janus hielp hem zo goed hij kon. De papieren die hij in het huis van Herbert had gevonden kwamen de politie goed van pas, al was de bodem van de put nog niet bereikt.

Op een dag kwam Sigurður Óli samen met Bergþóra bij Janus op bezoek. Ze woonden nu samen. Sigurður Óli had Janus verteld dat hij was gaan samenwonen met de vrouw die Birta op het kerkhof had gevonden en Janus wilde haar ontmoeten. Hij vroeg Sigurður Óli weg te gaan, omdat hij onder vier ogen met Bergþóra wilde praten. Ze bleven samen achter en Sigurður Óli liep een uur lang over de gang van het ziekenhuis heen en weer, zich afvragend wat die twee samen te bespreken konden hebben, mensen die elkaar nooit eerder hadden ontmoet.

Toen Bergþóra uit Janus' kamer kwam had ze tranen in haar ogen.

Sigurður Óli had er geen idee van waarover ze hadden gesproken, maar hij maakte zich daar geen zorgen over. Vroeg of laat zou hij de waarheid horen. Dat wist hij.

42

Enige tijd later was Janus weer met lopen begonnen, en op een dag, tegen de avond, belde hij Erlendur of die hem wilde komen halen. Hij verbleef nu op de afdeling revalidatie aan de Grensásvegur. Toen Erlendur daar aankwam vroeg hij of die met hem naar het kerkhof aan de Suðurgata wilde rijden. Op Erlendurs gezicht verscheen een vragende uitdrukking, maar hij gaf geen commentaar. Hij ondersteunde Janus bij het verlaten van het ziekenhuis en het instappen, en reed met hem naar de Suðurgata.

Daar stopte Erlendur bij de kerkhofpoort. Hij parkeerde langs het trottoir en hielp Janus uit de auto. Samen liepen ze het kerkhof op. Het was koud en Erlendur moest ineens rillen. Naakt stonden de bomen boven de graven. De droge herfstwind blies hun bladeren over de aarde. Er waren geen mensen op het kerkhof. Het gezoem van het verkeer op de Hringbraut drong zwak tot hen door. Voor het graf van Jón Sigurðsson bleven ze staan. Janus liep nog één stap verder om zich aan het zwartgeverfde hek rond het graf te kunnen vasthouden.

Ze stonden daar onbeweeglijk, een hele tijd. Erlendur bekeek het graf aandachtig. Janus scheen heel ver weg, diep in gedachten.

Toen vertelde hij Erlendur over Birta.

Hij was in zijn kelderappartement in Breiðholt toen Birta thuiskwam. Ze opende zelf de deur met haar sleutel, kleedde zich helemaal uit en liep direct naar het toilet. Daar bewaarde ze haar injectiespuit, haar lepel, haar aansteker en een stuk bruine plastic slang, waarmee ze haar bovenarm altijd afbond. Nu gebruikte ze dat trouwens niet meer omdat ze niet meer in haar arm kon spuiten. Ze deed het nu tussen haar tenen en in haar navel. Kalmann had haar dik betaald. Van Melkmuil, die haar vanaf het vakantiehuis naar huis had gereden, had ze heroïne gekocht. Het kwam wel eens voor dat Kalmann haar vroeg in zijn huis al een shot te zetten – daar scheen hij plezier in te hebben. Soms was het zelfs deel van het spel.

Ze ging op de wc zitten, verhitte de heroïne totdat die was gesmolten en zoog de vloeistof op in de spuit. Daarna stak ze de naald in haar navel en drukte de spuit heel langzaam en rustig leeg. Ze perste de heldere stof haar lichaam in. De kick kwam direct. Haar spieren ontspanden zich en ze trok de naald uit haar navel.

Janus kwam in de deuropening staan en zag de vredige trek die op Birta's gezicht verscheen. De spuit viel uit haar handen en ze zat met gesloten ogen en gespreide armen en benen op de toiletpot. Hij keek naar Birta, naar dat lijkbleke lichaam, naar de blauwe plekken, naar de verwondingen. Hij keek naar de vloer, naar de plek waar ze haar voddige truitje, haar gescheurde panty, haar groene minirokje en haar schoenen met dikke zolen had laten vallen. Om een reden die Janus nooit had begrepen, wilde ze naakt zijn als ze een shot nam. Het had voor Janus niets prikkelends. Toch moest hij altijd weer met dezelfde nieuwsgierige ogen naar haar kijken. Hij keek naar het besmeurde gezicht, waarvan de lippen en ogen zwaar waren opgemaakt. Hij zag dat haar lippen gezwollen waren en gebloed hadden. Hij zag de blauwe plekken op haar armen, het magere, lijkwitte lichaampje, de dikke haardos, die sinds vele dagen niet was gewassen. Er zaten ook blauwe plekken in haar hals, alsof Kalmann had geprobeerd haar te wurgen.

Ze opende haar ogen.

'Ik heb het hem verteld, die zak. Toen hij me geneukt had en klaarkwam ben ik overeind gaan zitten en heb hem recht in z'n smoel geschreeuwd dat ik aids had en dat hij er maar op moest rekenen dat hij het ook had en dat hij dood zou gaan, net als ik. Je had de uitdrukking moeten zien op die godvergeten sadistenkop van hem. Hij ging helemaal door het lint. En ik heb hem gezegd dat ik het met niemand anders had gedaan sinds ik wist dat ik het had. Alleen met hem! Je had hem moeten zien kijken. Ik wist niet wat hij zou gaan doen: kotsen of zich onder schijten.'

'En toen heeft hij je in elkaar geslagen,' zei Janus. Hij kon Birta's woordkeus nauwelijks verdragen, maar het verhaal zelf hoorde hij met een wonderlijke rust aan. Het leek alsof het hem niet meer raakte wat Birta deed.

Noch wat ze zichzelf aandeed, noch wat ze aanrichtte bij anderen. Ze was hem totaal vreemd geworden.

'Helemaal niet. Hij bleef uit mijn buurt alsof ik melaats was.'

Ze stond op van de wc, liep naar de slaapkamer en ging in bed liggen. Ineens was ze weer een en al leven, klaar om het tegen de wereld op te nemen, voor honderd procent oké, scherp en giftig. Hij liep achter haar aan. Toen hij bij haar aan het bed ging zitten had hij nog geen beslissing genomen. Die kwam plotseling, als vanzelf.

'Waarom wou je hem besmetten?' vroeg hij.

'Omdat hij dat verdiend heeft.'

'Maar dat wordt zijn dood, Birta. Je gaat toch geen mensen ombrengen? Wat doe je nou toch allemaal?'

'Waarom zou jij je daar zorgen over maken? Je hebt vaak genoeg tegen me gezegd dat je hem en Herbert dood wilde maken. Je weet alles van hem. Je weet hoe hij is. Je weet wat hij met de Westfjorden gedaan heeft, wat hij doet met meisjes zoals ik. Je weet dat hij Herbert geholpen heeft met smokkelen en met het opzetten van de drugshandel. Je wilde hem afmaken, hoe vaak heb je dat niet gezegd? Nou, ík heb het voor je gedaan. Dus nou hoef jij hem niet te vermoorden. En je moet je niet zo aanstellen. Die rijke kerels redden zich heus wel. Hij zal echt nog heel lang leven en hij gaat vast en zeker pas dood als hij toch al een oud lijk is. Maar vergeten zal hij me niet.'

'Waarom doe je dit?' vroeg Janus.

Birta zweeg.

'Waarom?'

'Je moet niet van die stomme vragen stellen, dat heb ik je al zo vaak gezegd. Ik word dat een beetje zat. Je had dat smoel van hem moeten zien. Nou zeg, ik dacht dat je blij zou zijn.'

'Waarom wil je nou geen antwoord geven op een simpele vraag? Waarom wil je daar niet over praten? Je hebt er nóóit over willen praten. Waarom niet?'

'Joh, hou nou eens een keer op.'

'Waarom heb je je leven zo kapotgemaakt? We zijn gelijk. We zijn even oud. We komen uit hetzelfde dorp. Kijk naar mij. Ik ben niet zo geworden. Waarom jij dan wel?'

'We zijn niet gelijk.'

'Nee, jij spuit heroïne in je navel.'

'Moet ik je vertellen waarom ik spuit? Wil je het echt weten? Oké. Ik spuit omdat ik me dan mens voel. Kun je dat begrijpen? Mens! Als ik mijn shot gehad heb, voel ik me mens. Zo zit dat. En laat me nou met rust. Rot op!'

Plotseling wist hij het zeker. Dit moest ophouden. Hij had gezien hoe ze zichzelf verwoestte, dag in dag uit, meer dan twee jaar lang. En het maakte niet uit wat hij deed, wat hij probeerde, wat hij zei, het had geen enkele invloed op die drang tot zelfvernietiging die haar in zijn greep had. En nu ze ook nog aids had was het hoe dan ook slechts een kwestie van tijd, weinig tijd, tot ze zou sterven. Ze dacht niet logisch. Ze wilde niet beter worden. Ze wilde niet naar het ziekenhuis. En nu had ze haar ziekte gebruikt als middel om zich te wreken. Hij wist geen andere oplossing meer. Dit moest ophouden.

'Je bent mijn vriendin, hè?' zei hij en hij nam het kussen van het bed.

'Wat?'

'Ik ben nog steeds je vriend,' zei hij, 'en dat zal ik altijd blijven ook. Je moet me geloven. Ik doe dit omdat ik je vriend ben. Ik weet dat ik je er een dienst mee bewijs.'

'Hoezo?' zei ze en ze sloot haar ogen.

Hij drukte het kussen hard op haar gezicht en hield het vast. Birta bewoog zich niet direct, maar algauw begon ze wilde bewegingen te maken, met haar handen te slaan en met haar voeten in de lucht te trappen. Ze probeerde overeind te komen en hij had al zijn kracht nodig om haar eronder te houden. Na enige tijd werden de bewegingen van haar benen zwakker en langzamerhand hield het worstelen op, totdat ze doodstil lag. Nog steeds hield hij het kussen tegen haar neus en mond gedrukt, totdat hij zich ervan had overtuigd dat het afdoende was geweest.

Hij wist dat ze was gestorven, maar voelde dat ze nog in zijn slaapkamer was. Hij merkte dat ze er was. Hij wist hoe het was om te sterven. Er was geen licht, geen helder schijnsel, geen tunnel en geen warmte, alleen kou en duisternis, en daar had hij Birta heen gestuurd. Hij richtte zich op, draaide zich half om en keek naar het plafond van de slaapkamer, alsof hij verwachtte dat haar gezicht daar te zien zou zijn. Hij zag niets, maar toch voelde hij dat ze bij hem was.

'Vergeef me,' zei hij en hij keek naar boven.

Stil bleef hij op het bed zitten, totdat hij haar aanwezigheid niet meer bemerkte.

Erlendur had zwijgend naar Janus' verhaal geluisterd. Hij had het met zachte stem verteld; soms liet hij een pauze vallen en ging dan weer door, totdat hij alles had uitgesproken wat hij te zeggen had. Erlendur stond naast hem en keek naar de bladeren die ritselend en fluisterend over het kerkhof geblazen werden.

'Doodsrozen,' zei hij.

'Wat zeg je?' zei Janus.

'De bomen hebben de kleur van de herfst. De kleur van de dood.'

Een tijd lang zwegen ze.

'Eerst was ik helemaal in paniek,' zei Janus. 'Ik wist echt niet wat ik met Birta aan moest. Pas in de loop van de nacht kon ik langzamerhand helder denken. Ik wilde dat jullie haar vonden, alleen niet bij mij. Toen heb ik haar in een deken gewikkeld en in een gestolen auto gelegd. Door het centrum ben ik hierheen gereden. Om jullie op een dwaalspoor te brengen heb ik de auto in Keflavík bij het vliegveld neergezet en ben ik door de lavavelden teruggelopen.'

'Maar wilde je de politie dan niet bellen?'

'Ik wou wraak, denk ik. Ik wou me op de een of andere manier wreken op Herbert en Kalmann, ik wou dat er iemand zou betalen voor wat ík Birta had aangedaan. Beetje rare redenering, is het niet?'

'Ik denk dat ik begrijp wat je bedoelt. Mijn dochter... ach, laat ook maar.'

Ze stonden daar heel rustig. Om hen heen viel de namiddagschemering.

'Hield je van Birta?'

'Ik geloof het wel. Ik weet het eigenlijk niet. Ik weet niet wat het was. Ik probeerde haar te helpen, maar het was een hopeloze zaak. Ik heb echt alles gedaan wat ik kon, maar het was niet genoeg. En toen ging ze haar ziekte gebruiken om zich te wreken. Ze was zichzelf helemaal kwijtgeraakt. Maar dat was misschien niet de belangrijkste reden. Birta zou gauw sterven. Ik zag geen andere mogelijkheid. Ik wou een einde aan haar lijden maken.'

'En hoe wil je nou verder?' vroeg Erlendur nadat er even een stilte was gevallen.

'Dat zal van verschillende dingen afhangen. Ik denk dat ik uiteindelijk wel weer naar de Westfjorden terug zal gaan. In Reykjavík heb ik niks te zoeken. Het is mijn plek niet. En jij – ga jij nog stappen zetten in de zaak?'

'Daar werk ik niet meer aan.'

'Maar als ze weten dat ík Birta hier heb neergelegd?'

'Je zou je verhaal aan Sigurður Óli moeten vertellen.'

'Soms denk ik dat ik gek word. Toen we nog kinderen waren aanbad ik haar omdat ze me alles gegeven had wat ze kon geven. Ik heb geprobeerd dat ook voor haar te doen. Maar ik geloof dat ze alleen nog maar om zichzelf gaf toen het vergif eenmaal de controle had overgenomen. Ze was dezelfde niet meer, dat zei ze zelf ook heel vaak. Het leek alsof ze zich heel goed realiseerde hoe ze was geworden, maar niet kon of wilde veranderen. Ik begrijp dat niet. Ik begrijp er helemaal niks van. Ik kan niet begrijpen dat iemand zich zo, zonder enig doel, kapotmaakt.'

Ze keerden om en liepen naar de auto terug.

'Nog één ding, Janus,' zei Erlendur, 'mijn laatste vraag. Hoe kwam je ertoe om Birta op het graf van Jón Sigurðsson te leggen? Had dat iets met de Westfjorden te maken?'

'Jón Sigurðsson?'

'Ja.'

'Jón Sigurðsson?' herhaalde Janus.

'Je weet toch waar je haar hebt neergelegd?'

'Ik heb haar in de bloemen gelegd.'

'Je hebt haar op het graf van Jón Sigurðsson gelegd. De IJslandse vrijheidsheld.'

'Vrijheidsheld? Het stond er helemaal vol bloemen en daar heb ik haar in gelegd. Jón Sigurðsson? Wie was dat eigenlijk?'

Ze liepen met trage passen het kerkhof af. Erlendur keek nog een keer achterom naar het groene koperen schild met de kop van Jón Sigurðsson en profil. Hij meende een terechtwijzende uitdrukking op zijn gezicht te zien. Erlendur haalde de schouders op. Weer kwam, onweerstaanbaar, de vraag uit het gedicht bij hem op.

Waar hebben de dagen van je leven hun kleur verloren?

Waar dan toch?